Collection dirigée par Glenn Tavennec

L'AUTEUR

Kimberly McCreight est l'auteur d'*Amélia*, roman best-seller du *New York Times*, sélectionné pour de nombreux prix et bientôt porté à l'écran avec Nicole Kidman. Diplômée du Vassar College et de l'université de Pennsylvanie avec mention, elle vit aujourd'hui à Brooklyn avec son mari et leurs deux filles.

KIMBERLY McCREIGHT

OUTLIERS

LES ANOMALIES

LIVRE I

traduit de l'anglais (États-Unis)
par Fabienne Vidallet

R

Titre original : THE OUTLIERS

ISBN 978-2-221-19078-4
(édition originale : ISBN : 978-0-06-235909-4, HarperCollins)
Published in agreement with Marly Rusoff & Associates of Bronxville, New York, USA, through Anna Jarota Agency of Paris, France.

Pour Harper et Emerson,
braves parmi les braves

« Nous devons croire que nous sommes tous doués
pour quelque chose et que nous devons
tout mettre en œuvre pour l'obtenir. »

Marie CURIE

PROLOGUE

POURQUOI EST-CE QU'IL EST TOUJOURS PLUS FACILE de croire aux mauvaises nouvelles ? Ça ne devrait pas être le cas. Et pourtant ça l'est, chaque fois. Tu es trop sensible, qu'ils disent. Trop anxieuse. Tu accordes trop d'importance aux choses qui n'en ont pas. Il suffit d'une phrase murmurée au creux de mon oreille et les mots se bousculent dans ma tête comme s'ils venaient de moi. Si je les entends trop souvent, ils finissent par se graver sur la surface de mon cœur.

Mais pour le moment, il faut que j'oublie comment j'ai fini par accepter l'idée que je suis brisée. Assise dans ce chalet noir et glacé au beau milieu de la forêt obscure, le regard rivé sur celui de cette étrangère qui nous ment, je dois penser le contraire sur mon compte. Je dois absolument être convaincue que je suis quelqu'un dont j'ignorais l'existence et que dans les tréfonds les plus sombres et les plus reculés de mon âme se dissimule un secret. Un secret qui pourrait bien me sauver. Nous sauver. Tous les trois.

Il y a encore bien des choses que je ne comprends pas. Un paquet, même. Mais j'ai tout de même une certitude : malgré toute la peur que je lis dans les prunelles de cette femme, je dois à tout prix la persuader de nous aider. Nos vies en dépendent. Et pour ça, il faut qu'on sorte d'ici.

1

Le portable de mon père vibre bruyamment tout en se déplaçant un peu sur la table abîmée de la salle à manger. Il l'attrape pour l'éteindre.

— Désolé.

Il sourit en passant une main dans son épaisse chevelure poivre et sel, puis repousse ses lunettes à monture noire et carrée sur le haut de son nez. C'est un modèle de hipster, mais ce n'est pour ça qu'il l'a choisi. Sur mon père, tout ce qui ressemble de près ou de loin à un hipster est purement accidentel.

— Je croyais qu'il était éteint. Je n'aurais même pas dû le poser sur la table.

C'est une règle chez nous : pas de téléphone portable dans la salle à manger. Elle a été instaurée il y a très longtemps, même si personne ne la respecte vraiment – ni ma mère, ni mon frère jumeau, Gideon, ni moi. Mais ça, c'était avant. Il y a deux types d'événements à présent : *avant* et *après*. Entre les deux, une période tragique, l'accident de ma mère survenu quatre mois plus tôt. Depuis, la règle du « pas de téléphone » est devenue beaucoup plus importante pour mon père. Comme plein d'autres détails. J'ai parfois l'impression qu'il essaie de reconstruire notre vie avec des allumettes. Et je l'aime encore plus fort pour ça. Mais aimer quelqu'un ne veut pas dire le comprendre. Ce n'est pas vraiment grave, au fond, puisque mon père me considère comme une énigme lui aussi. C'est comme ça depuis toujours. Et maintenant que maman est morte, je pense que plus personne ne me comprendra.

J'ai bien conscience que papa ne changera jamais : c'est un scientifique pur et dur, un vrai geek qui ne vit que dans sa tête. Depuis l'accident, il nous dit beaucoup plus souvent « je t'aime », à mon frère et moi, et il nous tapote tout le temps le dos, comme si on était des soldats qu'il encouragerait à monter au front. C'est bizarre et gênant. Et je me sens encore plus mal. Pour nous tous.

Le problème, c'est qu'il manque d'entraînement en matière d'émotions et de câlins. Le cœur de ma mère a toujours été suffisamment grand pour deux. Elle n'était pourtant pas du genre tendre. Elle n'aurait pas pu devenir la photographe qu'elle était – tous ces pays, toutes ces guerres – si elle n'avait pas été super coriace. Mais pour elle, les sentiments n'existaient que sous une seule forme : exacerbés. Et ça s'appliquait aussi aux siens : par exemple, elle pleurait sans retenue chaque fois qu'elle lisait les cartes que Gideon et moi lui écrivions quand elle revenait de mission. Et elle était très empathique : elle devinait toujours si quelque chose nous tracassait avant même qu'on ait franchi le seuil de la maison.

Elle avait un sixième sens si développé que mon père en est venu à se passionner pour l'intelligence émotionnelle, l'IE. Il est enseignant-chercheur à l'université et son champ d'étude se réduit à une infime partie de l'IE. Il ne fera jamais fortune là-dedans. Mais ce n'est pas important : le docteur Benjamin Lang ne s'intéresse qu'à la science, pas à l'argent.

Le fait que mon père soit un homme froid présente un avantage indéniable. Il ne s'est pas effondré après l'accident. Je ne l'ai vu qu'une fois commencer à perdre les pédales – au téléphone avec le docteur Simons, son meilleur/seul ami/mentor/père de substitution. Et même alors, il s'est ressaisi très rapidement. Il m'arrive quand même de me demander si je n'aimerais pas qu'il craque de temps en temps, juste histoire de me serrer contre lui à m'en étouffer et pour que je devine dans ses yeux qu'il sait à quel point je suis dévastée. Parce qu'il l'est, lui aussi.

— Tu peux décrocher, dis-je. Ça ne me dérange pas.

— Toi peut-être pas, mais moi si.

Il ôte ses lunettes et se frotte les paupières. Il a soudain l'air tellement vieux. Je sens le trou béant dans mon ventre s'agrandir davantage.

— Il faut bien qu'il y ait des choses qui comptent, Wylie, ou alors rien n'a d'importance.

C'est l'un de ses dictons favoris.

Je hausse les épaules.

— Si tu le dis…

— Est-ce que tu as réfléchi à ce que t'a suggéré le docteur Shepard lors de ta session téléphonique ce matin ?

demande-t-il d'un ton faussement désinvolte. Reprendre les cours à temps partiel ?

Il avait l'intention d'aborder cette question depuis qu'on s'est assis à table, j'en mettrais ma main à couper. Il veut que j'arrête les cours par correspondance et que je termine mon année de Première au lycée de Newton. C'est son sujet favori. Les rares fois où il n'en parle pas, c'est parce qu'il se mord la langue pour se retenir.

Il a peur que je ne retourne jamais au lycée. Ma psy, le docteur Shepard, partage sa crainte. Ils sont souvent d'accord tous les deux, certainement parce qu'ils entretiennent une correspondance assidue à mon sujet. Je leur en ai donné la permission après l'accident. Mon père se faisait beaucoup de souci pour moi et je voulais leur paraître zen, de bonne volonté et saine d'esprit. Mais en réalité, le fait qu'ils discutent dans mon dos me dérange, surtout depuis qu'ils ont pris le même bateau, celui de : « Renvoyons Wylie au lycée ». Et comme depuis trois semaines, je suis obligée de poursuivre ma thérapie par téléphone parce que je ne parviens plus à sortir de chez moi, ça n'aide pas vraiment non plus. Ça prouve que ma psy a raison : ma volonté de ne pas retourner au lycée n'est que la partie émergée de l'iceberg.

Le docteur Shepard a signé la demande de cours particuliers avec réticence. Elle sait que mes problèmes avec l'école n'ont pas commencé quatre mois plus tôt, le jour où la voiture de ma mère a dérapé sur une plaque de verglas et a percuté la glissière de sécurité.

— J'ai peur des conséquences que cette décision pourrait entraîner, Wylie, a dit le docteur Shepard lors de l'une de nos dernières séances *de visu.* Ne plus fréquenter le lycée est contre-productif. Se laisser aller à la panique ne fait qu'empirer les choses. C'est toujours vrai, même si tu éprouves en ce moment un chagrin tout à fait légitime.

Elle s'est agitée dans son grand fauteuil rouge, dans lequel elle a l'air si parfaite et si menue, comme une Alice au pays des merveilles qui aurait rétréci. Je consultais plus ou moins en pointillés – plutôt moins – depuis presque six ans, depuis le collège. Il m'arrivait de me demander si le docteur Shepard était vraiment psy : elle me paraissait trop petite, trop jeune et trop jolie pour ça. Mais j'allais mieux grâce à elle et à son cocktail spécial thérapie – des exercices de respiration, des pensées positives et beaucoup, beaucoup de discussions. Quand je suis entrée au lycée, j'étais une adolescente normale, juste un peu plus anxieuse que la moyenne. Jusqu'à ce que l'accident de ma mère me brise net, laissant échapper mon essence pourrie jusqu'à la moelle.

— Techniquement, je n'arrête pas les cours, je cesse juste d'y aller, ai-je rétorqué avec un sourire forcé. (En réaction, le docteur Shepard a froncé ses sourcils parfaitement épilés.) Et puis ce n'est pas comme si je n'avais pas fait d'efforts.

J'avais juste manqué deux jours – celui où ma mère est morte et celui de son enterrement. J'avais même demandé à mon père de téléphoner pour prévenir de mon retour afin d'être certaine que personne ne me traiterait de folle pour avoir repris les cours aussi rapidement. Parce que c'était ça mon plan : faire comme s'il ne s'était rien passé. Et pendant un moment – huit jours complets – ça a marché. Jusqu'à ce lundi matin – une semaine, un jour et quatorze heures après les funérailles – où je me suis mise à vomir sans pouvoir m'arrêter. Ça a duré des heures. Ça n'a cessé que lorsqu'on m'a administré un anti-vomitif aux urgences. Mon père a eu tellement peur qu'il a accepté que je prenne des cours à domicile, et ce avant même que je quitte l'hôpital. Il aurait dit oui à n'importe quoi, du moment que ça m'aurait permis d'aller mieux.

Mais comment serait-ce possible sans la présence de ma mère qui me montrait le bon côté des choses ? *Mon* bon côté.

— Tu es sensible, Wylie, c'est tout, avait-elle coutume de me dire. Le monde a besoin de gens comme toi.

Et je l'avais toujours crue.

Mais peut-être que ma mère se voilait la face. Après tout, sa propre mère – ma grand-mère – était morte, seule et abandonnée, dans un hôpital psychiatrique. Maman refusait sans doute de croire que l'histoire se répétait. Ou alors elle pensait sincèrement que j'étais tout à fait normale. Elle aurait fini par me l'expliquer. À présent, je ne le saurai jamais.

Je baisse les yeux sur mon assiette pour éviter de croiser le regard de mon père et je repousse quelques asperges parfaitement préparées dans une colline de semoule. Dans les moments difficiles, c'est l'appétit que je perds en premier. Or, depuis l'accident, ma vie n'est plus qu'un immense moment difficile. Dommage que je n'aie pas faim. La cuisine de papa est l'une des rares choses qui nous reste – il a toujours été le chef cuistot de la famille.

— Tu avais dit que c'était moi qui déciderais quand je serais prête à reprendre les cours, finis-je par dire, même si je sais déjà que je ne serai *jamais* ni prête, ni capable, ni disposée à retourner au lycée.

Mais il n'est pas question de l'annoncer à mon père, du moins pas maintenant.

— C'est vrai. (Il tente d'adopter une attitude décontractée, mais lui non plus n'a pas touché à son assiette. Et une petite veine palpite sur son front.) Je n'aime pas te voir errer à la maison toute seule. Ça me fait me sentir… Enfin, ce n'est pas bon pour toi de vivre cloîtrée comme ça.

— J'aime ça, moi, réponds-je en haussant les épaules. Ce qui est plutôt bon signe, non ? C'est toi le psy, après tout. Ça prouve que j'ai une haute opinion de moi-même et tout et tout.

Plus je me force, plus mon sourire devient faux. Probablement parce qu'une partie de moi sait qu'il vaudrait mieux que je perde cette bataille. Ce serait préférable si on m'obligeait à retourner à mon corps défendant au lycée de Newton.

— Allez, Wylie, rétorque mon père sans me quitter des yeux, les bras croisés. Ce n'est pas parce que tu t'aimes bien que…

Il est interrompu par un coup violent asséné sur la porte d'entrée. On sursaute de concert. *Non, pas Gideon, pitié !* est la première pensée qui me vient à l'esprit. Parce que la dernière fois qu'on a reçu de la visite de manière inopinée, l'un d'entre nous est mort. Et Gideon – mon jumeau opposé, comme disait ma mère pour plaisanter, parce qu'il est incroyablement différent de moi, jusque dans ses goûts scolaires, puisque c'est un acharné de sciences et d'Histoire alors que je suis une matheuse qui aime la littérature anglaise –, Gideon est le seul de la famille à ne pas être à la maison.

— Qui est-ce ? je demande en essayant de contrôler les battements violents de mon cœur.

— Rien de grave, j'en suis sûr, répond mon père. (Mais il n'a aucune idée de qui se tient sur la véranda, ni s'il s'est passé quelque chose, c'est évident.) C'est certainement un démarcheur.

— Ça n'existe plus, papa.

Il pose sa serviette sur la table et traverse le salon cn direction de la porte d'entrée. Il a déjà ouvert la porte lorsque j'arrive dans le hall.

— Karen. (Son ton est soulagé. Mais ça ne dure pas.) Qu'est-ce que tu... qu'est-ce qui se passe ?

Lorsque je m'approche suffisamment, j'aperçois Karen, la mère de Cassie, debout sur notre perron. Malgré la lueur blafarde de nos ampoules à économie d'énergie, je devine qu'elle est comme à son habitude impeccablement coiffée – ses longs cheveux bruns sont parfaitement lissés, elle porte un foulard vert noué bien comme il faut et un manteau cintré en lainage blanc. On a beau être début mai, on est victimes d'une vague de froid brutale, typique de Boston.

— Désolée de débarquer sans prévenir. (La voix de Karen est aiguë et haut perchée, et elle est un peu essoufflée, de la buée s'échappe de sa bouche pendant qu'elle parle.) Mais j'ai téléphoné plusieurs fois et personne n'a décroché, et je suis passée devant chez vous, et j'ai vu de la lumière, et je crois que… Mon Dieu, je l'ai cherchée partout…

Elle croise les bras et fait un pas en avant. C'est alors que je remarque qu'elle est pieds nus.

— Tu as cherché qui… ? (Mon père se rend soudain compte à son tour qu'elle ne porte pas de chaussures.) Karen, où sont tes souliers ? Entre. (Elle ne bouge pas. Papa pose la main sur son bras et l'attire doucement à lui.) Tu dois être gelée. Allez, viens.

— Cassie a disparu, annonce Karen d'une voix brisée tout en pénétrant dans la maison. Est-ce que tu peux… C'est dur de te demander ça, mais est-ce que tu peux m'aider, Ben ?

2

Mon père guide Karen vers la salle à manger. Elle se laisse tomber sur une chaise, rigide, le visage figé. Je ne l'ai jamais vue comme ça. Chez elle, la perfection ne concerne pas uniquement les vêtements, non, elle est parfaite en tout. Cassie l'a surnommée « le Fléau de la perfection », parce qu'elle est très mince et très jolie, toujours souriante et bien coiffée. Et *mince*. Il faut vraiment le répéter. Parce qu'à en croire Cassie, le poids des gens intéresse davantage sa mère que tout le reste. C'est bien possible. Karen est sympa avec moi, mais quand elle s'adresse à Cassie, sa voix prend un ton tranchant malgré son apparente douceur. Comme si elle aimait sa fille sans pour autant l'apprécier.

— Wylie, tu veux bien apporter un verre d'eau à Karen ?

Mon père me dévisage. Il craint que ce qui se passe – même si on ne sait pas de quoi il s'agit – ne me contrarie. C'est bien la dernière chose dont j'ai besoin en ce moment, aussi n'a-t-il pas tout à fait tort. C'est pour ça qu'il veut m'éloigner. Mais s'il pense qu'en sortant de cette pièce, je vais arrêter de m'inquiéter pour Cassie, il se trompe. J'en ai déjà trop entendu.

— Je veux bien de l'eau, déclare Karen, sur un ton qui me fait croire qu'elle n'en a pas vraiment envie mais qu'elle suit les directives de papa. Merci.

— Wylie, insiste mon père quand il voit que je ne bouge pas, les yeux rivés sur le tapis.

Je dois me montrer prudente. S'il croit que je vais péter un plomb, il m'obligera à monter dans ma chambre. Il pourrait même forcer Karen à partir avant que je découvre ce qui se trame. Or il faut à tout prix que je sache. Malgré tout ce qui s'est passé entre Cassie et moi, et même si ce n'est pas la première fois qu'il y a une urgence la concernant, je me fais du souci pour elle. Et je ne cesserai jamais.

Mais je devine ce que pense papa. Il veut régler le problème le plus vite possible et renvoyer Karen chez elle. Et il le fera, même s'il a de l'affection pour Karen et Cassie. Depuis l'accident, il a redéfini les frontières de nos relations – avec nos grands-parents, nos profs, nos médecins, nos voisins. Il est prêt à tout pour nous protéger tous les deux. Et moi encore plus. Gideon a toujours été le plus « résilient » de nous deux. C'est ce que les gens disent dans mon dos. Dans le cas de ma grand-mère – la mère de mon père – elle ne se gêne pas pour me le balancer en face. Elle m'a acculée dans la maison après l'enterrement de maman pour m'expliquer en long et en large que je devais prendre exemple sur Gideon. Après ça, mon père lui a expliqué qu'elle n'était plus la bienvenue chez nous.

En réalité, ma grand-mère ne m'a jamais aimée. Je lui rappelle trop ma mère, qu'elle n'a jamais appréciée non plus. Mais elle avait raison à propos de Gideon. Il rebondit beaucoup plus vite que moi. Depuis toujours. Les sentiments, surtout négatifs, ne l'atteignent pas – probablement à cause de son intelligence stellaire – alors que chez moi, ils restent prisonniers à jamais d'un magma inextricable et gluant. N'allez cependant pas croire que Gideon n'a pas éprouvé de chagrin. Bien sûr, maman lui manque, c'est juste qu'il reste stoïque, comme papa.

J'ai toujours ressemblé à ma mère. Sauf que lorsque ses émotions atteignaient leur paroxysme, les miennes avaient crevé le plafond depuis longtemps.

— D'accord, comme tu veux, dis-je à mon père, qui ne m'a pas quittée des yeux. J'y vais.

Cassie et moi sommes devenus amies aux toilettes. Pour être tout à fait exacte, c'est même en nous *cachant* dans les toilettes du collège Samuel F. Smith Memorial. C'était le mois de décembre de mon année de Sixième et j'avais décidé de me planquer dans les chiottes pendant toute l'heure de vie de classe. Il ne m'était pas venu à l'idée que quelqu'un puisse avoir eu la même idée lorsque j'ai ouvert à la volée la porte du dernier cabinet.

— Aïe ! (La porte non verrouillée est entrée en collision avec quelqu'un qui a hurlé.) C'est quoi ce bordel ?

— Oh. Pardon, me suis-je excusée en rougissant. Je n'avais pas vu tes pieds.

— C'est le but.

Le ton de la fille était furieux. Quand elle a fini par se montrer, j'ai découvert que ce n'était pas que sa voix qui l'était. Cassie – la nouvelle – était accroupie sur les toilettes, entièrement habillée, exactement comme je comptais le faire moi-même. Elle m'a dévisagée un instant avant de lever les yeux au ciel et de me ménager une place sur l'abattant.

— Ne reste pas plantée là. Dépêche-toi. J'ai pas envie qu'on se fasse griller !

Cassie et moi nous connaissions – notre collège n'était pas très grand – mais nous n'étions pas copines. Cassie n'avait pas vraiment d'amis. Et la façon dont certains élèves la traitaient ne me plaisait pas. C'était à cause de ses survêtements moulants, de ses courts cheveux frisés et du fait qu'elle était plus grosse que la plupart des filles – elle avait plus de poitrine et plus de ventre. Elle avait beau être une sportive accomplie, ça ne compensait pas. Le succès de notre équipe de football à l'automne avait beau reposer principalement sur son talent, la seule chose qu'on remarquait, c'est qu'elle n'avait pas la tête de l'emploi. Je ne pouvais cependant pas me risquer à prendre sa défense. Pas avec ce qui se passait. J'avais déjà du mal à affronter ma propre vie.

— Qu'est-ce qui t'amène sur la cuvette de la honte ? a demandé Cassie une fois que nos genoux se furent touchés par-dessus la chasse d'eau.

Je n'avais pas l'intention de lui expliquer quoi que ce soit. Sauf qu'en fait, j'en mourais d'envie.

— Toutes mes amies me détestent, ai-je commencé. Et elles sont toutes dans ma salle de classe.

— Pourquoi elles te détestent ? a demandé Cassie.

J'étais contente qu'elle n'ait pas essayé de me presser de questions sur mes sentiments tout de suite. Les gens adorent vous faire exprimer vos émotions négatives. (Croyez-moi, je suis une experte en la matière.) Elle, elle avait juste l'air curieuse.

— Qu'est-ce qui s'est passé ?

C'est comme ça que je lui ai raconté que Maia, Stephanie, Brooke et moi étions inséparables depuis l'âge de huit ans, mais que depuis quelque temps, j'avais l'impression qu'elles se moquaient de moi dans mon dos. J'espérais encore que ce soit le fruit de mon imagination, jusqu'à ce qu'elles commencent à me poser des questions sur mon psy pendant la soirée pyjama du samedi précédent. La mère de Maia faisait du bénévolat à l'administration scolaire et elle avait dû tomber sur la note disant que je devais partir plus tôt pour me rendre à mon premier rendez-vous avec le docteur Shepard. Et pour une raison qui m'échappait, elle avait jugé bon d'en avertir Maia.

— Allez, Wylie, avaient-elle chantonné en chœur. Raconte-nous tout.

J'étais déjà en nage quand la pièce a commencé à tourner. Et puis le pire est arrivé.

— Je me suis rendue compte que j'avais vomi uniquement quand je les ai entendues crier, ai-je avoué à Cassie.

Leurs « Oh mon Dieu ! » et leurs « Beurk ! » résonnaient toujours à mes oreilles.

— Ah ouais, c'est la lose, a commenté Cassie, comme si ce que je venais de lui raconter était important, mais pas la fin du monde non plus. Eh ben moi, l'entraîneur de basket m'a montré son machin hier. Tu sais, M. Pritzer. Il m'a ramenée chez moi après l'entraînement et il l'a sorti, paf, comme ça. Et, pas de bol, c'est mon prof principal.

Elle disait ça comme si le fait qu'il se soit exhibé devant elle n'était pas très grave, juste regrettable.

— Oh, ai-je répondu, ne voyant pas quoi dire d'autre. (J'étais hyper-gênée rien qu'à l'idée d'imaginer M. Pritzer en train de faire ça.) Beurk.

— Ouais, comme tu dis.

Cassie a froncé les sourcils tout en hochant la tête. Soudain, elle avait l'air triste.

— Tu l'as dit à tes parents ?

— Ma mère ne me croira pas, a répliqué Cassie en haussant les épaules. C'est ce qui arrive quand on ment beaucoup.

— Moi, je te crois, ai-je affirmé.

Et c'était vrai.

— Merci. (Cassie a souri.) Je suis désolée que tu aies perdu toutes tes copines, a-t-elle poursuivi. Heureusement, tu viens de t'en faire une nouvelle.

Une fois dans la cuisine, je remplis rapidement un verre pour Karen sans prendre la peine de patienter jusqu'à ce que l'eau soit vraiment froide. Pour être honnête, ça fait longtemps que j'attends qu'il arrive un truc vraiment grave à Cassie. J'ai toujours volé à son secours : j'ai fait le bouclier humain pour qu'elle ne soit pas rouée de coups pour avoir balancé des rumeurs sur un élève de Quatrième hyper balèze, j'ai remboursé le rouge à lèvres qu'elle avait volé au supermarché pour qu'ils n'appellent pas les flics… (Pour info, Cassie ne met jamais de rouge à lèvres.) C'étaient des trucs de gamine, des conneries sans importance.

Mais à l'automne dernier, les choses ont pris un tour plus inquiétant. Le principal problème, c'est qu'elle s'est mise à boire. Et le plus grave, ce n'est pas la quantité (cinq ou six bières par soir ?) ni la fréquence (deux ou trois fois par semaine ?). Ça aurait fait beaucoup pour n'importe qui, mais, pour quelqu'un avec le patrimoine génétique de Cassie, c'était un véritable désastre. Elle avait affirmé une fois qu'elle ne devrait jamais toucher à l'alcool. Elle avait beau aimer son père, elle n'avait aucune envie de finir comme lui.

Cassie a cependant décidé par la suite d'oublier toutes les promesses qu'elle s'était faites. Et elle n'aimait pas vraiment que je les lui rappelle. Quelques mois après la rentrée de Première, elle s'est retrouvée prise dans une spirale tellement infernale que ça me donnait le tournis. Mais plus je me faisais du souci pour elle, plus elle devenait agressive.

Heureusement, Karen n'a pas fini de parler quand je regagne le salon. Je pourrai peut-être avoir les détails plus tard.

— Oui, donc… (Elle lève les yeux vers moi et s'éclaircit la voix avant de reprendre.) Cassie n'était pas là quand je suis rentrée ce soir.

Le verre que je tends à Karen est tiède, mais elle ne semble pas s'en rendre compte. En revanche, elle remarque enfin mes cheveux. Je le devine à la seconde où ça se produit. À sa décharge, elle se ressaisit tout de suite et fait l'effort de ne pas détourner immédiatement le regard. Elle avale une gorgée d'eau chaude et me sourit.

— Est-ce que Cassie n'est pas sortie, tout simplement ? demande papa. C'est à peine l'heure du dîner.

— Elle était censée être à la maison, affirme Karen. Elle était privée de sortie toute la semaine. Parce qu'elle... Je ne veux même pas vous dire de quel nom elle m'a traitée. (Et le revoilà, ce ton qui semble signifier : « Je déteste un peu Cassie, peut-être encore plus qu'elle ne me hait. ») Je lui ai promis que si elle n'était pas là quand je rentrerais, j'appellerais ce pensionnat pour ados perturbés. Et, non, je ne suis pas fière de ma menace ni que nous en soyons arrivées aussi bas. Mais c'est un fait. Et j'ai aussi trouvé ça.

Karen sort quelque chose de sa poche et le tend à mon père. C'est la gourmette de Cassie.

— Elle n'a pas ôté ce bracelet depuis que je le lui ai offert il y a trois ans. (Les yeux de Karen se remplissent de larmes.) Je n'avais même pas envie de l'inscrire dans cette pension stupide. Je me faisais du souci, c'est tout. Et j'étais en colère. C'est la vérité. J'étais furieuse.

Mon père jette un regard intrigué au bijou qu'il tient entre ses doigts, puis reporte son attention sur Karen.

— Elle l'a peut-être laissé tomber, dit-il sur un ton qui tient davantage de la question que de l'affirmation.

— Je l'ai trouvé sur mon oreiller, Ben, répond Karen. Et je suis sûre qu'il n'était pas là ce matin. Cassie a dû revenir à la maison et le déposer pendant la journée. C'est une façon de m'adresser un message – quelque chose du genre : « Va te faire foutre, je me barre. » Je le sais. (Karen se tourne vers moi.) Elle ne t'a pas appelée, Wylie ?

Quand on était encore amies, on ne pouvait pas laisser s'écouler plus d'une heure sans s'envoyer au moins un SMS. Mais ce n'est plus le cas. Je secoue la tête.

— Ça fait longtemps qu'on ne s'est pas parlé.

Une semaine au moins, voire plus. Depuis que je ne sors plus de la maison, j'ai tendance à perdre la notion du temps. Mais depuis l'accident, on n'a jamais passé autant de jours sans se donner de nouvelles. Ça devait arriver : on ne pouvait pas continuer à faire semblant d'être amies. Parce que c'était exactement ce qu'on faisait depuis que Cassie s'était à nouveau rapprochée de moi après la mort de maman. Semblant.

L'accident est survenu en janvier, mais Cassie et moi ne nous parlions plus depuis Thanksgiving. Presque deux mois, donc. À seize ans, ça représente une éternité. Mais le matin qui a suivi le drame, Cassie a frappé à la porte. J'avais les yeux douloureux d'avoir tant pleuré et j'ai cru un instant que c'était une hallucination. Ce n'est que quand elle m'a aidée à enlever les fringues que je portais depuis deux jours que j'ai compris qu'elle était bien réelle. Et ce n'est que lorsqu'elle a défait mon chignon emmêlé, puis brossé mes cheveux avant de les natter bien serrés – comme si elle me préparait pour monter au front – que j'ai admis que j'avais désespérément besoin d'elle.

Je ne sais pas ce que Cassie a raconté à sa mère sur notre dispute et notre réconciliation temporaire, qui s'était de toute façon achevée quelques semaines auparavant. Mais il y a fort à parier qu'elle ne lui a pas dit grand-chose. Elles ne sont pas vraiment proches. Et les raisons de notre rupture ne sont pas à l'avantage de Cassie.

— Ça fait longtemps que tu es fâchée avec Cassie ? demande mon père, surpris.

Ma mère était au courant de notre brouille. Il faut croire qu'elle n'en a pas parlé à papa. J'ai peut-être réclamé qu'elle ne le fasse pas, je ne me souviens pas. En revanche, je me rappelle très bien ce qu'elle a dit quand je lui ai raconté toute l'histoire. Nous étions allongées côte à côte sur le lit et quand j'ai eu fini de parler, elle a affirmé : « Moi, je voudrais toujours être ton amie. »

Je hausse les épaules.

— Le dernier texto de Cassie date de la semaine dernière. Mardi, peut-être ?

— La semaine dernière ? répète mon père en fronçant les sourcils.

Je n'en suis pas certaine. On est le jeudi de la semaine suivante. Et ça fait au moins une semaine qu'on ne s'est pas adressé la parole.

— Ça fait longtemps. (Karen semble plus déçue qu'étonnée.) Je m'étais rendu compte que vous ne vous parliez pas beaucoup, mais je n'avais pas compris que..., poursuit-elle en secouant la tête. J'ai appelé la police, mais comme Cassie a seize ans et qu'on s'est disputées, ils soutiennent qu'il n'y a pas d'urgence à la chercher. Ils ont rempli un dossier et m'ont promis de faire le tour des hôpitaux, mais il n'est pas question pour eux de fouiller les bois. Ils m'ont dit qu'ils enverraient une patrouille, mais pas avant demain matin. (Karen presse le bout de ses doigts sur ses tempes et dodeline lentement de la tête.) C'est dans *douze heures.* Qui sait où sera Cassie et dans quel état d'ici là ? Pense à toutes les choses horribles... Ben, je ne peux pas attendre jusque là. Pas après ce qui s'est passé entre nous.

Je suis surprise de constater que Karen semble avoir deviné en partie à quel point Cassie a perdu les pédales. D'un autre côté, une fois que je n'étais plus là pour la couvrir, j'étais certaine qu'elle se ferait choper tôt ou tard. Et ce qu'imagine Karen – Cassie au bord du coma éthylique quelque part – n'est pas forcément exagéré. Même s'il n'est pas encore dix-neuf heures.

Les élèves du lycée de Newton les surnomment les « déjeuneurs ». Se bourrer la gueule avant midi est apparemment le summum de la coolitude. La dernière fois que j'ai volé au secours de Cassie, en novembre, il était seize ou dix-sept heures. J'ai pris un taxi pour la rejoindre à une fête organisée chez Max Russell, parce qu'elle était bien trop déchirée pour rentrer chez elle par ses propres moyens. Heureusement pour elle, ma mère était en voyage, mon père enfermé comme à son habitude dans son labo à la fac et Gideon encore au lycée : il bossait tard pour finaliser son dossier d'inscription pour la *Intel Science Competition*, la célèbre compétition scientifique. J'ai fait l'aller-retour sans que personne ne le sache. Cassie tanguait de mur en mur. Je lui ai tenu les cheveux pendant qu'elle vomissait encore et encore. J'ai ensuite téléphoné à Karen pour lui expliquer que sa fille avait la migraine et qu'elle dormirait chez moi.

Le lendemain matin, j'ai expliqué à Cassie qu'elle devait absolument arrêter de boire si elle ne voulait pas qu'il lui arrive un truc super grave. Mais je n'étais plus sa seule amie, à présent. J'étais juste celle qui lui disait ce qu'elle ne voulait surtout pas entendre.

3

— Wylie ? Ça va ?

Je ne sais pas depuis combien de temps mon père me dévisage. Je comprends soudain pourquoi : je suis adossée au mur contre lequel je me presse de toutes mes forces, comme si je cherchais à disparaître à travers.

— Et si tu t'asseyais ?

— Je vais bien, réponds-je sur un ton qui indique le contraire.

— Oh, ma chérie, je suis désolée, intervient Karen, de nouveau au bord des larmes. La dernière chose dont j'aie besoin, c'est mon, c'est notre...

Un petit sourire forcé étire ses lèvres et j'ai l'impression qu'elle va vraiment se mettre à pleurer. Je baisse les yeux. Si elle craque, je ne vais pas pouvoir me retenir longtemps non plus...

— Cassie va s'en sortir, Wylie, j'en suis sûre. La police a sans doute raison, je me fais du souci pour rien. Je suis du genre à dramatiser dans ce genre de...

Elle n'achève pas sa phrase. Tout ça, c'est à cause du père de Cassie, Vince. Les parents de Cassie étaient déjà divorcés quand on s'est rencontrées, mais Cassie m'a beaucoup parlé de son père. Ce n'était pas un alcoolique discret, plutôt du genre à se battre avec les voisins pendant les barbecues et à avoir besoin d'être ramassé quand il se faisait virer des bars. Mais pour Karen, la cerise sur le gâteau a été sa deuxième arrestation pour conduite en état d'ivresse, quand il a percuté une boîte aux lettres dans le centre-ville. Elle a peur que l'histoire ne se répète avec Cassie. Et franchement, moi aussi. Lorsque je lève les yeux, je croise le regard de papa.

— Je vais bien, je répète un peu trop fort. Je veux aider à retrouver Cassie.

— Je comprends, répond mon père. Mais en ce moment, je ne pense pas que tu...

— S'il te plaît. (J'espère que ma voix paraît déterminée, et non désespérée. Le désespoir ne me va pas.) J'ai *besoin* de faire ça.

C'est la vérité. Je ne m'en étais pas rendu compte avant que les mots franchissent mes lèvres. Une partie de moi veut se prouver qu'elle en est capable. Mais une autre partie se sent coupable. Je n'approuvais pas les actions de Cassie et j'avais peur de ce qui ne manquerait pas de se produire si elle continuait comme ça. Mais j'aurais peut-être dû lui prouver que j'étais toujours son amie, et ce quelles que soient les bêtises qu'elle commettait.

— Je me suis montrée égoïste en venant ici, constate Karen en enfouissant son visage dans ses mains. Après tout ce que vous venez de traverser... je n'ai pas réfléchi.

Mon père ne me quitte pas des yeux, comme s'il cherchait à résoudre une équation du second degré particulièrement difficile. Il finit par prendre une profonde inspiration.

— Non, Wylie a raison. On veut t'aider. On le doit.

Et mon cœur s'envole. Peut-être qu'il m'entend *vraiment*, après tout. Peut-être qu'il comprend quelques bricoles. Il se tourne vers Karen.

— Reprenons depuis le début. Qu'est-ce qui s'est passé exactement ce matin ?

Karen croise les bras et détourne les yeux.

— Je me dépêchais de me préparer et on se disputait, comme d'habitude. Elle ne voulait pas se lever. Elle a raté le bus *cinq* fois en deux semaines. J'avais un rendez-vous et je ne pouvais pas… (Sa gorge se noue et elle sort un mouchoir froissé de sa poche.) Bref. J'ai perdu patience. Je… je lui ai hurlé dessus, Ben. J'ai pété un plomb. Et elle m'a insultée. Elle m'a traitée de quelque chose d'horrible que je ne peux pas répéter. Un mot que je n'ai jamais employé de toute ma vie. Et voilà que Cassie me l'a balancé à la figure. (Sa voix se brise de nouveau et elle baisse les yeux sur ses doigts qui triturent le mouchoir.) Alors je lui ai dit que j'allais appeler cette pension et l'y enfermer. Pour qu'ils la matent. J'ai dit ça. Moi. « Enfermer » et « mater ».

Mon père hoche la tête comme s'il voyait exactement de quoi elle parlait. Comme s'il m'avait déjà menacée de cette manière. Sauf qu'il n'a crié qu'une fois sur moi, ce 4 juillet à Albemarle Field pendant le feu d'artifice, lorsque j'ai failli marcher pieds nus sur un éclat de verre.

— Le pire dans cette histoire, c'est que ce qui a tout déclenché – la raison pour laquelle j'étais si pressée ce matin – n'était ni une réunion, ni une journée portes ouvertes ni un client potentiel. Rien qui ait un rapport avec mon job. Rien d'important. (Karen lève les yeux au plafond, comme si elle y cherchait une réponse.) C'était un cours de yoga. J'ai perdu les pédales à cause d'un cours de yoga. (Elle regarde mon père comme s'il pouvait expliquer son comportement affreux.) Je me suis battue comme une lionne contre Vince pour obtenir la garde de Cassie, pour pouvoir m'en occuper comme il faut et maintenant... je suis un monstre d'égoïsme.

Elle enfouit son visage entre ses mains et se balance d'avant en arrière. Je ne suis pas sûre qu'elle pleure, j'espère que non. Je me fais du souci pour Cassie. Mais pas tant que ça. Étrange, moi qui m'inquiète toujours pour un rien, je suis peut-être en plein déni. Il peut lui arriver quelque chose de vraiment grave. Et est-ce que les fréquentations de Cassie penseraient à appeler au secours en cas de besoin ? Resteraient-ils à ses côtés pour l'empêcher de vomir dans son sommeil, et pour vérifier que personne ne profite d'elle quand elle est inconsciente ? Non. À tout. Ils ne se préoccuperaient que d'une chose : sauver leur propre peau.

— Karen, ne te flagelle pas comme ça. Personne n'est parfait.

Mon père s'approche et se penche vers elle, comme s'il s'apprêtait à poser une main sur son dos. Mais au lieu de ça, il croise les bras.

— Est-ce que Cassie a séché les cours aujourd'hui ?

— Le lycée ne m'a pas appelée. Mais... (Karen triture son mouchoir.) Cassie a peut-être effacé le message lorsqu'elle est rentrée pour déposer sa gourmette. Elle m'a fait le coup il y a quinze jours quand elle a manqué les cours. Je voulais donner mon numéro de portable au lycée, et puis j'ai oublié.

Cassie sèche, en plus ? Il y a tellement de choses la concernant dont je ne suis pas au courant.

— Et si tu lui envoyais un texto, Wylie ? suggère papa. Peut-être que si ça vient de toi – on ne sait jamais.

Peut-être qu'elle ne répond pas à Karen parce que c'est sa mère. Papa ne le dit pas, mais il le pense. Et maintenant que cette dernière a menacé de la mettre en pension, elle risque de ne plus jamais lui adresser la parole. D'un autre côté, si elle évite sa mère, elle fera la même chose avec moi, exactement pour la même raison : on lui renvoie une mauvaise image d'elle-même.

— D'accord. Mais je ne sais pas…

Je sors mon portable de la poche de mon sweat-shirt et je tape :

Cassie t où ? Ta mère flippe.

J'attends, mais elle ne répond pas. Je finis par brandir mon téléphone.

— Ça peut lui prendre une minute.

Ce n'est pas vrai. Enfin, du moins, pas avant. La Cassie que je connaissais vivait avec le portable greffé à la main. Elle mettait un point d'honneur à réagir au moindre tweet, au moindre SMS ou à la moindre photo dans la seconde. C'était peut-être sa bouée de sauvetage. Plus elle maigrissait, plus elle buvait, plus elle devenait populaire et plus elle tentait désespérément de ne pas couler.

— Est-ce que tu as une idée de l'endroit où elle peut être, Wylie ? demande Karen. Ou avec qui ?

— Vous avez essayé de joindre Maia et les autres ?

Je déteste prononcer son prénom.

L'Alliance Arc-en-ciel : Stephanie, Brooke et Maia – toujours meilleures amies malgré les années. Toutes, sauf moi. Elles se sont baptisées comme ça en Troisième à cause de leurs couleurs de cheveux. (Et elles n'ont pas songé un seul instant que parce qu'elles étaient blanches, ce nom était déplacé.) Elles étaient toujours aussi belles, et avec le temps, elles étaient devenues très cool. À la rentrée de Première, Maia, Brooke et Stephanie s'étaient frayé un chemin jusqu'au sommet de l'échelle de popularité du lycée de Newton. Cassie avait toujours détesté l'Alliance Arc-en-ciel, enfin, jusqu'à ce qu'elles daignent s'abaisser à son niveau pour lui proposer de les rejoindre.

— Maia et ces filles, réplique Karen en levant les yeux au ciel. Je ne comprends pas ce que Cassie leur trouve.

Avec elles, elle se sent importante, j'ai envie de répondre. *Pas comme avec vous.* Mais je peux difficilement la critiquer. La première fois qu'elle a été invitée à l'une de leurs « soirées », elle a essayé de cacher sa fierté. Elles ne disent pas « fêtes » parce que c'est « tellement commun ». (Oui, elles parlent comme ça, juré.) Elle a prétendu qu'elle ne s'y rendait que par curiosité. C'est à cette première « soirée » qu'elle a rencontré Jasper. Et après ça, elle a eu l'air de beaucoup moins se préoccuper de faire semblant.

C'était excitant pour elle. Je pouvais le comprendre. Mais je pensais qu'elle se lasserait rapidement et qu'elle retrouverait la raison. Au lieu de ça, elle s'est mise à boire de plus en plus. Il m'est arrivé plus d'une fois de lui répéter ce qu'elle m'avait toujours affirmé, à savoir qu'elle ne voulait pas finir comme son père. Je lui ai expliqué à de nombreuses reprises que je me faisais du souci pour elle. Mais à quoi pouvais-je bien lui servir, moi qui lui renvoyais une mauvaise image d'elle-même ? L'Alliance Arc-en-ciel occupait ses jours et, pendant la nuit, elle tombait amoureuse à toute allure. Je m'en rendais compte mais je faisais semblant de l'ignorer.

Parce que je savais déjà que Jasper Salt n'était pas une solution. C'était un autre problème. Et il ne s'est pas écoulé longtemps avant qu'il n'attrape Cassie par la main pour l'entraîner dans l'abîme.

— Tu sais, Jasper est vraiment quelqu'un de bien, Wylie, a commencé Cassie le lundi qui a suivi Thanksgiving. Tu devrais faire l'effort d'apprendre à le connaître.

On déjeunait chez Naidre's, le seul café près du lycée que les élèves de fin de cycle étaient autorisés à fréquenter en dehors du campus. J'avais pris une soupe et un sandwich et Cassie était très occupée à émietter son bagel sans garniture pour me faire croire qu'elle mangeait.

On ne s'était pas retrouvées depuis cinq minutes – après quatre jours sans se voir – qu'on se disputait déjà.

Mais pour être honnête, les choses étaient compliquées entre nous depuis que Cassie était rentrée de son camp de fitness fin août. Le « camp des gros », comme l'avait appelé Cassie lorsque sa mère l'y avait inscrite de force l'été précédant le CE2. Mais cette fois-ci, c'était l'idée de Cassie. Même si je ne voyais pas où elle pouvait encore perdre du poids. À son retour, elle était squelettique, ce qui la réjouissait au plus haut point.

La perte de poids n'était pas le seul problème. Cassie avait de nouveaux cheveux, plus longs et plus raides, et des vêtements élégants. Difficile de croire que c'était la même fille qui avait partagé un siège de toilettes avec moi toutes ces années auparavant. Je n'ai pas été du tout surprise lorsque l'Alliance Arc-en-ciel l'a recrutée quelques semaines plus tard, ni même qu'un type dans le genre de Jasper – populaire, mignon, sportif (et très con) – la remarque. Je n'aurais juste jamais pensé que ça la rendrait aussi heureuse.

— Je le connais bien assez, ai-je répondu, avant de me brûler la langue avec ma soupe à la tomate.

La rumeur disait qu'il avait mis un Terminale au tapis d'un simple coup de poing quand il était en Troisième. Une version de l'histoire affirmait qu'il lui avait cassé le nez. Je ne comprenais pas pourquoi Jasper n'était pas en prison, et encore moins ce qu'il faisait encore au lycée. Mais je ne l'avais jamais aimé avant même cet incident, et certaines de mes raisons étaient peut-être superficielles – son corps musclé moulé dans ses tee-shirts, sa démarche arrogante et son faux argot de surfeur. Mais j'avais aussi la preuve concrète que c'était un salaud. Cette preuve s'appelait Tasha.

Tasha avait notre âge, mais paraissait beaucoup plus jeune. Elle prenait les gens dans ses bras sans crier gare, riait trop fort et ne portait que du rose et du rouge, avec un bandeau assorti. Elle ressemblait à une carte de Saint-Valentin sur pattes. Mais personne n'était méchant avec elle ; ça aurait été cruel. Personne excepté Jasper. Deux semaines après que Cassie a commencé à sortir avec lui – au début du mois d'octobre – je l'ai surpris en train de parler à Tasha au bout d'un couloir désert. Ils étaient trop loin pour que je saisisse de quoi il retournait mais lorsque Tasha m'a dépassée, elle était en larmes. Quand j'ai raconté ça à Cassie, elle m'a répondu que Jasper ne ferait jamais de mal à Tasha. Ce qui voulait donc dire que j'étais une menteuse.

— Jasper n'est peut-être pas parfait, mais il en a bavé. Tu devrais lui ficher la paix, a poursuivi Cassie en jouant avec les miettes de son bagel. Il vit seul avec sa mère, qui est super égoïste, et son grand frère, qui est un gros connard. Et son père est en taule, a-t-elle ajouté, à la fois sur la défensive et un peu suffisante.

Comme si le fait que le père de Jasper soit un criminel excusait tout.

— Qu'est-ce qu'il a fait ?

— J'en sais rien, a-t-elle répondu sèchement.

— Cassie, et si c'était quelque chose de super grave ?

— Ce n'est pas parce que son père a fait quelque chose que son fils est mauvais. C'est tordu de penser un truc pareil.

Cassie a secoué la tête et croisé les bras. Le pire, c'est qu'elle avait raison : mon raisonnement était atroce.

— Et puis de toute façon, Jasper me comprend. Ça compte plus que les conneries de son père.

Une bouffée de chaleur a envahi ma poitrine. La vérité se faisait jour : *Jasper* la comprenait et pas moi. Je ne la comprenais plus.

— Mais quel aspect de toi, Cassie ? ai-je rétorqué. Tu as tellement de visages différents en ce moment, comment peut-il s'y retrouver ?

Cassie m'a dévisagée, bouche bée. Puis elle a rassemblé ses affaires.

— Qu'est-ce que tu fais ? ai-je demandé, le cœur battant la chamade.

Elle était censée se mettre en colère. On était supposées se disputer. Je ne m'attendais pas à ce qu'elle disparaisse.

— Je m'en vais, a répondu Cassie sur un ton égal. C'est ce que font les gens *normaux* quand quelqu'un est affreux avec eux. Et au cas où tu ne l'aurais pas compris, Wylie – (elle a fait un geste du pouce dans sa direction) – je suis normale. Et toi, tu es affreuse.

— J'ai parlé à Maia et aux autres filles, poursuit Karen. Elles m'ont dit que la dernière fois qu'elles ont vu Cassie, c'était au lycée aujourd'hui, mais aucune ne se souvient exactement quand.

— Est-ce que vous avez contacté Jasper ? je demande en essayant de ne pas montrer que je considère qu'il est – moralement sinon concrètement – responsable à cent pour cent de toutes les choses négatives qui sont arrivées à Cassie.

Karen hoche la tête.

— Il a échangé des textos avec Cassie quand elle était dans le bus ce matin, mais depuis, plus de nouvelles. Enfin, c'est ce qu'il prétend. (Elle me dévisage, les yeux plissés.) Tu ne l'aimes pas, n'est-ce pas ?

— Je ne le connais pas bien, aussi je ne suis pas certaine que mon opinion ait une quelconque valeur, réponds-je alors que je pense exactement le contraire.

— Tu es la plus vieille amie de Cassie, constate Karen. Je te considère comme sa seule véritable amie. Ton opinion a beaucoup d'importance. Tu crois qu'il pourrait lui faire du mal ?

Est-ce que je pense que Jasper pourrait lui faire quoi que ce soit ? Non. Je pense beaucoup de mal de lui, mais je n'ai aucune raison de croire ça.

— Je ne sais pas, dis-je, volontairement évasive. (Mais je ne peux pas l'accuser de quelque chose d'aussi grave juste parce que je le déteste.) En fait, non. Je ne pense pas qu'il en soit capable.

— Est-ce qu'elle a appelé Vince ? demande mon père.

— Vince, répète Karen en soupirant. Il est parti en Floride avec une nouvelle « copine ». La dernière fois que j'ai eu de ses nouvelles, il voulait obtenir une licence de détective privé. N'importe quoi.

Cassie peut très bien contacter son père. Malgré tout ce qui s'est passé, elle l'adore. Ils échangent des e-mails et des textos tout le temps. Ils ont un gros point commun : ils détestent tous les deux Karen.

— Tu devrais essayer de l'appeler, au cas où, suggère gentiment mon père.

Puis il se dirige vers le comptoir de la cuisine pour récupérer son portefeuille avant d'examiner les crochets où sont suspendues les clés.

— Toi et moi allons partir à sa recherche, poursuit-il.

Karen acquiesce en baissant les yeux vers ses mains, avec lesquelles elle triture toujours le mouchoir, réduit à l'état de lambeaux.

— Vince dira que c'est ma faute, tu sais. Que si je n'étais pas une salope autoritaire, Cassie serait toujours…

(Karen pose la main sur sa bouche lorsque sa voix se brise.) Et il aura raison. C'est ça le pire. Vince a des problèmes, mais Cassie et lui... (Elle secoue la tête.) Ils se sont toujours bien entendus. Peut-être que si je...

— Les choses ne sont pas aussi simples que ça. Ni avec les enfants, ni avec quoi que ce soit, réplique papa qui vient enfin de trouver ses clés dans un tiroir. Allons-y. On va commencer par chez toi, histoire d'être sûrs que Cassie ne s'y trouve pas. On téléphonera à Vince sur le chemin. Je peux le faire moi, si tu veux. (Mon père se dirige vers la porte d'entrée et s'arrête net en voyant les pieds nus de Karen.) Oh, attends, tes chaussures.

— Ce n'est pas grave, répond-elle avec un geste gêné de la main. (Même à présent, elle ne peut pas s'empêcher de ramasser les lambeaux de sa perfection.) Ça ira. Je suis venue en voiture dans cet accoutrement ridicule. Je peux rentrer chez moi comme ça.

— Et si on est obligés de s'arrêter sur le trajet ? Non, non, tu as besoin de chaussures. Tu peux emprunter une des paires de Hope.

De Hope ? Et il dit ça avec désinvolture, alors qu'il vient juste de proposer à Karen de m'arracher un bout de peau. Évidemment, ce n'est pas comme si je pouvais lui filer une paire de pompes à moi. Après une récente crise d'angoisse qui m'a poussée à vider mes placards juste après l'enterrement, il ne me reste plus qu'une seule paire de chaussures. Celle que j'ai aux pieds. Mais c'est la façon dont mon père l'a dit, comme si ça n'avait aucune importance de donner les affaires de ma mère.

Je me demande parfois si mon père n'a pas cessé d'aimer ma mère avant même qu'elle meure. J'ai des preuves pour étayer cette théorie, notamment leurs disputes. Après une vie entière pendant laquelle ils n'ont jamais échangé un mot plus haut que l'autre, ils ont passé les semaines qui ont précédé l'accident à s'engueuler non stop. Et s'il ne l'aimait plus, ça expliquerait pourquoi il n'a pas l'air dévasté par sa mort.

Ne fais pas ça, je pense en le regardant se diriger vers l'escalier. *Je ne te le pardonnerai jamais.* Heureusement, il s'arrête net lorsque son téléphone se met à vibrer dans sa main.

Il baisse les yeux vers l'écran.

— Désolé, mais c'est le docteur Simons.

Sauvée par le seul ami de mon père : le docteur Simons. La seule personne pour qui il laissera toujours en plan ce qu'il est en train de faire. Ça ne m'a jamais agacée avant ce soir. Mais là, ça me gave.

— Tu veux bien monter avec Karen, Wylie ? Pour voir s'il y a une paire qui lui va ?

Je me contente de lui lancer un regard noir.

— Tout va bien ? demande-t-il en constatant que je ne bouge pas.

Il a l'air contrarié.

— Ouais, finis-je par dire, parce que s'il voit que je suis en colère, il s'en servira comme prétexte pour refuser d'aider Karen. Ça va nickel.

En gravissant l'escalier, je m'efforce de trouver une excuse pour ne pas donner les chaussures à Karen. Quelque chose qui n'ait pas trop l'air taré et que ma mère approuverait. Parce qu'elle aurait voulu que je rende service à Karen. *Tu peux le faire,* dirait-elle si elle était là. *J'en suis persuadée.*

On se retrouve rapidement dans la chambre de mes parents, moi figée devant leur placard, Karen juste derrière moi. *Ce n'est qu'un prêt,* je songe en ouvrant l'armoire. Je m'accroupis devant la partie consacrée aux affaires de ma mère. Je ferme les yeux et tâche de ne pas me laisser envahir par son parfum tandis que je cherche des chaussures à tâtons. Mes mains finissent par se poser sur ce que je devine être une paire de bottines que ma mère n'a portée qu'une fois ou deux. Mais quand j'ouvre les yeux et que je découvre ce que j'ai choisi, j'ai la nausée. La vieille paire de Dr. Martens que maman aimait tant qu'elle l'a fait ressemeler deux fois.

— Je sais que tu manques à Cassie, constate Karen alors que je suis toujours penchée sur les chaussures de maman comme un animal sur son dîner. Parce que je sais ce qu'elle ressent *vraiment.* Même si elle pense le contraire. Et je sais aussi qu'en ce moment, Cassie est perdue. Elle a besoin d'une amie. D'une vraie. Comme toi.

Karen s'approche et s'agenouille près de moi. Je sens son regard aller et venir entre les bottines et moi. Puis elle se penche à son tour dans le placard. Un instant plus tard, elle en extirpe une paire de tennis blanches flambant neuve. Celles que ma grand-mère – la mère de papa – lui a offertes des années plus tôt, certainement *parce que* maman a toujours détesté ce sport.

— Que penses-tu de celles-là, plutôt ?

Oui. C'est ce que je dirais si j'étais certaine que ma voix ne se brise pas. *Celles-là sont beaucoup mieux.*

— Est-ce que tu crois que Cassie sait à quel point je l'aime ? demande Karen en s'asseyant sans quitter les tennis des yeux. Parce que c'est compliqué entre nous en ce moment. Pour être honnête, c'est compliqué depuis toujours. Je sais que j'ai commis plein d'erreurs. J'aurais pu faire tellement de choses, tellement mieux. Mais j'ai essayé. Et je l'aime vraiment. Elle le sait, n'est-ce pas ?

Cassie traitait sa mère de tous les noms – égoïste, autocentrée, grossophobe, exigeante, superficielle. Mais ce qui revenait le plus souvent dans son discours, c'était le fait qu'elle pensait que Karen ne l'aimait pas. Du moins pas comme une mère est censée aimer sa fille.

— Oui, réponds-je avant d'attendre trop longtemps, de peur que ma réponse sonne comme le mensonge qu'elle était vraiment. Cassie le sait. Sûr.

— Dieu merci. (Karen a l'air tellement soulagée, que ça me fend le cœur.) C'est vraiment… c'est bien.

Elle pose les baskets, s'empare de ma main et me frotte les phalanges d'une manière maternelle qui me serre la gorge. De l'autre main, elle caresse ce qui reste de mes boucles brunes sans en atteindre les pointes massacrées.

La veille au soir, j'ai aperçu mon reflet dans le miroir de l'entrée et pendant une fraction de seconde – une horrible fraction de seconde – j'ai cru *la* voir. Maman. Elle était là, bien vivante. Avec les cheveux longs, j'étais son portrait craché. Et hier, j'avais besoin d'effacer cette ressemblance. Pour ne plus jamais me confondre avec elle. Pour ne plus jamais croire pendant un instant atrocement magnifique qu'elle était rentrée à la maison.

Alors j'ai attrapé les ciseaux et je me suis placée au-dessus du lavabo de la salle de bains pour me couper les cheveux. Afin de ne plus jamais lui ressembler. J'y suis bien parvenue. Aucun doute là-dessus. J'ai évité les miroirs depuis, mais j'ai deviné que c'était un massacre en voyant le regard effrayé de mon père lorsqu'il m'a vue pour la première fois. Encore pire : Gideon – qui est toujours le premier à me vanner – n'a rien dit.

Quand je finis par lever les yeux vers Karen, elle me sourit, les yeux brillants. Elle pose une main douce sur ma nuque et m'attire à elle. Je devine qu'elle a besoin de se raccrocher à quelqu'un, peut-être encore plus que j'ai besoin d'être consolée. Elle me caresse les cheveux. *Ne pleure pas*, je m'admoneste tandis que mes yeux commencent à piquer. *S'il te plaît, ne pleure pas.*

— Tu finiras par aller mieux, chuchote-t-elle. Pas tout de suite, mais un jour.

4

LORSQUE KAREN ET MOI REGAGNONS LE REZ-DE-CHAUSSÉE, mon père vient juste de raccrocher. Mais au lieu de poser le téléphone ou de le mettre dans sa poche, il le garde à la main et le serre à s'en faire blanchir les phalanges. Quelque chose ne va pas. Quelque chose de nouveau. En plus de ce qui se passe avec Cassie.

— Il voulait quoi, le docteur Simons ? je demande, puisque la conversation a l'air de l'avoir flippé.

Le docteur Simons était le prof de papa à Stanford. Il est psy et chercheur, comme mon père, mais il étudie la pression de groupe, pas l'intelligence émotionnelle. Les deux champs d'étude restent relativement liés, je suppose. Il n'a plus de famille et papa est un peu son fils adoptif. Il est sans arrêt en déplacement – Angleterre, Australie, Hong Kong – ce qui explique pourquoi on ne l'a pas vu depuis des années. Son éloignement géographique fait certainement partie des choses que mon père aime chez lui. Ils sont aussi proches que peuvent l'être deux personnes séparées par des milliers de kilomètres.

— Répondre à une question que je lui ai posée sur des nouvelles données.

Il agite la main comme pour dire *rien de bien important.* Et j'ai très envie de le croire. Mais je n'y parviens pas. Du tout. Un sourire forcé et encore moins convaincant éclaire ses traits quand il se tourne vers Karen.

— Prête ? Wylie, verrouille la porte derrière nous, d'accord ?

Il dit ça avec désinvolture, comme si c'était une remarque normale.

— Tu veux que je ferme à clé ?

Mon père n'a jamais barré une porte de sa vie. Si maman n'avait pas été là, il aurait laissé la porte d'entrée ouverte, même pendant les deux semaines annuelles qu'on passait à Cap Cod.

— S'il te plaît, Wylie, rétorque-t-il sèchement, comme s'il était fatigué par mes fixettes, ce qui est compréhensible, je suppose. Tire le verrou, point barre. Jusqu'à ce qu'on sache ce qui est arrivé à Cassie, je – nous devons être très prudents.

Son explication serait beaucoup plus crédible s'il n'avait pas l'air terrorisé. Il n'avait pas eu l'air aussi effrayé depuis longtemps. Depuis l'arrivée du premier poupon.

On était en train de prendre le petit-déjeuner, quelques jours après Halloween, quand ma mère a trouvé le premier en sortant chercher le journal. Il était posé, assis, sur notre véranda.

— Il faut leur reconnaître un certain talent créatif, a constaté maman en rentrant, un poupon en plastique à la main. (Elle a plissé le nez en découvrant les taches rouges qui le recouvraient. On espérait tous que c'était de la peinture.) C'est beaucoup plus frappant que les habituels e-mails. Je suppose que c'est le prix à payer pour faire la Une des journaux. Je devrais appeler Elaine pour lui demander si elle en a eu un, elle aussi.

Elaine était la journaliste avec qui maman avait collaboré sur un article à propos d'un supposé bombardement de la coalition au Moyen-Orient. Le papier avait fait la couverture du *Sunday Times* et la photo prise par ma mère d'une école éventrée par une bombe avait fait couler beaucoup d'encre. Elle avait toujours reçu des courriers de menace. Une ou deux fois, même, des lettres avaient été déposées directement chez nous. Mais un poupon en plastique, c'était une première.

— Pourquoi tu touches ça ? a hurlé papa. Remets-le dehors !

— Ce n'est pas contagieux, chéri.

Ma mère a souri, de son merveilleux sourire espiègle, tout en haussant un sourcil. Elle n'allait rien dire parce qu'il avait crié, apparemment. Elle faisait tout le temps ça ces derniers temps – elle laissait couler – mais je sentais bien qu'elle était agacée.

— Tu dois garder le sens de l'humour, Ben. Tu le sais, pourtant.

Et papa n'en manquait pas, il était même super drôle. Son attitude de scientifique guindé le rendait encore plus marrant. Mais ces derniers temps, il était très tendu. Il travaillait comme un dingue pour terminer son étude et j'avais l'impression que ses résultats n'étaient pas à la hauteur de ses espérances. Elle ne serait publiée officiellement qu'en février mais elle était déjà achevée.

Et, cerise sur le gâteau, il avait été obligé de virer son étudiant postdoc préféré, le docteur Caton, parce que – d'après ce que disait papa – ce dernier avait laissé « ses préjugés troubler son jugement ». Je n'avais aucune idée de ce que ça voulait dire. Nous n'avions jamais rencontré cet homme – mon père ne fréquentait pas grand monde – mais à partir du moment où il l'avait embauché, papa avait parlé du très jeune docteur Caton (vingt-quatre ans et déjà titulaire d'une thèse) comme d'un joyau précieux qu'il venait de déterrer. Je n'en avais rien à faire, mais ça faisait enrager Gideon, notre autre merveille scientifique. Il a été ravi que le docteur Caton dégage.

Ma mère a haussé les épaules et s'est emparée de son toast entamé. Elle en a croqué une autre bouchée, la poupée toujours en main, puis a reposé délicatement sa tartine et s'est essuyé les doigts tout en regagnant l'entrée. Elle a ouvert la porte et balancé calmement le poupon à l'extérieur. On l'a entendu cogner sur toutes les marches du perron. Gideon et moi avons gloussé. Maman aussi. Mais pas papa. Au lieu de ça, il s'est dirigé vers le téléphone.

— Tu appelles qui ? a demandé ma mère.

— La police, a-t-il répondu comme si c'était évident.

— Oh, allez, Ben, a dit maman en le rejoignant. Je peux t'assurer d'une chose. Si tu appelles la police, tu rentres dans leur jeu. Ce qu'ils veulent, c'est attirer l'attention.

— Je ne peux pas gérer ça, Hope, a répondu papa à voix basse, presque tristement.

Maman lui a pris le téléphone des mains et a raccroché. Puis elle l'a enlacé et lui a murmuré quelque chose à l'oreille.

— Tu n'as pas à le faire, a-t-elle assuré quand ils se sont séparés, juste assez fort pour me laisser penser qu'elle le disait aussi pour nous, ou peut-être uniquement pour moi. (Étrangement, elle n'avait pas l'air contrariée par le fait que mon père ramène l'attention sur lui alors que ce poupon lui était destiné à elle.) C'est à ça que je sers.

Une fois mon père et Karen partis, je m'assieds sur le canapé du salon dans l'obscurité, et par la grande baie vitrée qui surplombe Walnut Hill Road, je guette les phares de la voiture qui ramène Gideon de son entraînement d'athlétisme. Aucun de nous n'a le permis, même si légalement, on a le droit de le passer depuis des mois. Avoir perdu sa mère dans un accident de voiture tue toute envie de conduire. Gideon finira certainement par le passer. Mais je sais que ce ne sera pas mon cas.

Je scrute la route, à l'affût de la lueur des phares. Pourquoi est-ce que Gideon n'est pas encore rentré ? Il devrait être à la maison – depuis quelques minutes seulement, mais quand même. Ce soir, les minutes s'étirent comme des heures. Ça me fait bizarre d'attendre Gideon. Il est très susceptible en ce moment. Mais là, je donnerais n'importe quoi pour ne pas être toute seule.

J'ai verrouillé toutes les portes après le départ de papa et de Karen, avant de vérifier une deuxième fois que tout était bien fermé. Puis une troisième. Parce qu'il ne faut pas me dire deux fois de m'inquiéter. Ensuite, j'ai inspecté tout ce qui pouvait éventuellement bondir, brûler ou s'en prendre à moi d'une manière ou d'une autre.

J'ai aussi consulté une dizaine de fois mon téléphone, au cas où Cassie aurait répondu à mes textos. Je lui en ai envoyé quatre et l'ai appelée à deux reprises. Aucune réaction. J'aurais bien aimé lui envoyer d'autres SMS, mais chacun de mes textos resté sans réponse m'emplissait d'une angoisse de plus en plus grande. Je craignais que cette fois-ci, elle ne se soit fourrée dans un guêpier si profond et si dangereux que je ne pourrais pas l'en tirer, malgré toute ma bonne volonté.

— Pourquoi les lumières sont éteintes ?

Une voix dans mon dos. Je pivote, affolée et j'aperçois Gideon, qui n'a enlevé ni son manteau ni son sac à dos. Il porte un jean ample, ses cheveux blonds et hirsutes sont plaqués, humides, sur son front, et il mâchonne ce qui reste d'un Twizzler, ces bâtons de réglisse rouge dont il raffole.

— Pourquoi t'as fait ça, Gideon ?

— Primo, calme-toi. (Il mord dans son bonbon.) Deuxio, qu'est-ce que j'ai fait ?

— Tu m'as fait peur, espèce d'abruti !

— Euh, ouah.

Il lève les mains comme si je le menaçais avec un flingue tout en agitant le Twizzler à moitié mangé. Il adore me faire remarquer quand mon comportement devient taré. Ce qui, avouons-le, est quasi permanent en ce moment.

Gideon trouve injuste qu'on s'occupe moins de lui parce qu'il est normal. Comme avec les cours à domicile, par exemple. Gideon est surdoué (même s'il admet volontiers que je pourrais l'écraser littéralement dans n'importe quel test de maths), mais il déteste le lycée, et ça n'a pas changé depuis qu'il a été accepté à Stanton, qui prépare les petits génies dans son genre à la fac. Il voudrait rester à la maison, lui aussi. Mais mon père a refusé si vite que ça m'en a presque fichu le vertige.

— Stephen t'a raccompagné ? (Je jette un coup d'œil par la fenêtre. Est-ce que j'ai raté la voiture ? Est-ce que je ne perçois pas les choses comme elles sont ?) Je ne l'ai pas vu.

— On est passés par derrière. On s'est arrêtés chez Duffy pour manger des frites avec les autres mecs.

Il hausse les épaules et je sais que ça veut dire : « J'ai traîné comme un ado normal qui a plein de potes. » Il veut à tout prix être un ado normal. Mais je sais qu'il n'a qu'un ami, Stephen, enfin, si on peut dire qu'ils sont vraiment copains, et que les autres membres de l'équipe d'athlétisme ne le supportent que parce qu'il accepte de courir la distance que tout le monde déteste, le trois mille mètres, sans se plaindre. Gideon a toujours eu du mal à se faire des amis, peut-être parce qu'il est très intelligent. Ou peut-être à cause de sa personnalité, point barre.

— Je suis entré par la porte de la cuisine.

— Tu devrais aller te doucher.

Je me tourne de nouveau vers la fenêtre. Je veux qu'il parte, qu'il me fiche la paix, je ne veux pas qu'on s'engueule. Pas ce soir.

— Qui est mort et t'a nommée général en chef ? (Je pivote dans sa direction et il pose la main sur sa bouche, les yeux écarquillés, l'air faussement choqué.) Oh, merde. T'as compris ? *Qui est mort ?* Tu dois bien admettre que c'est drôle, non ?

Je le fusille du regard. Gideon fait tout le temps des vannes sur la mort de maman. Ça l'aide à surmonter. Moi c'est l'inverse. Ma mère avait raison, on est vraiment des jumeaux contraires. On se repousse sans arrêt, comme les côtés opposés d'un aimant.

— Allez, avoue.

— Ça n'avait rien de drôle.

— Comme tu veux.

Gideon hausse de nouveau les épaules et se dirige vers l'escalier. Est-ce qu'il a vraiment l'air blessé ? C'est difficile à dire avec lui, mais je suis certaine qu'il a un cœur, quelque part. Et je sais aussi que ces derniers temps, il essaie juste de survivre. Comme moi.

— Papa rentre quand ? reprend-il. J'ai un truc à lui demander pour mes devoirs de chimie.

Comme il a déjà épuisé tous les cours supplémentaires proposés par Stanton, Gideon suit les cours scientifiques de l'Université de Boston. Je ne sais pas s'il aime vraiment les sciences ou s'il fait ça uniquement pour se rapprocher de papa. Si c'est le cas, ce n'est pas idiot. Le moyen le plus sûr d'attirer l'attention de notre père est de s'intéresser à son travail. Je ne dirais pas que papa aime son boulot plus que nous, mais j'ai parfois l'impression qu'on est à égalité.

— J'en sais rien, dans deux heures, peut-être.

J'aurais dû être plus évasive. Depuis l'accident, papa ne s'éloigne jamais aussi longtemps. Ça va juste susciter davantage de questions. Et je n'ai aucune envie de parler de Cassie à Gideon. Il fera forcément un commentaire désobligeant. Gideon ne l'a jamais aimée. Ou, pour être tout à fait précise, il l'a toujours aimée et Cassie ne le lui a jamais rendu. Il a alors décidé de la détester. Et je ne supporterais pas de l'entendre l'insulter. Voire pire, d'essayer de m'inquiéter encore davantage.

— Deux heures ? Il est parti faire quoi ?

— Aider Karen.

— Pourquoi ?

Rha. Trop tard. Il fait déjà preuve de trop de curiosité.

— Elle ne sait pas où est Cassie.

Je hausse les épaules comme si ce n'était rien.

Pendant une fraction de seconde, Gideon a presque l'air de se faire vraiment du souci. Puis il plisse la bouche d'une manière faussement pensive.

— Ah. Je vois.

Je déteste ça, mais je n'ai pas d'autre choix que de rentrer dans son jeu.

— Tu vois quoi ?

— Pourquoi Cassie avait l'air bizarre quand elle est passée, répond-il comme si je comprenais de quoi il parle. Enfin, je ne sais pas *exactement* pourquoi. Mais si elle avait prévu de se barrer, c'est normal.

— Attends. Cassie est venue ici ? (Mon cœur a manqué un battement.) Quand ?

Gideon se frotte le menton en contemplant le plafond.

— Hum. Je pense que c'était – voyons voir. (Il compte sur ses doigts comme s'il s'agissait de jours, voire de semaines.) Hier. Ouais, c'est ça. Hier après-midi.

Abruti.

— Hier ? je répète en essayant de ne pas péter un plomb. (Gideon veut m'énerver, c'est tout.) Pourquoi tu ne m'as rien dit ?

— Elle ne voulait pas que tu le saches. (Il hausse les épaules.) Elle voulait juste te laisser un mot.

— Quel mot, Gideon ? (J'ai quitté le canapé.) Tu ne m'as rien donné.

— Ah, répond-il en hochant la tête, comme s'il était perplexe, ce qui n'est apparemment pas le cas. Puis il tapote les poches de son sweat-shirt avant de chercher dans celles de son jean. Ah, le voilà. (Il extirpe une feuille pliée et la brandit hors de ma portée quand je tente de m'en emparer.) Oh, attends, je me rappelle pourquoi je ne te l'ai pas donné. J'ai frappé à la porte de la salle de bains pour t'en parler et tu as braillé « Dégage, connard ! ».

C'est vrai. J'ai fait ça. Je l'ai insulté en hurlant. Depuis l'accident, mes angoisses sont tellement terribles que chaque jour de passé est un jour de gagné. Mais certains sont pires que d'autres. Et hier, c'était un très mauvais jour. Quand je me suis glissée sous la douche en espérant que ça m'aiderait à me calmer, j'avais juste envie de hurler – sur moi, sur le monde. Je ne pouvais pas gérer Gideon. Si j'avais pensé que des excuses auraient pu arranger les choses, je les lui aurais présentées. Et je suis désolée. Au fond de lui, mon frère n'est pas un abruti. Mais la meilleure partie de lui est enfouie si profondément en ce moment qu'elle ne peut pas l'empêcher de me frapper quand je suis à terre.

— Donne-moi ce mot, Gideon, s'il te plaît.

Il lève la main et la feuille encore plus haut. Je suis grande mais il mesure un mètre quatre-vingts. Je ne peux pas l'attraper.

— Je devrais peut-être le lire, dit-il. Vous n'êtes même plus amies, toutes les deux. Cassie en a certainement eu marre que tu sois tout le temps le centre de l'attention avec tes *problèmes*.

— Gideon, si tu ne me donnes pas ce mot, je dirai à papa que je t'ai vu fumer de l'herbe avec Stephen l'autre jour.

C'est la vérité – dans notre petit jardin, juste à côté de l'appentis. C'était apparemment une première pour Gideon. Il a ses problèmes mais la drogue n'en fait pas partie. Cependant, même si c'était un événement isolé, je suis prête à m'en servir contre lui. Toute couleur a déserté ses traits. Et il me regarde bizarrement, comme si maintenant il me détestait vraiment. Je voudrais m'en foutre. Mais je n'y arrive pas. Comme toujours.

— Rien à cirer, finit-il par dire en balançant la feuille dans ma direction. (Elle heurte le mur et tombe par terre.) Mais si ma meilleure amie était aussi tarée que toi, je me barrerais moi aussi.

Sur ces mots, Gideon tourne les talons et gagne l'escalier. J'attends qu'il ait disparu pour ramasser le mot.

Je suis désolée. (Je reconnais l'écriture ronde de Cassie.) Tu avais raison. Pour tout. Je n'avais juste pas envie de l'entendre. Mais maintenant, je suis prête. Quoi qu'il arrive. Bisous, C.

Quoi qu'il arrive ? Je relis les quelques lignes, cramponnée à la feuille. Mon cœur tambourine dans ma poitrine. Je n'aime pas ça du tout – Cassie me donne l'impression d'avoir accepté quelque chose. Comme les gens qui – Cassie ne va pas se suicider, n'est-ce pas ? Non, je ne le pense pas. Durant les mois qui viennent de s'écouler, c'est moi qui ai songé à mettre fin à tout ça, à ma vie. Mais Cassie n'est pas comme moi. Elle ressemble à une balle en caoutchouc géante : elle rebondit toujours. C'est même sa principale caractéristique. Elle doit être quelque part en train de boire une vodka à la pastèque. Obligé.

Mon ventre se noue quand je relis son mot. En quoi j'ai eu « raison », exactement ? De dire que Cassie devait arrêter de boire, grossir un peu et s'occuper d'elle ? Ou d'affirmer qu'elle ne devrait pas faire confiance à Jasper parce qu'il finirait par lui faire du mal ? Je voudrais m'être trompée, parce que si ce n'est pas le cas, ça voudrait dire que quelque chose d'horrible est arrivé à Cassie.

Je sors mon téléphone portable pour lui envoyer un autre texto. Ça vaut peut-être le coup de lui écrire des excuses à mon tour. J'avais eu raison de m'inquiéter et de tenter de la convaincre d'arrêter de boire. Mais j'avais peut-être mélangé ça avec des trucs sans importance, comme l'Alliance Arc-en-Ciel et Jasper.

Viens d'avoir ton mot. Désolée aussi. J'aurais dû être une meilleure amie. Rentre chez toi. S'il te plaît. Quoi qu'il se passe, on le règlera ensemble.

5

Je suis toujours en train de contempler l'écran de mon téléphone portable en espérant que Cassie réagisse, lorsqu'on frappe à la porte d'entrée. Ou est-ce le fruit de mon imagination ? Je l'espère, quand on toque de nouveau. Cassie ? Mais le bruit est plus fort et plus sonore que lorsque Karen a frappé tout à l'heure. Le coup est-il porté par un poing plus gros ou une main plus grande ? *Verrouille les portes.* Mais il faut que je vérifie qu'il ne s'agit pas de Cassie.

Je me dirige prudemment vers l'entrée. Le bruit de la douche me parvient de l'étage. Gideon ne m'entendra pas, même si je me mets à hurler. J'inspire profondément et me presse contre le mur afin de pouvoir jeter un coup d'œil par la fenêtre sans être vue.

Sur la véranda, les mains enfoncées dans les poches, ses épaules musclées remontées au niveau des oreilles, se tient la dernière personne que j'ai envie de voir : Jasper Salt. Il porte un de ses tee-shirts moulants habituels – manches courtes malgré le froid – et un jean usé juste ce qu'il faut. Il a les yeux baissés sur ses Nike noires et il se balance d'avant en arrière comme s'il se gelait tout en faisant semblant que *c'est coolos, mec.* Parce que Jasper parle comme ça. Même si *personne ne parle comme ça,* pas même à Long Beach, Californie, d'où il est originaire.

Jasper était en Seconde quand on était en Troisième et on l'a remarqué tout de suite. Il avait un physique hallucinant et ressemblait à un mannequin échappé d'une pub Gap : une peau lumineuse, des yeux verts et des tablettes de chocolat que même ses maillots de football américain ou de hockey ne pouvaient pas dissimuler.

La première fois que Cassie et moi l'avons aperçu, il était à la cafèt' avec les autres membres de l'équipe de foot américain, tous en maillot pour le premier match de la saison. Ils étaient grands et bruyants et cherchaient à attirer l'attention à tout prix. Tous sauf Jasper, leur tout nouveau quarterback, qui se déplaçait lentement et n'élevait jamais la voix. Il ne menaçait ni n'embêtait personne. C'était le soleil silencieux et immobile autour duquel évoluaient les autres.

Mais sous son calme apparent, on devinait une énergie intense et nerveuse, comme un ressort tendu que personne ne voulait voir se rompre. Pas une deuxième fois. Parce que Jasper avait déjà pété les plombs une fois. Avec ce coup de poing légendaire.

Mais les filles de Troisième se fichaient complètement des voies de fait auxquelles il s'était livré. Je pense même qu'elles ne l'en adulaient que davantage. « Il vient de Los Angeles », disaient-elles. « Il paraît qu'il a un agent et qu'il fait du cinéma. » « J'ai entendu dire que sa famille a déménagé ici pour qu'il puisse faire du hockey. » « On m'a dit qu'il avait couché avec douze nanas l'année dernière. C'était que des Terminales. »

Douze filles. Un uppercut. Non, mais, quel connard. Voilà ce que je pense en m'approchant de la porte. Parce que je sais déjà qu'il n'a pas surgi par hasard sur mon paillasson. C'est la preuve qu'il est plongé jusqu'au cou dans ce qui arrive à Cassie. L'endroit où elle se trouve. Ce qu'elle fiche. Ou pourquoi elle est partie.

Une fois la main sur la poignée, j'hésite une fraction de seconde. Il vient peut-être à la pêche aux informations. Je devrais faire l'idiote. Découvrir d'abord ce qu'il sait et le laisser creuser sa tombe avant de l'y enterrer.

— Oh, salut.

Jasper a l'air surpris quand j'ouvre enfin. Il est encore plus beau que dans mon souvenir, ce qui m'agace. Ce n'est pas mon genre de mec : il est trop mignon et trop parfait. Mais j'imagine sans peine ce que ressent Cassie quand il la regarde : elle se sent spéciale. Comme elle l'a toujours voulu.

— Je pensais que… qu'il n'y avait personne.

Son regard se pose sur mes cheveux coupés à la barbare. Il le détourne immédiatement en faisant semblant de ne pas remarquer mon désastre capillaire, ce qui, je suppose, est plutôt sympa de sa part.

— Eh ben, je suis là, réponds-je. (Je m'oblige à relâcher la pression sur la poignée en espérant que tout mon corps va se détendre par la même occasion.) Quoi de neuf ?

— Je peux entrer ? demande Jasper en jetant un regard autour de lui comme s'il craignait que quelqu'un l'épie dans l'obscurité. J'aimerais mieux t'expliquer à l'intérieur.

Non, ai-je envie de rétorquer. Mais je ne peux pas, pas avant de savoir pourquoi il est là.

— OK. (Je m'efface pour le laisser passer mais je me place de telle manière qu'il est obligé de rester dans l'entrée.) Quoi ?

Je ne veux pas qu'il pénètre plus avant dans ma maison et dans ma vie. Qu'il me dise ce qu'il sait sur Cassie puis qu'il fiche le camp. Parce que plus il s'attarde, plus il me donne l'impression de vouloir gagner du temps, plus je sens l'angoisse monter. Et je n'ai aucune envie de faire une crise devant lui.

Jasper croise et décroise les bras et remonte encore plus ses épaules. Il a vraiment l'air coupable. Je pince les lèvres et déglutis. Il n'aurait quand même pas fait de mal à Cassie, hein ? Que les choses soient claires : je ne suis pas membre de son fan-club. Je pense qu'il a une mauvaise influence avec une tendance à la cruauté et que tout le monde, pour une raison qui m'échappe, fait semblant de l'ignorer. Mais quand j'ai affirmé à la mère de Cassie qu'il ne lui ferait jamais de mal, je le pensais vraiment.

— Cassie a disparu, finit-il par dire. Et sa, euh, sa mère m'a téléphoné il y a deux heures pour me demander si je lui avais parlé. Mais je n'ai aucune nouvelle d'elle depuis hier. (Voilà déjà un premier bobard : Jasper a dit à Karen qu'il avait un envoyé un SMS à Cassie ce matin même.) Ah, attends, si, on a échangé des textos ce matin.

Bon, d'accord, zéro mensonge à ma connaissance. Mais la conversation ne fait que commencer.

— Elle n'est pas allée au lycée ?

Jasper se dirige vers le salon sans que je l'ai invité à le faire. C'est tout à fait le genre de mec à penser qu'il est le bienvenu partout.

— Je n'en suis pas certain. On s'est disputés, explique-t-il, sur la défensive. Je lui ai envoyé un SMS ce matin, mais j'étais encore en rogne. Du coup, j'ai préféré l'éviter. Maia m'a dit un peu plus tard qu'elle avait dû sécher parce que personne ne l'avait vue. Et toi ? Elle t'a contactée d'une manière ou d'une autre ?

L'Alliance Arc-en-Ciel a donc menti à Karen. Quelle surprise.

— Je ne lui ai pas parlé depuis plusieurs jours. (Je tiens à ce qu'il le sache.) Pourquoi elle m'aurait contactée ?

— Parce que j'ai reçu ça.

Jasper sort son téléphone de sa poche et me le tend. Un texto de Cassie s'étale sur l'écran.

Va chez Wylie.

C'est tout. C'est le message dans son intégralité.

— Tu comprends pourquoi elle m'a dit ça ?

— Moi ? (On dirait qu'il pense que c'est moi qui lui cache quelque chose.) Je n'en ai *absolument* aucune idée. Tu as dit à sa mère qu'elle t'avait écrit ?

— J'étais sur le point de le faire, mais... (Il me fait signe de lui rendre son téléphone et scrolle un peu avant de me le tendre de nouveau.) J'ai reçu celui-là.

Ne dis à personne que tu as eu de mes nouvelles. Surtout pas à ma mère.

— D'accord, mais…

Il récupère de nouveau son portable pour chercher un autre texto. Il brandit son téléphone une troisième fois.

J'ai encore merdé. Si t'appelles ma mère, elle préviendra les flics. Et tu sais ce qui se passera. Va chez Wylie, s'il te plaît. Je t'en dirai plus très vite.

— Qu'est-ce qu'il se passe ? je demande, furieuse.

Je suis en colère après Jasper. Je suis certaine qu'il est au moins en partie responsable des événements.

— Aucune idée. Je suis là parce qu'elle me l'a demandé, répond Jasper et il a l'air en rogne après moi. Mais qui sait ? Cassie était bizarre ces derniers temps.

— C'est-à-dire ?

— C'est à moi que tu demandes la définition de ce mot ?

Je me contente de lui lancer un regard noir. Voilà qui est clair. Il ne m'apprécie pas plus que moi.

— Elle était distante, poursuit-il. Je ne sais pas pourquoi.

— Qu'est-ce qu'elle veut dire au sujet de la police ? « Tu sais ce qui se passera. »

— Je n'ai pas le droit de t'expliquer, dit Jasper.

— Donc, tu trouves normal de venir me soutirer des infos et de ne rien me donner en échange ?

— C'est juste que… elle était super gênée à propos de certains trucs, finit-il par avouer. Et elle ne voudrait surtout pas que tu sois au courant.

J'ai envie de crier : *Va te faire foutre, Jasper Salt. Tu ne sais rien de moi. Et tu ne sais pas qui est vraiment Cassie non plus, la nana géniale qu'elle était avant que tu participes à sa destruction.* Mais je ne peux pas le mettre dehors, pas tant qu'il ne m'a pas dit tout ce qu'il sait. Et qui pourrait m'aider à retrouver Cassie.

— Crois-moi, j'ai plein d'anecdotes embarrassantes sur le compte de Cassie, je rétorque. On est amies depuis un bout de temps.

Et je connais des secrets dont il n'a pas idée. Des choses que Cassie aurait eu honte de lui raconter. Comme par exemple, le fait qu'elle fait de nouveau pipi au lit et que sa mère s'en est rendue compte. C'était après une des premières soirées avec l'Alliance Arc-en-Ciel, avant que Jasper et elle se mettent à se fréquenter.

Elle était super flippée, cette fois-là, surtout parce qu'elle n'avait pas un seul souvenir de cette fête. Elle ne se souvenait même pas être rentrée chez elle. Les trous de mémoire étaient la spécialité de son père. Cassie était persuadée qu'il ne se rappelait pas de la moitié des conneries qu'il avait faites. C'était comme ça qu'elle parvenait à ne pas le haïr. Tout ce qu'il oubliait ne pouvait pas être retenu contre lui. Mais ces amnésies n'ont pas dissuadé Cassie comme je m'étais prise à l'espérer. Bien au contraire. Lorsque c'est arrivé la deuxième fois, elle a décidé de le prendre à la rigolade.

— Je sais que vous êtes proches toutes les deux, mais… (Jasper baisse les yeux sur ses mains et presse le bout de ses doigts les uns contre les autres.) Elle a spécifiquement dit qu'elle ne voulait pas que tu sois au courant de ça. Elle avait peur que tu la méprises. Et je dois respecter son choix, tu comprends ?

— T'es pas sérieux, là.

J'éclate de rire. Ou presque.

Jasper lève les mains.

— Je n'ai pas dit que tu réagirais effectivement comme ça. (Mais je devine à son ton que c'est *exactement* ce qu'il pense.) C'est juste ce que Cassie craignait. Elle n'est pas toujours très perspicace avec les gens. (Entendre ça de sa bouche me donne envie de lui cracher à la figure.) Quoi qu'il en soit, je pense que ce qui est important, c'est qu'elle a fait quelque chose qui ferait péter un plomb à sa mère... Tu sais que Karen l'avait déjà menacée de l'envoyer dans une pension pour délinquants. (Il prend une profonde inspiration.) Bref. Je suppose qu'il vaut mieux que Cassie ait merdé plutôt qu'elle ait été enlevée ou un truc du genre.

— Enlevée ? (Cette idée ne m'avait même pas effleurée.) Comment ça enlevée ?

Avant que Jasper puisse m'expliquer s'il a une bonne raison de mentionner un éventuel enlèvement, mon portable se met à vibrer bruyamment sur la table basse. Non pas que ça ait une quelconque importance maintenant : je suis obsédée à l'idée que Cassie ait été kidnappée. J'attrape mon téléphone comme s'il s'apprêtait à me mordre.

Un texto.

S'il te plaît, Wylie, aide-moi. G grave merdé. Viens me chercher. Je T envoyé Jasper parce qu'il a le permis. Mais C de toi dt G besoin. À très vite.

J'inspire, secouée. Elle a l'air assez bien pour écrire. C'est déjà ça. Et « merdé grave » ne veut pas dire « kidnappée ». Et même après tout ce qui s'est passé entre nous, je dois admettre qu'une petite partie de moi apprécie que Cassie ait besoin de mon aide.

— Qu'est-ce qu'elle dit ? demande Jasper en regardant par-dessus mon épaule.

— Aide-moi. J'ai grave merdé, réponds-je en déplaçant le téléphone afin qu'il ne puisse pas lire la partie le concernant.

La tristesse s'abat sur moi. Cassie ne guérira peut-être jamais.

— Elle veut qu'on aille la chercher. Tu veux bien conduire ? Je n'ai pas le permis.

Ce plan présente évidemment un léger, voire minuscule problème auquel j'ai évité de penser. Parce qu'en réalité, ce n'en est pas vraiment un – parce que qui dit problème, dit solution. Non, là c'est plutôt un truc insurmontable.

Je ne vois pas comment je vais pouvoir franchir le seuil de la maison. Je n'ai pas mis le pied dehors depuis trois semaines. J'ai commencé par ne plus pouvoir me rendre au lycée puis par ne plus être capable de faire des courses en voiture. Marcher à l'extérieur s'est ensuite révélé pénible. Mes trois dernières séances de thérapie avec le docteur Shepard ont eu lieu par téléphone, prouvant – comme elle le craignait – que les cours à domicile étaient le sommet d'une pente raide que j'avais dévalée jusqu'en bas. Je suis agoraphobe. Bon, d'accord, uniquement depuis trois semaines. Mais je peux vous assurer que ça suffit pour me faire croire que je suis comme ça depuis toujours. Or, il va bien falloir que j'y réfléchisse sérieusement à un moment ou à un autre de cette discussion « Allons sauver Cassie ».

— La chercher où ? demande Jasper. Qu'est-ce qui s'est passé ?

— Elle est dans la merde. Elle n'en dit pas davantage. Comme dans le texto qu'elle t'a envoyé.

— C'est n'importe quoi, s'emporte Jasper. Comment être sûr que c'est vraiment elle qui a écrit ? Ça pourrait être n'importe qui. On lui a peut-être volé son téléphone.

Il a raison. Et sa remarque me prouve qu'il n'a définitivement rien à se reprocher. Mais je ne suis pas prête à le laver de tout soupçon. Pas tant que je ne sais pas ce qui se trame exactement. Je reporte mon attention sur mon portable.

— T'écris quoi ? demande Jasper tandis que mes doigts s'agitent sur l'écran.

— Je vérifie juste que c'est bien Cassie.

Tu fais une Janice ?

C'est la première blague entre nous qui me vient à l'esprit. Elle n'est pas nouvelle, mais elle est bonne. Et rien que d'y penser, Cassie me manque.

Jackie Wilson – et pas Janice Wilson – était une élève toute menue qui est arrivée en début de Troisième. Elle n'est restée que trois mois avant que ses parents déménagent à nouveau, mais Cassie et moi l'aimions beaucoup. On avait beaucoup discuté de l'éventualité de la faire entrer dans notre duo afin de le transformer en trio, jusqu'à ce que qu'on se rende compte que Jackie nous avait menti *sur toute la ligne.* Y compris des trucs débiles comme la couleur des chaussettes *qu'elle portait.* Difficile de ne pas avoir pitié d'elle. Si elle mentait comme ça, c'est qu'elle avait un besoin pathologique de le faire. Bref. Après son départ, Cassie et moi avons utilisé son prénom comme synonyme de « mentir ». On disait « faire une Jackie ». J'ai écrit un autre prénom – Janice – exprès. Sinon, la personne au bout du fil avait cinquante pour cent de chance de répondre comme il faut – oui ou non. Si c'est vraiment Cassie, elle corrigera le prénom.

La réponse se fait davantage attendre cette fois-ci.

Tu veux dire Jackie ? Non. Prends la 95 vers le nord puis la 93. + 2 détails à venir. Dépêche-toi, Wylie. STP. G besoin de toi.

— C'est bien elle. (Et je me sens d'un coup beaucoup, beaucoup plus mal.) J'en suis sûre.

— D'accord, répond Jasper. Qu'est-ce qu'on fait ?

Je pourrais appeler Karen pour lui expliquer que Cassie a encore des ennuis. Et à cause de moi, elle pourrait échouer dans un internat où on l'obligerait à parcourir soixante-dix kilomètres à pied dans le désert brûlant pour lui apprendre le respect ou un truc du genre. Ou alors, je peux être l'amie que Cassie me demande d'être : quelqu'un en qui elle a confiance.

Je lève les yeux de mon téléphone pour les poser sur Jasper.

— On y va.

6

Du matériel. C'est la première chose à laquelle je pense : on ne peut pas partir sans un minimum de matériel. Bon, je le reconnais, c'est aussi une façon de retarder l'inévitable : sortir. Mais on doit quand même être préparés.

Je monte dans ma chambre, Jasper sur mes talons. Encore une fois, il n'a pas attendu que je l'y autorise. Même si je ne lui ai pas spécifiquement demandé de rester en bas. Je n'ai pas pensé un seul instant qu'il allait me suivre, mais c'est le cadet de mes soucis. Plus les secondes s'égrènent, plus le monde extérieur se fait menaçant. Mes pieds sont de plus en plus lourds et je me sens de plus en plus oppressée.

— Qu'est-ce qu'on fait ? demande Jasper pendant qu'on gravit les marches.

Je devine alors qu'il m'a suivie parce que je me suis mise en mouvement sans lui donner aucune explication.

— Il faut que je prenne des trucs. Il risque de faire froid. Tu n'étais pas obligé de me suivre.

C'est la vérité. Il risque vraiment de faire froid. *La 95 puis la 93 vers le nord.* Ce sont les instructions de Cassie.

Même si on est en mai, il fait encore froid à Boston. Qui sait jusqu'où les températures vont chuter ? Ou jusqu'où on va devoir monter ?

Des vêtements de rechange, des fringues chaudes – chaussettes, bottes, pulls. Je sais que je suis un peu parano. Mais mieux vaut être toujours prêt. Ma mère et les scouts ne me contrediraient pas.

Lorsque le docteur Shepard a fini par lui donner des ordres précis – renforcer la confiance en elle de Wylie – ma mère s'est investie à fond. J'étais en Cinquième à l'époque et je consultais la psy depuis presque un an. Ma mère voulait désespérément faire quelque chose, n'importe quoi, pour m'aider.

Pour elle, il n'y avait qu'une façon de booster mon ego : l'aventure. Maman avait appris tous ses talents de plein air quand elle avait mon âge auprès de mon grand-père, celui à qui je devais mon prénom. Wylie premier du nom – un véritable explorateur qui parcourait le globe à la recherche de vestiges archéologiques – a été obligé d'arrêter de voyager quand ma grand-mère a été hospitalisée. C'est là qu'il a commencé à emmener ma mère en forêt, où il lui a appris à faire du feu et à se diriger grâce au soleil. La nature les a aidés à oublier un peu la maladie mentale de ma grand-mère.

Ma mère a toujours trouvé ces aventures amusantes. Mais moi ? Pas vraiment. Les excursions que j'ai faites avec ma mère m'ont plus terrifiée qu'autre chose. La deuxième fois que j'ai fait de l'escalade, je me suis retrouvée coincée au milieu de la paroi et j'ai supplié maman de me faire hélitreuiller par la Garde nationale.

Elle n'en a rien fait. Elle ne s'est pas précipitée pour m'aider. Au lieu de ça, elle m'a répété que je pouvais y arriver. Encore, encore et encore. *Tu peux le faire. Tu peux le faire.* Ce n'était ni un cri, ni un hurlement, ni un encouragement. Plutôt une promesse. *Tu. Peux. Le. Faire. Bien sûr que tu peux.* Alors j'ai fermé les yeux et fait semblant de la croire jusqu'à que je parvienne enfin – deux très longues heures plus tard – au sommet de l'à-pic. Pour quelqu'un qui hurlait de terreur, je me sentais plutôt géniale. Je n'étais pas guérie pour autant et je ne m'étais pas vraiment amusée, mais cette expédition et celles qui ont suivi m'ont redonné de l'espoir. C'était ce dont j'avais le plus besoin.

J'ai adoré chacune des minutes que j'ai passées seule avec ma mère. Je ne me lassais pas de l'entendre m'expliquer comment monter une tente sous la pluie ou assurer une bonne prise du pied sur un rocher escarpé. Je n'oublierai jamais à quoi elle ressemblait quand on était dans les bois, dans la lueur du soleil levant. À une déesse. Une guerrière. Une déesse-guerrière. Dans mes souvenirs, c'est ce qu'elle sera toujours.

Lorsque Jasper et moi parvenons en haut de l'escalier, la porte de la salle de bains s'ouvre à la volée et Gideon surgit dans un nuage de vapeur, une serviette enroulée autour de la taille. Il se retrouve nez à nez avec Jasper.

— T'es qui, toi ? demande Gideon.

Il a l'air petit tout d'un coup, comparé à Jasper : ce dernier ne mesure que cinq centimètres de plus que mon frère mais il est beaucoup plus musclé.

— Jasper.

Il tend son poing serré, mais au lieu de le frapper avec le sien, comme n'importe quel ado normalement constitué, Gideon essaie de le serrer maladroitement tout en empêchant sa serviette de glisser.

— Jasper est le petit ami de Cassie.

Je lui fais signe de me suivre dans le couloir. Gideon lui jette un regard peu amène. Il est jaloux, évidemment. Il considère que Cassie devrait sortir avec lui, même s'il ne l'admettra jamais.

— Hé, attends ! crie Gideon derrière nous. Est-ce que ça veut dire que papa a retrouvé Cassie ?

Je tressaille sans m'arrêter. J'espère que Jasper ne va pas additionner deux et deux et comprendre que je savais que Cassie avait disparu quand il s'est pointé chez moi et que j'ai fait l'idiote en ouvrant la porte. Mais, une fois entrés dans ma chambre, je vois à son expression que Jasper a tout compris. Après tout, je n'ai jamais dit qu'il était bête.

— Tu m'as fait croire que tu ne savais pas que Cassie avait disparu ?

Il n'a pas l'air en colère, plutôt perplexe.

Je hausse les épaules et détourne le regard.

— Je ne savais pas ce que tu savais réellement.

Il écarquille les yeux avant de les plisser. Il n'est plus déconcerté. Il est furieux.

— Attends, tu crois que j'ai quelque chose à voir avec sa disparition ?

— J'ai pas dit ça.

Mais je refuse de lui avouer que je ne le pense pas. Pas question de lui mentir pour faire passer la pilule. Je suis habituée à être mal à l'aise. C'est même ma caractéristique principale.

— Mais alors pourquoi est-ce qu'elle me demanderait d'aller la chercher ? demande-t-il.

— Je n'ai jamais dit que tu lui avais fait quelque chose. (Il y a d'autres manières d'être responsable.) Et je n'ai pas le permis. Si elle veut que je la rejoigne, il faut bien qu'elle trouve une solution. De toute façon, Cassie va de plus en plus mal depuis qu'elle sort avec toi.

— Et tu penses que c'est *ma faute* ?

Jasper ouvre de grands yeux lumineux.

— J'ai pas dit ça. (Mais je le pense. Je croise les bras.) Tu veux vraiment faire ça ? Perdre ton temps à te disputer avec moi ? Tu ne m'aimes pas, je ne t'aime pas. Mais on a tous les deux de l'affection pour Cassie, n'est-ce pas ? L'important, c'est de la sortir du guêpier dans lequel elle s'est fourrée.

— Explique-moi pourquoi je ne t'aime pas, s'étonne Jasper, comme s'il n'avait retenu que ça de mon petit discours. Je ne te connais même pas !

À mon grand soulagement, mon téléphone se met à vibrer de nouveau dans la paume de ma main, ce qui m'évite de dire quelque chose que je pourrais regretter. Ce n'est pas Cassie, cette fois, mais mon père.

De retour dans 10 mn.

Merde. Plus le temps de tergiverser. Il faut y aller. Et je dois sortir de la maison.

Cassie est chez elle ? je demande.
Pas encore. Mais je suis sûr qu'elle va bien. T'inquiète pas.

Vais-je vraiment faire ça ? Cacher à mon père et à Karen que j'ai eu de ses nouvelles ? Je n'en ai pas envie, mais j'ai le sentiment de ne pas avoir suffisamment de données à ma disposition pour passer outre les ordres de Cassie. Du moins pas encore. Et puis il sera toujours temps de changer d'avis par la suite. Je vais attendre d'avoir plus de détails. Quand on saura exactement dans quel pétrin Cassie s'est fourrée, on décidera de qui prévenir.

— Faut se barrer. Mon père arrive.

Je m'empare de mon petit sac de voyage et j'y fourre des trucs pêle-mêle : des vêtements de rechange, un bas de jogging, un bandana. Le foulard me rappelle mes cheveux massacrés, que Jasper fait toujours semblant de ne pas remarquer.

— Est-ce que je pourrais emprunter un sweat-shirt à ton père ou à ton frère ? Je suis parti en courant quand j'ai reçu le SMS de Cassie. (Jasper baisse les yeux sur ses manches courtes.) Si je repasse chez moi, mon frère ne me laissera jamais reprendre sa bagnole.

— Ouais, pas de problème, réponds-je, un peu coupable d'avoir pensé qu'il exhibait ses biceps exprès. Je vais te trouver quelque chose.

Les Dr. Martens de ma mère sont toujours en plein milieu de la chambre de mes parents. Je les contemple un instant. Je finis par les enfiler et les lacer étroitement – elles sont trop grandes d'une pointure, mais ça va. Je prends aussi le sweat-shirt préféré de maman, qui est accroché derrière la porte. Ce n'est probablement pas un hasard s'il est là depuis quatre mois, juste à l'endroit où elle l'a laissé. Ça veut peut-être dire que mon père a du chagrin à sa manière. Mais même si c'est le cas, j'en ai plus besoin que mon père. Après tout, il était prêt à donner ses chaussures.

J'attrape une dernière chose sur la table de nuit de maman. Son couteau suisse. Un cadeau que lui a fait mon grand-père pour ses seize ans. Ses initiales sont gravées sur le manche. *Utile en toutes circonstances,* avait-elle l'habitude de dire. Je le tourne et le retourne et je sens son poids dans ma paume.

Lorsque ma main se met à trembler, je le fourre au fond de ma poche et je me dirige vers la porte.

Une fois de retour dans ma chambre, je trouve Jasper en train d'examiner mes photos. Elles sont en noir et blanc et suspendues à un fil qui fait tout le tour de la pièce. Je ne leur ai pas prêté attention depuis longtemps, sans doute depuis l'accident. Il fut un temps où le joli APN qu'on m'avait offert pour mon anniversaire ne me quittait jamais : je voyais davantage le monde à travers son objectif qu'à travers mes propres yeux. Ma mère disait que j'avais le don pour capturer l'essence réelle des gens et elle affirmait que c'était la marque des vrais photographes. Je pense que je ne prendrai plus jamais aucune photo.

— Elles sont…

Jasper cherche le mot juste, les yeux rivés sur un cliché représentant une vieille femme assise sur un banc non loin de Copley Square, un immense sac à carreaux à côté d'elle. Elle regarde fixement l'objectif sans sourire, des miettes de crackers entre les pieds.

— Déprimantes, finit-il par dire.

Je me sens mise à nu et je déteste ça. Mes photos sont *vraiment* déprimantes, c'est vrai. Comme moi. Mais ce n'est pas une raison pour me le balancer en pleine figure. Je me demande s'il a dit ça comme ça ou s'il est volontairement grossier envers moi. Difficile de juger avec lui. Quoi qu'il en soit, je voudrais qu'il arrête de les regarder et qu'il quitte la pièce.

— Allez. (Je lui balance un tee-shirt à manches longues et une veste en laine polaire qui appartiennent à mon père.) Faut qu'on se bouge.

C'est fou comme j'ai l'air sûre de moi. Comme si sortir était une possibilité réelle, légitime. Comme si ça ne faisait pas trois semaines que je n'avais pas mis le nez dehors. Bien sûr. Aucun problème.

Une fois au rez-de-chaussée, j'essaie de rester focalisée sur l'instant présent, comme le docteur Shepard me l'a appris, histoire de ne pas m'aventurer dans les territoires où gisent les angoisses. Le tissu des manteaux épais que je sors du placard me râpe la peau et le métal de la poignée de la porte est froid sous ma paume. Ces choses sont réelles. Tout le reste est dans ma tête. Mais le monstre de la panique – *Dehors ! Dehors ! Dehors !* – hurle toujours. Et mon cœur bat si fort que j'ai peur qu'il explose.

— Tiens, dis-je en tendant la parka de papa à Jasper.

Je pivote vers le garage et je sens le regard de Jasper fixé sur moi. Il a compris que quelque chose n'allait pas, évidemment. Seul un idiot ne remarquerait rien. Et puis si ça se trouve, Cassie lui a parlé de mes « problèmes », qui ont bien empiré sans qu'elle le sache.

Je prends une profonde inspiration et ouvre la porte qui donne sur le garage. Je suis saisie par l'air froid et piquant. J'ai l'impression d'avoir été précipitée dans l'espace. Et dire que la porte extérieure est toujours fermée. Je pose une main sur une étagère pour conserver l'équilibre et j'aperçois le matériel de camping de ma mère. Je ne permettrai jamais à quiconque de s'en servir, quelle que soit l'urgence. Je prends des trucs avec moi. J'en ressens subitement le besoin : une des tentes compactes, une bâche en plastique, un sac de couchage, des fusées éclairantes, une boussole, le purificateur d'eau. J'en empile la moitié sur le sol et je serre le reste contre moi.

Quand je me retourne, Jasper regarde fixement le tas.

— Euh, on a vraiment besoin de tout ça ? Cassie a dit qu'on allait camper ?

Non, *on* n'a pas besoin de tout ça. En revanche, *moi*, si. Pour pouvoir passer la porte.

— On ne sait jamais, j'élude, puis je fais signe à Jasper de prendre ce qui reste par terre. (Je désigne le gros bouton sur le mur à côté de lui.) Tu veux bien appuyer dessus ? Ça ouvre le garage.

Je tressaille quand la porte grince bruyamment et je me cramponne si fort au matériel de camping qu'il me scie les côtes. La douleur est étrangement rassurante. Avant de perdre connaissance, je suis toujours envahie par une espèce de torpeur qui précède le tunnel qui mène à l'obscurité. Je ne ressens rien de tout ça, pas encore, du moins. Juste la pression qui me broie le crâne.

Tandis que le rideau métallique achève de s'enrouler dans un bruit de ferraille, Jasper dit peut-être quelque chose, ou peut-être pas. Je n'entends rien d'autre que le rugissement de la porte. Je ne sens rien d'autre que le martèlement de mon cœur.

Une bouffée d'air froid me saute au visage et le ciel nocturne apparaît enfin. J'aperçois la maison de l'autre côté de la rue, le jardin dans lequel j'ai passé tant de temps à jouer quand j'étais enfant et le bout de pelouse sur le côté qui était jadis un raccourci pour se rendre à l'école. Des souvenirs de la vie d'une autre. L'air sent bon, un mélange de fumée, de bois et de neige. Je devrais me sentir en sécurité. Et pourtant, je suis plus terrorisée que jamais.

Jasper est déjà dans l'allée. Il se dirige d'un pas vif vers sa voiture, comme une personne normalement constituée. Il remplit le coffre avec le matériel sans intérêt que j'ai décidé d'emporter. Une seconde plus tard, il est de retour et me dévisage en silence. Mais même si j'ai honte devant lui, même si ça me coûte de perdre du temps pour sauver Cassie, mes pieds ne bougent pas.

Il n'y a qu'une façon pour moi de sortir de ce garage : me persuader que j'en suis capable. *Tu peux le faire. Tu peux le faire.* La voix de ma mère résonne dans ma tête. Je sens qu'elle croise les doigts pendant que j'escalade très lentement cette paroi rocheuse. Je suis parvenue au sommet parce que j'ai cru ce qu'elle me disait. Ça va aussi me permettre de franchir cette porte.

— Donne-moi le bras, j'ordonne à Jasper sans le regarder.

Il hésite un instant puis obéit. Je pose la main sur son coude nu : je pensais que ce serait moins bizarre que de toucher son biceps musclé mais ce n'est pas le cas.

— J'ai besoin que tu me guides jusqu'à la voiture. Ne me demande pas pourquoi, s'il te plaît. De toute façon, je ne te répondrai pas.

Puis je ferme les yeux. Faire semblant que je ne suis pas en train de sortir ne peut pas me faire de mal.

Je garde les yeux clos pendant qu'on traverse le garage. Je sens quand même la nuit m'environner lorsque je mets le pied dehors. *Respire,* je m'ordonne, tandis qu'on emprunte ce que je devine être l'allée. Je prends une profonde inspiration, je lâche le coude de Jasper et j'ouvre les yeux assez longtemps pour flanquer tout ce que je porte dans le coffre de la Jeep de Jasper. Je les referme tout de suite et je tâtonne jusqu'à la portière du passager. J'entends Jasper rabattre le coffre derrière moi.

Je grimpe dans la voiture, le cœur battant à tout rompre. Mais pour une fois, c'est positif : j'y suis arrivée. Je n'y crois qu'à moitié, je suis assise dans le véhicule de Jasper. Je me prépare aux questions que ce dernier ne manquera pas de me poser quand il s'installe sur le siège du conducteur. Celles que je lui ai demandé de garder pour lui. Je sens son regard fixé sur mon visage, comme s'il pesait le pour et le contre.

— Bon, d'accord, dit-il en mettant le contact.

Comme s'il pensait que je suis un peu folle mais qu'il avait décidé de se montrer poli et de garder ses interrogations pour lui. Je peux accepter ça. De toute façon, je n'ai pas le choix.

Mais au lieu de démarrer, la voiture toussote.

— Ne t'inquiète pas. Elle fait ça tout le temps. Elle va finir par se mettre en route.

Je suis hyper soulagée quand le moteur se met à ronronner. Parce que si je dois rentrer chez moi, il y a zéro chance pour que je parvienne à ressortir.

Une seconde plus tard, on quitte l'allée, et deux secondes après, nous voilà dans la rue. On est vraiment partis. *Je* suis partie. Et je suis presque à deux doigts de… bon, pas de me détendre, ce serait *vraiment* exagéré. Mais au moins les choses n'empirent pas. Je ne me suis pas évanouie et je n'ai pas vomi non plus, ce qui dans ce cas – dans mon cas – est une immense victoire. Enfin, jusqu'à ce que j'aperçoive les phares qui viennent à contresens : mon père rentre à la maison.

Je suis assaillie par une bouffée de culpabilité inattendue. Il va se faire un sang d'encre en constatant que je ne suis plus là. Il m'a ordonné de verrouiller toutes les portes et voilà qu'au lieu de ça, je me barre ? Quant au petit mot que je lui ai laissé : *Je reviens vite* ? Il n'explique rien. Et Jasper ? Gideon va certainement mentionner sa présence. Mon père va flipper.

Ce n'est pas ce que je souhaite. Papa ne ressemble pas à maman et ne lui ressemblera jamais. Il ne me comprend pas. Et j'ai parfois l'impression que ma mère ne lui manque pas assez et qu'ils ne s'entendaient plus vraiment avant qu'elle meure. Mais je sais qu'il fait de son mieux maintenant. J'en suis certaine.

Ça ne m'empêche pas de me baisser quand on croise son véhicule, qui roule rapidement dans la direction opposée. Je choisis de protéger le secret de Cassie – quel qu'il soit – plutôt que de l'arrêter pour tout lui raconter. En cet instant, je suis l'amie de Cassie avant d'être la fille de mon père. Je pourrais prétendre que je fais un sacrifice, mais la vérité est moins reluisante que ça. J'ai peut-être envie de prouver à Cassie qu'elle a eu tort de me troquer contre ses nouveaux amis.

Comme pour répondre à mes interrogations, le téléphone se met à vibrer dans ma paume et je me prépare à lire un SMS de papa me suppliant de rentrer à la maison. Mais le texto est de Cassie. Et il en dit à la fois trop et trop peu :

Vite.

7

Nous suivons les instructions de Cassie à la lettre : on prend d'abord brièvement la 95 vers le nord puis on roule sur la 93 pendant une bonne heure. Les lumières de Boston disparaissent rapidement derrière nous et on quitte le Massachusetts pour le New Hampshire. L'autoroute est toujours aussi large, mais plongée dans l'obscurité. Jasper et moi bombardons Cassie de SMS en espérant qu'elle nous en apprenne davantage. Jusqu'où sur la 93 ? Et après ? T où ? N'importe quoi qui puisse nous apporter un début d'explication. Tu vas bien ? Réponds, s'il te plaît. Mais Cassie n'a pas réagi. Pas une seule fois.

Le seul qui m'a contactée, c'est papa. Il m'a envoyé une demi-douzaine de SMS, qui ressemblent tous peu ou prou à celui que je viens de recevoir : stp Wylie, dis moi où tu es. Rentre à la maison. Je suis inquiet. Il m'a appelée deux fois, aussi. Et laissé un message que je n'ai pas pu me résoudre à écouter.

Sans surprise, le petit mot que j'ai laissé dans la cuisine ne lui suffit pas. Mais je vois bien qu'il essaie de ne pas flipper. Il fait presque comme s'il était fier que j'aie réussi à sortir de la maison. Pour être honnête, je suis plutôt fière, moi aussi. Pendant les vingt minutes qui ont suivi, j'ai carrément plané.

L'adrénaline est redescendue, mais je me sens mieux que durant ces derniers mois. Comme si cette urgence était le remède que je cherchais. Ou alors c'est juste que c'est plus difficile d'entendre toutes ces angoisses dans ma tête maintenant que la réalité les a rattrapées. Me voilà assise dans une voiture qui se dirige à toute allure vers une destination inconnue, où je dois, pour une raison tout aussi inconnue, sauver une amie que j'aime mais en qui je n'ai pas confiance… et je me sens plus calme que jamais.

Jasper et moi parlons peu au fur et à mesure que les kilomètres défilent, à l'exception de « Tu as froid ? » et « On peut changer de radio ? » De toute façon, sur le vieil autoradio de Jasper, les différentes fréquences virent rapidement au bruit blanc, à l'exception d'une seule station qui diffuse une émission sur les effets néfastes des drogues psychiatriques sur les ados, ce qui, au vu des circonstances – enfin, surtout des miennes – est plutôt embarrassant.

Heureusement, le rugissement du moteur de la voiture de Jasper couvre quasiment tout. Dans cette Jeep hors d'âge, j'ai l'impression d'être la passagère clandestine d'un avion cargo, comme si j'étais assise dans un endroit qui n'est pas fait pour accueillir des passagers. Et plus on monte vers le nord, plus il fait froid. Rapidement, je ne sens plus mes orteils, même si Jasper n'arrête pas de monter le chauffage. Quand je regarde quelle heure il est sur l'écran de mon smartphone – presque vingt heures trente – je commence à craindre que le froid et le vacarme soient le signe que la Jeep a un sérieux problème. Je scrute le sol à côté du pied de Jasper, d'où le bruit et le vent semblent venir.

— Il y a un trou, explique Jasper en désignant le sol.

— Dans le sol ? je demande en m'agrippant si fort à la portière que ma main commence à me faire souffrir.

— N'aie pas peur. C'est pas dangereux, poursuit Jasper. Il est loin des pédales. Mon frère devait le réparer… Cette voiture lui appartient. Mais il ne pense à rien d'autre que baiser et cogner sur les autres. (Jasper semble sur le point d'ajouter quelque chose. Au lieu de ça, un demi-sourire étire ses lèvres.) Comme sur moi, par exemple, quand il se rendra compte que je lui ai piqué sa bagnole.

— Oh.

— Bah. C'est pas grave. Il est baraqué mais lent. En général, je réussis à lui échapper. Une fois, je n'y suis pas arrivé. (Il désigne une cicatrice près de son œil droit.) Il m'a poussé sur le coin de la table basse. Je n'ai eu que quatre points de suture mais j'ai saigné comme un malade. Heureusement que maman est infirmière, elle a réagi calmement. Elle a dû changer le tapis après ça, cela dit.

— C'est affreux, réponds-je. Il a dû prendre cher.

Jasper me jette un coup d'œil.

— Pas tant que ça. Chez moi, c'est la loi du plus fort.

C'est de ça que Cassie m'a parlé quand elle m'a dit qu'il n'avait pas une vie facile.

— Oh, je répète, parce que je n'ai aucune idée de ce que je suis censée dire.

— Ouais. Ma mère se mêle de ma vie uniquement si ça a un effet direct sur son portefeuille. (Il esquisse un petit sourire narquois comme s'il s'en fichait, mais je vois bien que ce n'est pas le cas.) Elle fonde de grandes espérances sur moi en tant que futur distributeur de billets.

— C'est nase.

Et je le pense vraiment.

— Ouais, répond Jasper à mi-voix. Il y a pire, je suppose.

Mon portable vibre de nouveau dans ma main.

Wylie, s'il te plaît, ne fais pas ça. Réponds-moi. Tout de suite.

— C'est Cassie ? demande Jasper sur un ton plein d'espoir.

Je secoue la tête.

— Encore mon père.

— Il est furax ?

— Inquiet, plutôt.

— C'est sympa, constate-t-il comme si le fait que papa se fasse du souci pour moi était la preuve que ma vie est beaucoup plus facile que la sienne.

Je devrais certainement trouver ça « sympa », comme il dit, mais ce n'est pas le cas. Plus il m'envoie de SMS, plus j'ai l'impression qu'il veut juste que j'obéisse à ses ordres et pas qu'il me manifeste de l'amour paternel.

— Je suppose que oui, réponds-je en regardant mon smartphone.

Jasper lève une main.

— Désolé. Je déteste quand les gens me sortent ce genre de conneries, du style : « Ta mère t'aime, j'en suis sûr, c'est ta mère après tout. » (Il a l'air en rogne – un peu comme un mec qui s'apprête à en coller une à quelqu'un.) Ma mère est la preuve vivante que la vie est pleine de choix pourris. (Il secoue la tête et hausse les épaules.) Ton père est peut-être un connard. Qu'est-ce que j'en sais ?

Je n'en sais rien non plus. Mais je pense qu'il est temps que je lui réponde pour le calmer.

On a eu des nouvelles de Cassie. Elle va bien. Elle a des petits soucis et nous a demandé d'aller la chercher. On revient vite ! Bisous bisous.

J'appuie sur le bouton « envoyer » et je contemple mon « bisous bisous » pas du tout convaincant. Même le point d'exclamation est en trop. Mais ce n'est pas un mensonge. Du moins pas tout à fait.

La réponse de mon père ne se fait pas attendre.

NON. Ne fais PAS ça. Dis à Karen où elle est MAINTENANT et elle ira la chercher.

— Il veut que je dise à Karen où est Cassie, j'explique en regardant toutes ces majuscules qui me hérissent le poil.

— Tu crois qu'on devrait le faire ? demande Jasper.

Je suis incapable de deviner si son ton est critique ou si je me fais des idées.

— Pas toi ?

La vérité, c'est que je ne sais pas vraiment ce que je pense. C'est un peu fou que ça arrive pile au moment où je décide soudain d'obéir de nouveau à Cassie, comme je l'ai toujours fait. Mais encore une fois, le fait que je m'angoisse pour quelque chose n'est pas forcément un bon indicateur.

— Techniquement, on ne sait pas où elle est, affirme Jasper. On ne peut pas attendre ? Voir ce qu'elle nous dit ensuite ? Tu peux faire comme si tu n'avais pas vu son message.

— Lui mentir, en gros.

— Je dirais plutôt gagner du temps. Mais *mentir* marche aussi, oui, dit-il comme si j'étais débile. Est-ce que tu as une appli pour localiser ton téléphone ? Il va certainement l'utiliser.

Je secoue la tête.

— Non.

Mon smartphone est flambant neuf – pour remplacer (sans que j'aie à me justifier !) celui que j'ai jeté dans les chiottes le jour de l'enterrement – un autre motif d'injustice qui a mis Gideon hors de lui. Et mon père n'a pas eu besoin de me localiser depuis : je n'ai pas quitté la maison.

— Bon. Je suis pour qu'on le mène un peu en bateau, à condition qu'il soit pas flic.

Mon estomac se noue. Pourquoi Jasper a-t-il peur de la police ?

— Non, c'est un scientifique. Pourquoi ?

— Je suis sorti avec une nana dont le père était agent de probation. Je ne l'ai su que lorsqu'il nous a surpris ensemble. Il a demandé à un de ses potes de m'enfermer dans une cellule de détention provisoire pendant une nuit entière. (Il secoue la tête en riant à demi.) On était des gamins. On n'avait commis aucun crime. Mais putain, son père m'a fait super peur. Je n'ai pas approché une fille pendant des semaines après ça.

Je lui lance un regard noir. Il croit vraiment que la meilleure amie de sa petite copine a envie de l'entendre raconter ses exploits sexuels ?

— Bref. (Il toussote et a l'air sincèrement perplexe de voir que je le regarde toujours sans aménité.) C'est quel genre de scientifique ton père ?

Je pose mon portable sur mes genoux, écran caché. Je fais semblant de m'intéresser vraiment à la conversation alors que je cherche juste un moyen de gagner du temps avant de répondre au SMS de papa, comme l'a suggéré Jasper.

— Conversation réelle et Perception émotionnelle : Implications d'une approche intégrante de l'intelligence émotionnelle.

Je répète le titre de l'étude de mon père comme si c'était un truc que Jasper ne pourrait jamais comprendre.

— OK, répond-il en fronçant les sourcils. Enfin – je n'ai aucune idée de ce que le machin intégrant du bidule émotionnel peut bien être. Je suis censé savoir ?

Je hausse les épaules.

— Je n'y comprendrais rien non plus si mon père ne passait pas son temps à nous bassiner avec ça. Il a mis au point un test pour étudier une petite partie des « perceptions », ce qui n'est qu'une infime partie de cette approche de l'intelligence émotionnelle – on l'appelle « intégrante ». Bref. Mon père a commencé à étudier l'intelligence émotionnelle – c'est comme le QI mais appliqué aux sentiments – après avoir rencontré ma mère. Il a toujours pensé qu'elle était médium parce qu'elle devinait sans arrêt à quoi il pensait. Elle comprenait toujours tout.

Je passais dans l'entrée pour monter me coucher quand j'ai aperçu un prospectus vert qui traînait par terre devant la boîte aux lettres, coincé sous un énième menu Wok & Roll.

Le Collectif, était-il inscrit en majuscules noires tout en haut, au-dessus des détails de ce qui m'avait tout l'air d'être une conférence : **Spiritualité de la science, 18 décembre, à 19 h ! Explorez les points de convergence entre la liberté, la foi et la science.**

— Ah, a commenté maman. (Elle avait surgi derrière moi et lisait par-dessus mon épaule. Elle a entortillé ses cheveux bouclés sur sa nuque.) La vie dans une ville universitaire – y a du bon, du mauvais et du vaguement fanatique. Parfois j'adore ça et parfois j'aimerais que toutes les pubs qu'on reçoit ne concernent que des vide-greniers.

Elle faisait comme si le prospectus avait été glissé comme ça sous notre porte. Elle avait fait la même chose la fois où j'étais allée la trouver pendant qu'elle travaillait et que quelqu'un avait déposé un collage sur le Moyen-Orient sous son essuie-glace. Il y avait un crâne et des os dessus.

— C'est à cause de ton article ? ai-je demandé sans pouvoir m'empêcher de penser aux poupons.

Presque un mois et demi après le premier, d'autres avaient atterri sur notre perron. Trois fois de suite.

— Oh, je ne pense pas, non, a-t-elle répondu comme si l'idée ne l'avait pas traversée.

— C'est quoi la « Spiritualité de la science » ?

— Va savoir, a-t-elle répondu sur un ton amusé tout en entourant mes épaules de son bras. Une preuve supplémentaire que nous vivons dans un pays libre. Remercions Dieu pour ça.

— Pas la peine de s'inquiéter, alors ?

— Non. Tu ne peux pas contrôler le monde, tu sais. C'est un fait, a-t-elle affirmé en me prenant le flyer des mains. (Elle l'a plié soigneusement en un petit carré qu'elle a glissé dans la poche arrière de son jean, puis elle a déposé un baiser sur mon front.) Et heureusement, d'ailleurs. Ton père n'a pas vu ce prospectus, n'est-ce pas ?

J'ai secoué la tête.

— Alors, ne lui en parlons pas. Après l'histoire des poupons et la chute du docteur Caton du mont Olympe – elle a levé les yeux au ciel – je pense qu'un truc aussi insignifiant pourrait être la goutte d'eau.

— Pourquoi papa l'a viré au fait ?

Concernant cette affaire, j'éprouvais moins de curiosité que Gideon, mais tout ça m'avait paru étrange, inattendu et exagéré quand ça c'était produit quelques mois plus tôt, surtout pour quelqu'un dans le genre de mon père, qui est Monsieur Sans Émotions. Papa refusait toujours d'aborder le sujet.

— Le docteur Caton était tellement habitué à n'en faire qu'à sa tête qu'il n'écoutait pas ton père, qui est non seulement un scientifique de talent et un homme brillant, mais surtout son *chef*, a répondu maman. Je pense que ce n'est pas facile d'être équilibré quand tu décroches ton bac à quinze ans. D'après ce que ton père m'a raconté, le docteur Caton est issu d'une famille extrêmement riche qui ne lui a pas appris l'humilité. Si on te donne toujours ce que tu veux, ça peut te rendre irréfléchi. Ce qui me conforte dans l'idée qu'on a bien fait de ne pas faire sauter de classe à Gideon.

— Gideon n'est pas super bien intégré.

— On fait ce qu'on peut, a répondu maman en riant. Mais parfois le problème, ce n'est pas *ce* qu'on croit mais *comment* on y croit.

— Fais-moi l'article, alors, dit Jasper, me ramenant brutalement au présent, la Jeep, l'obscurité et son pseudo argot de surfeur.

Ça me rappelle pourquoi je ne l'aime pas.

— L'article de quoi ?

— Les trucs de ton père.

— Ses « trucs » ?

— Ouais, ses recherches. On a le temps. Et j'aime bien les sciences – tu sais, la version pour les Nuls Relous et Baraqués. (Voilà qu'il se fiche de moi, à présent. Il pense que c'est pour ça que je ne l'aime pas ? Parce qu'il est « baraqué » ? Je le regarde fixement jusqu'à ce qu'il finisse par lever la main.) Trop tôt pour blaguer, je comprends.

Je n'ai aucune envie de parler du job de papa, mais si je ne parviens pas à me distraire, qui sait jusqu'où mon esprit va errer. Quel que soit le sujet de la discussion, je prends. Et les recherches de mon père sont un terrain moins miné que la relation entre Cassie et Jasper.

— Il a fait pas mal d'études sur l'intelligence émotionnelle, mais cette fois-ci, il se contente d'observer la partie qui décrypte les émotions des autres, c'est ça qu'on appelle la « perception ».

Il hausse les épaules.

— Je ne peux pas vraiment dire que je sois très fort pour deviner les sentiments des gens. Mais il paraît que certains sont très doués pour ça.

— C'est vraiment une partie minuscule de l'intelligence émotionnelle, pas vraiment un truc qui va changer la face du monde. Quoi qu'il en soit, mon père a mis au point un test pour voir si on pouvait mieux décrypter les sentiments des autres pendant une conversation réelle qu'en regardant des photos, ce qui est le test habituel.

— Et ? demande Jasper, comme s'il s'attendait à une révélation spectaculaire.

Il va être aussi déçu que papa.

— Rien de vraiment excitant... Il a appris des bricoles. Mais il n'a pas éradiqué le cancer ou quoi que ce soit.

— Outch, réplique Jasper. Ça a de quoi lui foutre le moral à zéro, non ?

Il a raison. C'est dur. Mais je découvre soudain que je suis irritée. Plus que ce que je croyais. Même si mon père ne pouvait pas le savoir à l'époque, il a perdu un temps fou, qu'il aurait plutôt pu passer avec ma mère. Au lieu d'être avec elle et d'être heureux, il était obsédé par une autre étude débile qui n'intéressera jamais personne. Et maintenant elle est morte. Quoi qu'il fasse, il ne rattrapera jamais ce temps-là, ni avec elle, ni avec nous.

Je hausse les épaules.

— C'est important pour lui, je suppose. (Je sens le poids du regard de Jasper sur moi et je voudrais qu'il arrête. Je dois changer de sujet avant de me mettre à crier.) J'aurais juste aimé qu'il accorde autant d'importance à d'autres choses.

Mon portable vibre de nouveau dans ma main. Je m'attends à ce que soit encore un SMS de papa. Mais c'est Cassie. Enfin.

Prenez la sortie 39C. Puis la route 203. + d'infos à venir.

Je réponds, le cœur battant.

Ça va ? Qu'est-ce qui se passe ?
Peux pas parler. Pas prudent.

Bon, au moins, c'est une réponse. Même si ce n'est pas celle que j'espérais.

— Alors ? demande Jasper.

— Faut prendre la sortie 39C. (Je consulte le GPS de mon téléphone.) Dans quarante minutes environ.

— C'est tout ? Elle ne dit rien d'autre ?

La colère est de retour dans sa voix. Il n'a pas haussé le ton, mais je l'entends. Juste sous la surface. Je me demande si elle est très profonde.

— « + d'infos à venir », elle a dit. Et qu'elle ne peut pas en dire plus pour le moment.

— Alors, c'est tout ? demande-t-il. On se contente de rouler ?

— T'as une meilleure idée ?

Il reste silencieux un instant.

— Non, finit-il par répondre d'un ton abattu. Je n'ai pas de meilleure idée. Je ne sais pas ce qu'on devrait faire, putain. Parfois, j'ai l'impression que je ne sais même plus qui elle est.

Voilà qu'il se met à parler comme moi, ce que je trouve à la fois réconfortant et suspect.

— Je comprends très bien ce que tu veux dire.

— Je pense vraiment que tu manques à Cassie, poursuit-il. Elle ne l'admettra jamais. Tu sais qu'elle est têtue comme une mule. (Je le sais, oui, mais je trouve bizarre de l'entendre de la bouche de Jasper.) Mais elle était perdue sans toi.

Il a l'air blessé ou jaloux et j'essaie de ne pas en tirer de satisfaction.

— Je n'étais pas facile à fréquenter ces temps-ci, je suppose.

Je préfère prétendre que c'est ma faute si on ne se parlait plus. Sinon, je vais être obligée de dire la vérité et de lui balancer ce que je pense vraiment de lui.

— Je sais pas, répond Jasper. C'est pas censé servir à ça, les amis ? Se soutenir quand tout va mal ?

Attends, Cassie lui a-t-elle dit que j'étais insupportable ? Est-ce que c'est pour ça qu'on n'est plus amies ? Depuis le début, je pense que c'est moi qui ai mis des limites à cause du comportement de Cassie et que c'est à cause de ça qu'on a cessé de se fréquenter. Mais la vérité, c'est peut-être que Cassie en a marre de moi depuis longtemps. Je rougis sous le regard de Jasper, qui a l'air de vouloir entendre ma version de l'histoire. Mais je viens de passer trop vite de fille dans son bon droit à amie larguée : je n'ai aucune envie d'en discuter davantage.

— Pourquoi vous vous êtes disputés ? rétorqué-je pour ne pas avoir à lui répondre. Ça a peut-être un rapport avec tout ça.

— J'espère que non, répond Jasper et je perçois de nouveau de la culpabilité dans sa voix. Ce n'était même pas une dispute. J'ai hurlé et Cassie a pleuré. Au moment où c'est arrivé, j'avais l'impression que c'était quelqu'un d'autre qui engueulait sa petite copine devant la station-service. Ça t'est déjà arrivé ? De te voir agir de l'extérieur ?

Jasper me jette un coup d'œil. C'est apparemment une vraie question à laquelle il veut que je réponde.

— Ça arrive à tout le monde, réponds-je, même si je n'ai pas envie de l'absoudre de quelque chose qui m'a l'air bien moche. Et puis de toute façon, je ne suis pas vraiment une experte en normalité.

J'aurais bien aimé ne pas dire ça à haute voix.

— Y a qu'un connard pour continuer à hurler sur une fille qui pleure – quoi qu'elle ait fait par ailleurs. Le truc complètement ouf, c'est que pendant que je braillais, je pensais : « C'est exactement ce que fait mon frère. C'est exactement ce que fait mon… mais pas *moi.* » (Il secoue la tête.) C'était une première, en tout cas, en ce qui me concerne…

Pourquoi est-ce que Jasper me raconte tout ça ? Je ne risque pas de l'apprécier davantage. À moins qu'il ne partage le souvenir de cet incident pour dissimuler quelque chose de bien pire.

— Pourquoi tu étais en colère ? Elle avait fait quoi ?

— Elle m'a trompé, répond-il tristement, à voix basse. Ça dure depuis un moment. J'en suis sûr à quatre-vingt-dix-neuf pour cent.

— Impossible.

Je manque d'éclater de rire. C'est complètement ridicule. Quand elle est sortie avec Jasper, Cassie a eu l'impression d'avoir gagné au loto. Elle s'est sentie légitimée. Ça me coûte de l'avouer, mais c'est la vérité. Pourquoi diable l'aurait-elle trompé ?

— Pourquoi tu penses ça ?

— Une intuition. (Il hausse les épaules.) Je ne suis pas très bon pour décrypter les gens, mais Cassie communiquait par texto avec quelqu'un en permanence. En cachette. Mais ce n'est pas uniquement pour ça que j'ai pété un plomb. Elle faisait n'importe quoi ces derniers temps. Je lui ai demandé de lever le pied. Et elle est *partie en live* ! Elle a prétendu que je voulais la contrôler. Je me suis dit qu'elle n'avait qu'à aller se faire foutre, j'essayais de l'aider, bordel.

— Comment ça « n'importe quoi » ?

— Trop de fêtes et de trucs du genre.

— Des fêtes ? je répète comme si je ne comprenais pas de quoi il parlait.

Comme si je ne me faisais pas de souci pour les mêmes raisons.

— Cassie était trop déchirée, trop souvent.

— Et ça te pose un problème moral ?

J'essaie de ne pas avoir l'air trop sarcastique. *Epic fail.* Je poursuis comme si de rien n'était.

— Toi aussi, tu vas de fête en fête.

— S'amuser et être ingérable, ce sont deux trucs complètement différents.

— Cassie était ingérable ?

Je veux l'entendre de sa bouche. Comme si c'était une clé. Parce que si Cassie a laissé tomber Jasper parce qu'il lui a fait les mêmes reproches que moi, ça veut bien dire que j'avais raison, non ?

— Cassie déconnait à pleins tubes, répond-il. Et ça me foutait grave les jetons. Tu l'as bien remarqué, non ?

Il a l'air soudain déconcerté, comme s'il imaginait qu'il avait peut-être exagéré. Et même si je suis ravie qu'il constate que je connais Cassie bien mieux qu'il ne le pourra jamais, ce n'est pas le moment de lui mentir.

Je hoche la tête.

— Oui. Elle m'a flanqué la frousse à moi aussi.

8

ON TRAVERSE QUASIMENT TOUT LE NEW HAMPSHIRE en silence. Les sorties défilent lentement jusqu'à la 39C. Pendant tout ce temps, je me demande si le fait que Jasper soit d'accord avec moi sur le fait que Cassie déconne me rassure ou au contraire m'inquiète. J'essaie aussi de ne pas songer au moment où la soupape de sécurité de ma fuite en urgence cessera soudain de fonctionner : je sais que l'angoisse me submergera de nouveau et m'empêchera de respirer. Un compte à rebours s'est déclenché quelque part. Quand atteindra-t-il zéro ?

Quand mes crises atteignent leur paroxysme, pas moyen de les dissimuler. Ces derniers jours, j'arrive à éviter de vomir. Mais je ne contrôle pas mes pertes de conscience.

La première fois que ça m'est arrivé, c'était l'été avant le CM1. On était partis faire une excursion en famille aux Four Corners, sur le plateau du Colorado et on s'était arrêtés pour manger dans un restau. Cet été-là, les restaurants semblaient mettre systématiquement au menu une crise d'angoisse. Y entrer était compliqué, alors ne parlons même pas d'avaler quoi que ce soit. Dès l'instant où j'ai mis le pied dans le lumineux Gloria's Café à Chinle, dans l'Arizona, j'ai senti que quelque chose n'allait pas. Mais ce n'est que lorsque je me suis levée pour aller aux toilettes que j'ai compris à quel point c'était grave. Je n'ai eu le temps de faire que quelques pas avant que le sol ne tangue vers la gauche et que tout devienne noir. Je ne suis pas restée dans les vapes longtemps. Mais quand on s'évanouit, c'est flippant et ultra-gênant et j'ai fait de mon mieux pour que ça ne se reproduise plus jamais. Malgré tout, ça m'est arrivé au moins six fois pendant les années qui ont suivi. Pas question que la septième se produise devant Jasper.

La sortie 39C finit par être annoncée.

— On fait quoi ? demande-t-il.

On a trouvé la sortie 39C. Et après ? je textote.

Heureusement, Cassie répond immédiatement.

Prenez la route 203 et attendez. J'essaie de trouver l'adresse. Instructions suivent.

Cassie, dis-nous en +. Qu'est-ce qui se passe ? T avec qui ?

J'attends. En vain.

— Alors ? demande Jasper.

— Je lui ai dit qu'elle devait nous donner plus d'infos.

— Bien. Tu as raison.

Un SMS finit par arriver.

Ils ont – j'doifiler

— Elle dit quoi ?

— « Ils ont... », je répète. « Je dois filer. »

— Qu'est-ce que ça veut dire ?

Jasper me dévisage, sourcils froncés.

— Elle a peut-être vraiment été enlevée. (Et je me sens encore plus mal maintenant que j'ai verbalisé cette pensée à haute voix.) Elle n'est pas seule à l'évidence, ils sont plusieurs avec elle, puisqu'elle a écrit « ils ».

J'imagine une bande de hippies sans attaches un peu zarbis avec laquelle Cassie pourrait traîner. Peut-être que maintenant qu'elle a rejoint leur communauté, ils sont devenus flippants. Cassie veut certainement faire semblant d'être toujours pote avec eux. Elle est suffisamment maline pour attendre l'opportunité de s'enfuir. J'essaie d'imaginer ça plutôt que les autres options, beaucoup plus effrayantes, comme l'idée d'un groupe d'énormes bikers tatoués qui l'auraient ligotée quelque part.

— Ce « ils » ne me plaît pas, constate Jasper en marquant l'arrêt au stop au bout de la bretelle de sortie. Pas du tout.

Le seul signe de vie dans les ténèbres qui nous entourent est la lueur en provenance d'une station-service en haut de la colline à notre droite : Clark's Auto and Freshmart. Elle a l'air ouverte. Vu qu'il est vingt-et-une heures trente au milieu de nulle part dans le New Hampshire, c'est une bonne nouvelle. Enfin, *si* on est toujours dans le New Hampshire. Je n'ai vu aucun panneau annonçant le Maine ou le Vermont, mais je les ai peut-être tout simplement ratés.

— Allons attendre là-bas, dis-je. Si elle veut qu'on la rejoigne, Cassie finira bien par nous donner une adresse.

— *Si* elle veut qu'on la rejoigne, répond Jasper à voix basse.

Il me lance un regard avant de tourner à droite.

— Comment ça ?

— Écoute, je suis prêt à accepter qu'elle me trompe, tant qu'elle va bien, mais je trouve cette histoire un peu louche, non ? Surtout si on considère qu'elle nous en veut à *tous les deux*. Et comme par hasard, on se retrouve ensemble au milieu de nulle part. Elle veut peut-être qu'on la cherche encore et encore. Jusqu'à ce qu'on soit complètement perdus.

— Cassie ne ferait jamais un truc pareil, je rétorque, même si mon rythme cardiaque s'accélère. Et elle ne m'en veut pas, à *moi*. On ne s'est pas disputées.

Du moins, je ne le pense pas. Les choses n'étaient pas redevenues comme avant quand elle a refait surface après l'accident. Notre amitié n'était plus que l'ombre de ce qu'elle avait été. De loin, elle avait l'air normale, mais de près, ce n'était pas ça. Sans compter que Cassie s'était de nouveau éloignée sans explication quelques semaines plus tôt. Mais pour être honnête, j'étais plutôt soulagée. Je prenais sur moi pour faire croire que sa présence me faisait du bien. Or, personne ne me faisait du bien.

— On ne s'est pas disputées, je répète.

Je ne sais pas pourquoi, mais j'éprouve le besoin d'insister.

— Super. Mais je préfèrerais quand même qu'elle nous ait monté un canular, répond Jasper. Parce que j'ai un mauvais pressentiment.

J'espérais être la seule à le sentir. Parce que mes angoisses à moi n'ont aucun sens.

Mon téléphone sonne pendant qu'on se dirige vers la station-service. Je baisse les yeux sur l'écran. Papa. Et si j'étais en train de lui infliger tout ça à cause d'une mauvaise blague de Cassie ? Il ne le mérite pas. Et on est loin, à présent. Trop pour qu'il puisse nous arrêter. Et puis une fois qu'il saura que je vais bien, il se calmera.

— Salut, papa. (J'essaie d'avoir l'air décontracté, mais ça ne marche pas.) Vous avez trouvé quelque chose chez Cassie ?

— Où es-tu, Wylie ? (Il essaie de garder son calme lui aussi, mais il y parvient encore moins bien que moi.) Gideon m'a dit que Jasper est passé et que tu es partie avec lui ? Ton texto disait qu'elle t'avait donné des nouvelles. Elle veut que tu ailles la chercher quelque part ?

Merde. J'ai oublié que je lui avais dit ça. Je voulais le calmer, et ça n'a manifestement pas fonctionné. Je n'aurais jamais rien dû lui expliquer. Je n'aurais pas dû décrocher non plus. Il va évidemment me demander *où* est Cassie. Et rien de ce que je pourrais dire n'arrangera quoi que ce soit, encore moins la vérité, que de toute façon je compte bien lui cacher.

— Ouais. Aucun problème. C'est Jasper qui conduit. On rentre bientôt.

Je dis ça comme si tout était normal et sans importance. Mais s'il insiste pour avoir des détails, je compte bien raccrocher en faisant semblant qu'il n'y a plus de réseau.

— Et tu es sortie ? Comme ça ?

Je comprends au ton de sa voix qu'il est perplexe et soupçonneux, ce qui est compréhensible : il ne peut pas comprendre pourquoi j'ai quitté la maison, puisque je ne lui ai pas dit que Cassie m'a appelée à l'aide.

— Je croyais que c'était ce que tu voulais, que je sorte enfin.

— C'est vrai, Wylie. Tu as raison.

Il s'exprime sur un ton que je ne lui ai jamais entendu : pas vraiment en colère mais plutôt intense, peut-être même insulté. Je n'ai pas pensé à ça. Après tout, il a essayé par tous les moyens possibles de me faire sortir de la maison, de me forcer à aller chez la psy et au lycée. Et voilà que je suis dans la voiture d'un garçon qu'il ne connaît pas, juste parce que Cassie me l'a demandé ?

— Je suis très inquiet et je me sentirais beaucoup mieux si tu étais à la maison. Karen et moi pouvons aller chercher Cassie. Si tu nous dis où elle est, on peut partir tout de suite. Mais je voudrais vraiment que tu fasses demi-tour et que tu rentres à la maison, Wylie.

Je suppose qu'il ne se sentira pas mieux en apprenant que je ne peux rien lui dire puisque je n'ai aucune idée de l'endroit où se trouve Cassie. Et pas question de lui révéler que je suis déjà loin.

— Tout va bien. On est déjà à mi-chemin. Cassie expliquera tout à sa mère quand elle rentrera. (J'essaie de me montrer coopérative et de faire comme si je n'étais responsable de rien. Après tout, c'est le problème de Cassie, pas le mien.) Je serai de retour dans...

— Tu fais demi-tour tout de suite.

C'est un ordre. Et pas aimable, en plus. Sa voix tremble.

— Je rentrerai dès que...

— Maintenant, Wylie ! hurle-t-il si fort que j'éloigne le combiné de mon oreille. Tout de suite !

Mon cœur cogne dans ma poitrine et j'ai la gorge serrée.

— Pourquoi tu me cries dessus, papa ?

Jasper me lance un coup d'œil en pénétrant dans le parking brillamment éclairé et presque vide de la station-service. Le seul autre véhicule en vue est garé devant les pompes. Jasper le dépasse. Le gravier crisse sous les pneus. Il finit par s'arrêter tout au fond, comme s'il voulait me laisser un peu d'intimité. Sauf qu'il reste assis à côté de moi. Je contemple les conifères éclairés par les phares et j'ai peur de fondre en larmes.

Mon père prend une profonde inspiration, comme pour tenter de se calmer.

— Je suis désolé, Wylie. Je ne voulais pas me mettre à crier. (Il a l'air sincère, c'est déjà ça.) Mais maintenant, en plus de me faire du souci pour Cassie, je me fais du souci pour toi. Dans ton état, je ne crois pas que tu…

— Attends, dans mon quoi ?

Il n'a pas dit ça, c'est pas vrai. Mon *état* ? Comme si j'avais une maladie. Ou que j'étais défectueuse. Ma mère ne m'aurait jamais traitée comme ça. Elle ne m'a jamais considérée comme ça. Je suis cramponnée à mon téléphone, les yeux brûlants fixés sur la ligne des arbres. Je ne peux plus parler, je ne peux plus rien dire. Si je prononce un seul mot, je vais me mettre à pleurer.

— Il est trop tôt pour que je déclare ta disparition, poursuit mon père, comme si la bombe qu'il venait de lancer n'avait pas fait disparaître la terre entre nous. Mais le docteur Shepard peut contacter la police. Et vu les circonstances, je suis certain qu'elle pensera que c'est la chose à faire, surtout quand je lui aurai raconté ce que tu as fait à tes che…

— T'es sérieux, là ?

Mes joues brûlent de colère et de honte.

— Bien sûr. Si tu ne rentres pas, tu ne me laisses pas le choix. Et si le docteur Shepard affirme que tu es un danger pour toi-même ou pour les autres, les flics se mettront immédiatement à ta recherche, Wylie. Et quand ils te trouveront, ce qui arrivera tôt ou tard, ils ne te ramèneront pas à la maison. Ils t'enfermeront dans un hôpital. Tu en es bien consciente.

Oui. Et mon père sait que j'ai une peur bleue d'être internée. L'image de ma grand-mère, qui est morte sanglée sur un lit dans un hôpital psychiatrique me hante depuis l'enfance. C'était la raison pour laquelle je ne voulais pas consulter de psy au départ : j'étais persuadée que ce n'était que la première étape d'une pente savonneuse qui me mènerait tout droit à la camisole de force.

— Papa !

Je crie parce que je ne sais même pas par où commencer. Mais il faut qu'il arrête. Qu'il se réveille. Qu'il retire tout.

— Crois-moi, je n'ai aucune envie d'appeler le docteur Shepard, Wylie. C'est bien la dernière chose que je veuille faire. Rentre à la maison, dis-nous où est Cassie et je n'aurai pas à le faire.

Il le ferait vraiment – me briser le cœur, me trahir, me couvrir de honte – juste pour obtenir ce qu'il veut ? Une rage folle m'envahit soudain.

— Si tu appelles le docteur Shepard, je ne reviendrai jamais, dis-je.

Et je le pense vraiment. Je le haïrai pour le restant de mes jours. Je le déteste peut-être déjà. Parce que j'ai juste envie de lui faire du mal, exactement comme il vient de le faire avec moi.

— Et tu sais quoi, papa ? Tu sais ce que je souhaite vraiment ? Que ce soit toi qui sois allé chercher du lait ce soir-là. Et que ce soit toi qui aies été au volant de la voiture.

Je raccroche avant qu'il ait le temps de répliquer et je regarde mon portable, les mains tremblantes. J'éteins la sonnerie, et une seconde plus tard, il se met à vibrer. « Papa » s'affiche sur l'écran. J'attends jusqu'à ce que l'appel soit dévié vers la messagerie, qui vibre pour m'annoncer que j'ai un nouveau message. Mon père me rappelle deux fois d'affilée. Je l'ignore les deux fois.

— Ça s'est bien passé, dis donc, commente Jasper après une minute de silence.

Il a un petit sourire en coin et il essaie de détendre l'atmosphère. Sans succès.

— Ouais. (Ma voix est comme anesthésiée. Je me sens vidée. Comme si on m'avait ouvert la cage thoracique pour en extraire mes entrailles.) C'était génial.

— Tu veux que j'essaie de dire quelque chose qui te fasse du bien ? demande Jasper sur un ton peu enthousiaste. Parce que je peux le faire.

Je secoue la tête avant de me tourner vers lui.

— Si tu ne m'as pas menti jusqu'à présent, c'est pas le moment de commencer.

Jasper acquiesce et fait marche arrière avant de se diriger lentement vers les pompes à essence. Il se gare en face de l'autre véhicule, un gros break flambant neuf immatriculé dans l'État de New York. Sur sa carrosserie noire et lustrée sont soigneusement collés des autocollants – *Hillary présidente, Un million de mères contre le port d'armes, Bio et écolo* – exactement le genre de slogans que mes parents pourraient afficher si mon père n'était pas si rigide dès qu'il s'agissait de toucher à sa vieille bagnole pourrie.

— Je vais aller faire un tour, dis-je en faisant un geste en direction du Freshmart.

C'est un endroit où aller, une destination. J'ai besoin de prendre l'air et de bouger. J'ai besoin de sortir de cette Jeep.

— Tu veux quelque chose ?

Jasper secoue la tête.

— Non, merci.

Je reçois un nouveau texto en descendant de la voiture. Heureusement, ce n'est pas mon père, mais Cassie.

J'essaie de comprendre où je suis. Vous êtes où ?

On a pris la sortie 39C comme t'avais dit. On est dans une station-service sur la 203.

OK. Vous pouvez attendre là ? Je te dis où je suis dès que je le sais.

On attend. (Mais j'ai besoin de lui faire comprendre qu'on ne fera pas un mètre de plus si elle ne nous donne pas plus d'infos.) T avec qui ?

Pas ceux que je croyais.

9

Un vent glacial m'assaille pendant que je lui réponds. Je veux qu'elle m'en révèle davantage. Qu'elle me donne une info utile.

T avec des gens dangereux ? Tu les as rencontrés où ? Ils sont combien ?

J'attends une réponse dans le froid. N'importe laquelle. Mais rien ne vient. Je finis par ranger mon téléphone, je me frictionne le haut des bras en me dirigeant vers la porte de la supérette.

— Il fait un froid de canard, pas vrai ? (Je pivote en direction de la voix. Une femme se tient devant le break. Elle me sourit, un bébé blotti contre sa poitrine, enfoui sous des couvertures.) Il faisait beaucoup plus chaud à Brooklyn.

Elle a la peau pâle, de longs cheveux roux ramassés en un chignon lâche sur la nuque et des yeux bleus magnifiques. Elle est belle mais elle a l'air fragile, comme un oiseau gracieux. Elle pose les yeux sur mes cheveux affreux mais contrairement aux autres, elle s'y attarde en se balançant lentement d'un pied sur l'autre. Elle n'a pas peur et elle n'a pas honte pour moi. On dirait même qu'elle me comprend. Comme si elle avait massacré ses propres cheveux à de nombreuses reprises. Même si en la voyant si jolie et si normale, c'est difficile à imaginer.

Je lui souris en hochant la tête mais je n'arrive pas à prononcer un seul mot. C'est à cause de la bienveillance que je lis dans son regard et de l'amour maternel qui émane d'elle. Si je parlais, mes mots formeraient certainement une bouillie infâme. Cette femme sublime aux yeux bleus qui porte un enfant me rappelle évidemment ma mère. Si elle avait été en vie, elle n'aurait jamais laissé mon père me menacer. Il n'aurait pas eu besoin de le faire. Parce que j'aurais tout raconté à maman. Je lui aurais dit tout de suite où j'allais. Je lui souris davantage, les yeux embués de larmes, puis je tourne les talons vers le Freshmart.

— Je dois nourrir le bébé, Doug, dit-elle à son mari pendant que je m'éloigne. Je vais me réfugier à l'intérieur. Il fait trop froid dehors et il n'y pas assez de place dans la voiture. D'accord, chéri ? demande-t-elle en haussant la voix. Beaucoup trop froid.

Je poursuis mon chemin vers la supérette à travers le parking glacial, en butte aux terribles bourrasques de vent, et j'entends alors cette gracieuse femme-oiseau chantonner pour son bébé. Et ce qui reste de mon cœur achève de devenir poussière et de disparaître dans le vent.

À l'intérieur, le Freshmart est étrangement chaud et accueillant : il ressemble davantage à une boutique de village qu'à une supérette sur une aire d'autoroute. On est loin des stations-services crasseuses près de Boston, où les empreintes de mains sales s'étalent sur les vitres pare-balles placées devant les caisses, comme si une armée de zombies avait tenté de dévorer l'employé. Il y a même un tableau en liège près de la caisse, où sont épinglés les photos des clients satisfaits et des petits mots de remerciement. Un homme de grande taille à l'épaisse chevelure poivre et sel se tient derrière le comptoir ; il est costaud et donne l'impression d'avoir construit l'endroit de ses propres mains.

— Il fait froid, hein ? dit-il.

Prudence. C'est la première chose qui me vient à l'esprit. Je ne dois éveiller aucun soupçon. J'essaie toujours d'assimiler le fait que mon père m'a menacée de se servir du docteur Shepard pour me faire interner, mais je ne peux pas en être tout à fait certaine. J'ai l'impression de ne plus être sûre de rien.

— Oui, réponds-je avec un sourire forcé et coupable.

Je m'engouffre dans l'allée la plus proche, ce qui est évidemment encore plus suspect. Parvenue au milieu, je m'arrête pour regarder tous les en-cas parfaitement rangés – des Pringles, des bretzels, du bœuf séché. Des Twizzlers. Ça me fait penser à Gideon, et de manière inattendue, je sens mon ventre se nouer. Je me sens mal à l'idée qu'il est à la maison, coincé avec papa qui ne pense qu'à moi. *Encore.* Et si mon père avait raison ? Et si j'étais trop folle pour aider Cassie ? Je serre les poings puis les rouvre, comme si je pouvais évacuer mes doutes à travers mes doigts. Il ne faut pas que ce qu'il m'a dit m'atteigne. Je dois au contraire tout faire pour lui prouver qu'il a tort.

J'entends la porte de la supérette s'ouvrir de nouveau et je m'attends à voir la femme et son bébé se diriger vers moi.

— Il fait froid, hein ? répète l'homme derrière le comptoir sur le même ton joyeux.

La deuxième fois, c'est flippant. Comme s'il n'était pas vraiment humain.

— Ouais, répond Jasper.

Je recule un peu pour pouvoir l'observer : il se tient près de la porte et souffle dans ses mains. Il porte la parka noire de mon père. La couleur sombre fait ressortir ses yeux verts.

— C'est bizarre un temps pareil au mois de mai, non ?

— Trop chaud, trop froid, trop humide, trop venteux. C'est toujours trop par ici.

— Vous avez des toilettes ?

— Pour sûr. Au fond.

Jasper enfonce les mains dans ses poches et se dirige vers moi. Je me demande soudain si j'ai baissé la garde trop vite, si je me suis laissée approcher trop facilement. Il est plus aimable, plus sincère et même plus intelligent que ce que je croyais. Mais ça ne le rend pas plus digne de confiance pour autant. Tout ce que je connais de lui n'a pas disparu pour autant – son tempérament colérique, Tasha, le coup de poing, et le rôle qu'il a joué dans ce qui arrive à Cassie.

— On devrait peut-être acheter une carte routière, au cas où on n'aurait plus de réseau, dit-il en arrivant à ma hauteur. (Il en prend trois sur l'étagère à côté de moi – Maine, New Hampshire, Vermont – avant de se diriger vers les snacks que je contemple.) Tu prends quelque chose ?

— Mmm. Oui, réponds-je en saisissant un sachet de bretzels, même si l'idée de manger quoi que ce soit me donne la nausée. Ça suffira.

— Je te retrouve là-bas, dit Jasper. Je vais aux chiottes.

— Grand voyage ? demande le mec derrière le comptoir quand je pose les cartes et les bretzels dont je n'ai pas envie devant lui.

Je me raidis, même si je sais qu'il cherche juste à être aimable. J'aimerais mieux qu'il ne m'adresse pas la parole.

Je hausse les épaules.

— Je vais voir ma tante. Elle habite dans le nord.

Il s'illumine immédiatement. Quel mensonge débile.

— Ah ouais ? C'est quoi son nom ? (Il était évident qu'il poserait la question.) On est tellement peu nombreux que tout le monde se connaît, par ici.

— En fait, elle habite beaucoup, beaucoup plus au nord.

Je prie pour qu'il ne me demande pas où exactement. Je ne sais même pas vraiment quel État est au nord de celui-ci.

Heureusement, avant que j'aie le temps de dire quoi que ce soit, Jasper surgit à mes côtés.

— Barrons-nous. (Sa bouche est tout contre mon oreille et sa voix n'est qu'un murmure nerveux.) Tout de suite.

Il tient son téléphone dans une main et un gobelet de café vide écrasé dans l'autre. Ses yeux sont écarquillés et il ne cille pas. Il s'empare des cartes et des bretzels, prend la monnaie dans la main du vieil homme et se dirige vers la porte.

— Allez, Wylie, bouge ! crie Jasper quand il voit que je ne fais pas un geste, rivée devant le comptoir.

Il fait marche arrière, m'attrape le bras et m'attire brutalement vers la sortie. J'attends qu'on soit dehors, loin du regard de l'employé, pour me dégager brusquement de son étreinte.

— Lâche-moi, Jasper ! (Mon cœur bat à toute allure et mon bras me fait mal.) Qu'est-ce qu'il y a ? Qu'est-ce qui s'est passé ?

Il ne répond pas. Au lieu de ça, il me tend son portable et se dirige vers sa bagnole. Il passe devant la jolie maman, qui le regarde. Qui nous observe. Elle n'a plus son bébé dans les bras à présent et farfouille dans les affaires attachées sur la galerie de sa voiture. Je détourne les yeux de son visage inquiet pour les poser sur le téléphone de Jasper. Ce dernier remonte dans la Jeep et allume les phares pendant que je prends connaissance du message.

Je suis au Camp Colestah, près d'une ville appelée Seneca. Dans le Maine. Faites vite. Ils vont me faire du mal.

Quoi qu'il se passe, ce n'est pas un canular. Même Cassie n'oserait pas monter un truc aussi gros.

— Wylie, allez ! hurle Jasper par la vitre baissée. (Il est inquiet et il commence à s'énerver.) On y va !

— Tout va bien, ma puce ? demande la jeune mère.

Elle a une voix douce et tendre, comme une berceuse.

— Oui, oui, je réponds en détournant le regard : je sens les larmes me monter aux yeux. (Je n'y peux rien. Son côté maternel me donne envie de pleurer toutes les larmes de mon corps.) Je vais très bien.

— Tu n'en as pas l'air, constate-t-elle et quand je pivote de nouveau vers elle, je lis de l'inquiétude dans ses yeux bleus. Est-ce que tu as besoin d'aide ?

Elle choisit ses mots avec soin. Comme si c'était son métier d'aider les femmes à ne *pas* monter en voiture avec n'importe qui. Et me concernant, elle n'a pas peut-être pas tort.

— Ma puce ? reprend la jeune femme sur un ton encore plus inquiet. Est-ce que ta mère sait où tu es ? Tu devrais l'appeler.

Tout à fait. Lui passer un coup de fil. Tellement simple. Je me mets soudain à pleurer à chaudes larmes. Je les essuie d'un revers de main tout en poursuivant ma route.

— Je vais très bien. Mais merci quand même.

Je n'ai pas du tout l'air d'aller très bien, évidemment, puisque c'est tout le contraire.

J'ai à peine fait deux pas en direction de Jasper que ce dernier fait faire demi-tour à la Jeep, qui produit le même toussotement affreux que dans mon allée. Mais cette fois-ci, un crissement terrifiant vient couronner le tout et la jeune femme sursaute. Jasper arrête le moteur et le silence se fait de nouveau. Il remet le contact un instant plus tard, et le halètement suivi du bourdonnement reprennent de plus belle. Puis le terrible feulement métallique. À travers le pare-brise, je vois Jasper, le front contre le volant, tenter de redémarrer encore et encore.

Il est de plus en plus tendu, comme s'il s'apprêtait à péter les plombs d'un instant à l'autre.

La femme s'approche de moi.

— Tu n'es pas obligée de monter en voiture avec lui. On peut te déposer où tu veux. (Elle jette un regard autour d'elle.) Ou attendre avec toi le temps que quelqu'un vienne te chercher.

Je contemple de nouveau Jasper, effondré sur le volant. Il est colérique, c'est une évidence. Mais il veut désespérément retrouver Cassie. Il ne fait pas semblant. En cet instant précis, deux pensées contradictoires s'entrechoquent dans mon esprit : *Si tu pars avec lui, il va se produire quelque chose d'affreux. Mais si tu le laisses tomber, ce sera pire.*

— Il se fait du souci pour notre amie, j'explique à la jeune mère, et c'est vrai. (Mais j'évite soigneusement son regard.) On la cherche. (Est-ce que je fais une erreur en lui en révélant autant ? *Est-ce que ta mère sait où tu es ?* Cette femme sympa pourrait très bien décider d'appeler les flics. Les gens dans son genre adorent se mêler de ce qui ne les regarde pas.) Je n'ai pas dit non plus que notre amie avait disparu, hein. Elle est juste dans un camp dans le Maine. Elle a besoin qu'on aille la chercher, et notre voiture…

— D'accord. (Je lis dans le regard de la jeune femme un mélange d'inquiétude et d'empathie. Elle s'avance vers moi et pose la main sur mon épaule. *J'en suis passée par là,* semblent dire ses yeux. *Je ne te juge pas. Mais je sais que tu mens.*) Tant que tu es sûre de toi.

— Oui, réponds-je en hochant la tête avec un enthousiasme feint. À cent pour cent.

Jasper donne soudain un violent coup de poing sur le volant. Une fois, deux fois, trois fois, comme s'il voulait le réduire en bouillie. Puis il enfouit sa tête dans ses mains. *Si tu crois que ça va améliorer l'opinion que j'ai de toi, t'es mal barré.*

— Doug peut peut-être vous donner un coup de main pour la voiture. Histoire que personne ne s'énerve. Pendant ce temps, si tu allais demander à la station-service s'il y a un mécano sur place ?

Je lève les yeux vers Jasper : il me dévisage, mâchoires contractées, narines frémissantes. C'est clair qu'il est en colère.

— D'accord. Je vais voir ça.

Je tourne les talons en direction de la supérette. La jeune femme ouvre la portière et penche la tête à l'intérieur. Je n'entends que des bribes de conversation : « Aide-les… leur voiture ne démarre pas… s'il te plaît, chéri. » Pendant que je m'éloigne, son mari dit quelque chose en retour. Je ne comprends pas quoi, mais il a l'air agacé. Comme s'il n'avait pas envie de nous filer un coup de main. D'un autre côté, qui aurait envie d'aider Jasper, qui fulmine, furieux ?

— Tout va bien ? hurle presque le mec derrière le comptoir quand je rentre dans la supérette.

Il joue avec une casquette de baseball blanche comme s'il était prêt à l'enfiler pour venir à notre secours. Mais c'est tout ce qu'il fait, la mettre sur sa tête. Il ne sort même pas de derrière son comptoir.

— Notre voiture ne veut pas démarrer. Vous pourriez y jeter un coup d'œil ?

Il aspire bruyamment à travers ses dents serrées.

— Je pourrais téléphoner au mécano, Jimmy, répond-il sans enthousiasme en jetant un coup d'œil à sa montre. Mais il est vingt-et-une heures trente passées. Il doit être en train de jouer au poker. Et quand il joue, si la baraque brûlait, il brûlerait avec… Il entendra même pas le téléphone sonner.

— Et vous pouvez pas regarder, vous ?

— La nuit, je fais que la pompe. (Il a l'air sur la défensive.) Je suis pas mauvais pour tenir la supérette, mais je suis nul en mécanique. (Il lève une main tremblante pour appuyer ses propos – il a de l'arthrose, ou Parkinson, peut-être – mais j'ai l'impression que ce n'est pas son taf de toute façon.) Jimmy se pointe toujours à l'aube. Et il y a un motel juste à côté. Ils ont l'air sympa, les autres automobilistes, ils pourraient vous y déposer.

Un motel ? Cassie est terrifiée à l'idée qu'on – quel que soit ce « on » – lui fasse du mal. Jasper et moi ne pouvons pas attendre demain. On ne peut pas attendre du tout…

— Non, non, vous ne comprenez pas. (Comme si je pouvais dire quelque chose qui le rende soudain à même de faire ce dont il n'est pas capable.) On doit partir tout de suite.

— Il y a un loueur de voitures dans la ville voisine, dit-il en consultant de nouveau sa montre, sourcils froncés. Mais ça m'étonnerait qu'il soit ouvert à cette heure-ci.

Et puis de toute façon, on n'a pas l'âge légal pour louer un véhicule. Je jette un regard vers la Jeep de Jasper. Le capot est levé et un homme, le mari de la jeune mère, est penché sur le moteur. Il est encore plus grand que Jasper, et, avec sa barbe, sa chemise à carreaux et son jean usé, il a tout du vrai hipster.

— Peut-être que vous aurez pas besoin de mécano, finalement.

Quand je regagne l'extérieur, le mari de la jeune femme a toujours le nez dans le moteur. Jasper se tient à ses côtés, bras croisés, l'air si intense que j'ai peur que son cerveau ne surchauffe. Quand il se rend compte que j'arrive, il fait quelques pas de côté et me fait signe de le rejoindre.

— Écoute, je suis désolé, commence-t-il, une fois relativement à l'écart. (J'ai croisé les bras moi aussi.) Je n'aurais pas dû te crier dessus et encore moins t'empoigner par le bras. J'ai juste... je te demande pardon. (Il se passe la main dans les cheveux et détourne les yeux. Il a l'air perplexe, inquiet et triste. Mais la colère a disparu.) Toute cette histoire me... (Quand il me fait de nouveau face, il a les yeux humides.) Tu sais, je crois que je suis amoureux d'elle. Je ne m'en étais pas rendu compte jusqu'à maintenant. C'est la première fois que je suis amoureux. S'il devait lui arriver quelque chose...

— Il ne lui arrivera rien, réponds-je, plus pour me rassurer. Promis. (Jasper et moi restons un instant à nous fixer dans le blanc des yeux, sans doute parce que nous savons que nous n'avons aucun moyen d'en être sûrs. On ne sait rien.) On devrait peut-être appeler la police. Je sais que Cassie n'en a aucune envie. Mais il y a des choses pires que le pensionnat.

— Comme la prison ? demande Jasper. Parce que c'est ça qui la fait flipper. C'est pour ça qu'elle ne veut pas qu'on prévienne les flics. Elle a été arrêtée juste après Thanksgiving.

— *Arrêtée* ? (Cassie et moi n'étions pas encore fâchées après Thanksgiving. Elle a été arrêtée et ne m'en a rien dit ?) Pourquoi ?

— Elle a acheté de l'herbe avec Stephanie. Dans un camion de gaufres. Apparemment, si tu passes une commande spéciale, on te file une gaufre avec un petit quelque chose en plus. (Il hausse les épaules comme s'il n'était pas au courant de ce genre de trucs.) C'est débile. Quoi qu'il en soit, Stephanie et Cassie sont sous surveillance judiciaire.

— Ça veut dire quoi ?

Il avait l'air très au fait de tout ça.

— Que si Cassie ne s'attire aucun ennui pendant un an, son casier redeviendra vierge. Mais si elle fait quoi que ce soit d'illégal, cette arrestation y figurera à vie. Et on l'enverra peut-être même en maison de correction ou un truc du genre.

— Oh.

Je suis gênée de voir que Jasper en sait beaucoup plus que moi. Et je me fais encore plus de souci pour Cassie. Arrêtée, casier, maison de correction ? C'est encore pire que ce que j'imaginais.

— Désolé, dit Jasper, ce qui veut dire en réalité : « Désolé qu'elle ne t'ait pas mis au parfum elle-même. » (Il essaie d'être sympa mais ça ne fait qu'empirer les choses.) Bref. On devrait peut-être insister et lui dire d'appeler les flics ou sa mère, non ? La pousser un peu, tu vois ? Vérifier qu'elle a bien réfléchi. Il y a des choses bien pires que d'avoir un casier.

— Ouais, peut-être.

Mais je ne suis pas certaine que Cassie soit en état de réfléchir comme il faut. Elle ne l'a d'ailleurs peut-être jamais été.

Je sais que t'as dit de pas appeler les flics ni ta mère, j'écris. Mais Jasper et moi on pense le contraire. Ta sécurité est plus importante que tout le reste.

Mais Cassie répond instantanément. Et règle les choses une bonne fois pour toutes.

Ne fais pas ça. Ou ces gens me tueront.

La jeune femme me sourit quand Jasper et moi la rejoignons. Son mari est toujours plongé sous le capot et la phrase de Cassie résonne toujours dans mon esprit. *Ces gens me tueront.* Cassie ne m'a évidemment pas répondu quand je lui ai demandé si je devais la prendre au pied de la lettre. Mais elle ne le pouvait certainement pas.

— Je m'appelle Lexi, au fait, annonce la jeune femme en me tendant une main délicate. On habite Brooklyn, mais on s'est pris des petites vacances dans les White Mountains. On se dirige vers le parc national d'Acadia, à présent. (Elle lève les yeux au ciel avec espièglerie.) Le détour par la montagne était pour moi. En revanche, le parc est pour Doug. Il est astronome et on va observer une pluie de météorites. Enfin, surtout lui. Le bébé et moi serons très certainement en train de dormir dans un motel quelconque. (Elle sourit en inclinant la tête en direction de son mari.) Ne vous en faites pas. Doug va vous la réparer. On a du mal à croire qu'un homme né à Manhattan soit un aussi bon mécano, mais c'est pourtant le cas.

— Non, pas cette fois-ci, annonce Doug en se redressant.

Il tient une clé anglaise à la main et les manches de sa chemise sont relevées sur ses bras musclés. De près, il est plus baraqué et négligé. Et vieux aussi, nettement plus vieux que Lexi. Entre sa barbe et sa chemise à carreaux, il a tout du bûcheron.

— Il vous faut un nouveau starter. On en trouve chez n'importe quel garagiste. Mais je ne peux rien faire pour vous sans ça.

Merde. Mon cœur se met à battre la chamade. *Ils me tueront.* On doit repartir tout de suite. Je pose les yeux sur Jasper, dont le regard signifie : « Dis-moi que tu as une idée. » Je jette un coup d'œil à la station-service, environnée de ténèbres et d'arbres. Cette gentille nana et le bûcheron géant qui lui tient lieu de mari sont notre seule option.

— Est-ce que vous pouvez nous emmener ? je demande tout à trac. S'il vous plaît.

— Où ça ? répond Lexi en posant une main protectrice sur la vitre derrière laquelle je suppose que son bébé dort.

Doug n'a pas l'air ravi non plus. Il s'est adossé à la Jeep, les bras croisés et il contemple sa femme, mécontent. *Ne t'avise pas de dire oui*, semble-t-il lui ordonner en silence. Mon père regardait tout le temps ma mère comme ça, juste avant de céder et d'accéder à ses demandes.

— Quelqu'un a emmené notre amie dans un camp, non loin d'une ville qui s'appelle Seneca. C'est dans le Maine.

J'essaie de faire comme s'il y avait urgence, mais sans dramatiser. Je vérifie sur mon téléphone à combien de kilomètres on est vraiment.

— C'est dans la direction d'Acadia. Enfin, ça dépend par où vous passez. Vous pourriez peut-être nous conduire un bout de chemin et on fera de l'auto-stop pour terminer ?

De l'auto-stop ? Comme si c'était raisonnable. Lexi regarde Doug, la tête légèrement inclinée, en lui souriant comme une petite fille qui essaie d'obtenir une friandise de ses parents. Elle doit être coutumière du fait, parce que Doug fait de son mieux pour ne pas la regarder. Il finit par soupirer bruyamment en secouant la tête.

— C'est mon travail, Lexi, pas un hobby. Tu le sais, hein ? J'ai un article à écrire. Et une *deadline.*

— Chéri, on est censés n'être là-bas que dans deux jours. Regarde-les. Ils ne te rappellent pas nous au même âge ? Il faut leur donner un coup de main, c'est bon pour notre karma. Je sais bien que tu planifies toujours les trajets mais je ne suis même pas certaine que ça fasse un si grand détour que ça. (Elle lui adresse un grand sourire et l'embrasse. Elle sait déjà qu'elle a gagné.) Et je ferai tout pour me rattraper.

Doug soupire, irrité, et se dirige d'un pas traînant vers leur voiture.

— D'accord.

— On peut ranger vos affaires sur le toit. Il nous reste plein de place. Je vais vous aider, propose Lexi en contournant la Jeep pour ouvrir le coffre. Ouh la ! Vous avez plein de trucs, là-dedans. Vous aviez vraiment prévu de camper par ce temps ?

— Non, réponds-je, comme si la suggestion était absurde.

Je me dirige quand même vers la voiture de Jasper, bien décidée à prendre tout ce qui pourra servir : boussole, allumettes, tablettes pour purifier l'eau. Et une trousse de premiers secours, évidemment.

— T'es sûre de toi ? demande Jasper pendant que je farfouille dans le coffre.

— De quoi tu parles ?

Il fait un geste en direction du couple et de leur voiture. Partir avec des étrangers, ne pas appeler la police…

— De tout.

— Non, je réponds en extirpant mon sac de voyage du coffre. Mais je ne suis jamais sûre de rien.

10

La voiture de Doug et de Lexi n'a rien à voir avec la Jeep de Jasper. Elle sent bon et elle a l'air flambant neuve : le tableau de bord est électronique et le moteur tellement silencieux qu'on peut se demander s'il fonctionne. Il y fait nettement plus chaud aussi et le pare-brise ne reste embué que le temps que le chauffage chasse l'humidité.

— Vous êtes bien installés ? demande Lexi.

Le siège-bébé prend toute la place derrière le siège du conducteur et du coup, Jasper et moi sommes pressés l'un contre l'autre de manière plutôt gênante.

— Il n'y a pas beaucoup de place. Désolée.

— Pas de problème, répond Jasper sur un ton sincère.

Il n'a pas l'air de trouver embarrassant que nos cuisses se touchent comme ça. Mais après tout, pourquoi le devrait-il ? La dizaine de filles de Terminale avec qui il est censé avoir couché est peut-être une rumeur, mais il a couché avec plein de nanas (y compris Cassie). Être assis à côté d'une fille, c'est la routine pour lui. Mes cuisses, en revanche, n'ont été pressées que contre celles d'un seul autre garçon.

Trevor et moi nous étions rencontrés dans le cadre du club de l'album de promo de Seconde et pendant deux mois, on est sortis ensemble après les cours. Je l'aimais bien, même s'il était beaucoup trop maigre et qu'il avait un menton fuyant. Il était sympa, drôle et bizarre, mais dans le bon sens du terme. Il avait une véritable obsession pour Houdini et il connaissait plein de trucs hallucinants sur la Première Guerre mondiale, ça ne le gênait donc pas de raconter tout ça pendant que je me contentais d'écouter.

On faisait nos devoirs ensemble, on discutait, et de temps en temps, on s'embrassait. Parfois même beaucoup. C'était super. Et tellement normal que même Cassie était impressionnée. J'ai pris ça pour un signe : j'étais enfin guérie.

Mais Trevor m'a larguée du jour au lendemain.

— C'est pas parce que tu ne veux pas coucher avec moi, a-t-il assuré, alors que ça faisait un mois que je refusais. Je voulais attendre moi aussi, même si c'est bizarre étant donné que je suis un mec. (Il a dit ça comme s'il était un spécimen idéal.) Et puis j'ai réfléchi et je me suis demandé *pourquoi* je voulais attendre et j'ai compris : je ne supporte pas la pression. Je t'aime bien, Wylie, mais être avec toi, c'est trop – il a cherché un autre mot et ne l'a pas trouvé – de… de pression. J'ai l'impression que si je fais un truc de travers, tu vas flipper et péter un plomb ou un truc du genre.

J'ai acquiescé en silence en espérant de tout mon cœur que je n'allais pas me mettre à pleurer. Plus tard, oui, mais pas maintenant. C'était pas grave. Mais pas devant lui.

— Ouais, t'inquiète, je comprends.

Et en fait, c'était bien ça le pire : je comprenais parfaitement.

J'essaie de me rapprocher davantage du siège auto, histoire de m'éloigner un peu de Jasper. Ça ne marche pas vraiment. La nacelle est fixée à l'envers, et comme la capote est rabattue, je ne vois que les couvertures qui protègent les pieds du bébé. Je prie pour qu'il dorme tout du long, parce que je ne suis pas sûre de supporter les roucoulements de Lexi. Je le contemple quelques instants encore, mais il ne fait pas un bruit.

— Il est très calme, je constate et je me fais l'impression d'être une dingue de bébés qui ne devrait jamais en approcher un.

— Elle, rectifie Lexi sans se retourner.

Il ne pouvait pas en être autrement : mère et fille. Les deux doigts de la main. Elles se ressemblent certainement, comme ma mère et moi.

— J'espère qu'elle dormira pendant tout le trajet. Vous êtes sûrs que vous n'êtes pas trop serrés tous les deux ? Même si on n'a pas d'autre choix, remarquez.

— Pas de problème. (Pas question de me plaindre. Si on agace Doug, il pourrait changer d'avis, annuler la décision de Lexi et nous jeter sur le bas-côté.) Encore merci. On est vraiment très reconnaissants. Notre amie le sera aussi.

— Y a pas de quoi, répond Lexi en mettant la main sur celle de son mari, qui repose sur le levier de vitesse.

Il mêle ses doigts aux siens sans quitter la route des yeux. Il lui pardonnera, mais pas tout de suite. Ils me rappellent de nouveau mes parents. Enfin, jusqu'à ces dernières semaines avant la mort de maman, qu'ils ont passées à se disputer.

Je détourne les yeux de leurs mains jointes pour observer les silhouettes indistinctes des immeubles que nous dépassons. Un magasin qui loue des équipements agricoles, un glacier, une quincaillerie, une boucherie. À cette heure-ci, ils sont tous fermés et plongés dans le noir. Certains d'entre eux sont peut-être fermés définitivement ou juste pour la saison. Juste après, on croise le motel, long et bas et dont le petit parking est éclairé de manière sinistre par un unique lampadaire. Un écran de télévision illumine une chambre par intermittence mais tout le reste est plongé dans l'obscurité la plus totale. Je ne suis jamais allée dans cette partie du New Hampshire, mais je la trouve encore plus glauque que ce que j'imaginais. Je frissonne violemment, ce qui attire l'attention de Jasper. J'évite son regard, que je reporte sur mon téléphone. Je sens que j'ai plus de mal à respirer et que mon ventre est noué.

Tu vas bien ? j'écris à Cassie. Pb de bagnole mais C réglé. On arrive le + vite possible. Pas de flics.

J'attends une réponse. Rien.

??? je tape.

Je patiente à nouveau. Toujours rien. Je n'aurais peut-être pas dû dire qu'on avait eu un problème avec la voiture. Je lève les yeux et croise le regard de Jasper, ce qui n'allège en rien mon angoisse. Il se fait du souci, lui aussi. Peut-être pas autant que moi – je suis hors catégorie – mais plus que je ne le voudrais. Je regarde par la vitre. Il n'y a plus de bâtiments, alors j'essaie de compter les arbres. Je me concentre sur les détails, sur les petites choses. Mais il fait bientôt trop sombre pour ça. La forêt devient une masse épaisse et informe. Je n'ai plus rien à quoi me raccrocher. Avais-je vraiment réussi à me convaincre qu'une urgence allait réduire mes phobies au silence ? N'importe quoi. Je prenais vraiment mes désirs pour des réalités. Mon angoisse a toujours fait ce qu'elle voulait. Avec une détermination sans faille.

— C'est quoi cette pluie de météorites que vous allez observer ? demande Jasper.

Bien. Discuter, voilà qui est une bonne idée. Comme ça je pourrai penser à autre chose que les nœuds que je suis en train de me faire au cerveau.

Doug nous jette un regard pensif dans le rétroviseur intérieur. Est-ce que la question de Jasper l'agace ? Difficile à dire.

— Tu t'y connais en astronomie ?

Attention, j'ai envie de dire. *N'en fais pas trop*. Mais Jasper ne me prête pas attention. Il contemple les ténèbres qui défilent autour de nous.

Il hausse les épaules.

— J'avais un télescope quand j'avais sept ans. Ça compte ?

— La Grande Ourse ? demande Doug.

— Oh, allez, mec, me prends pas pour un nase, répond Jasper avec un sourire franc. La Ceinture d'Orion. Et Cass quelque chose. J'me souviens plus.

— Cassiopée, répond Doug sur un ton plus aimable. Pas mal pour un gamin de sept ans.

— On habitait sur une dune près de la mer, explique Jasper sur un ton qui montre que ça a l'air de lui manquer – beaucoup. Le ciel était infini.

— On va observer les Êta aquarides, explique Lexi en caressant la nuque de son mari. Si tu ne crois pas en l'existence de Dieu après avoir vu un truc pareil, tu n'y croiras jamais.

— Vous faites quoi alors ? Vous vous asseyez et vous regardez, c'est tout ? demande Jasper.

— *C'est tout ?* répond Doug dont la voix se fait plus tranchante.

Ta gueule, Jasper, j'ai envie de dire. *C'est pas le moment de poser tes questions à la con.*

— Qu'est-ce que vous observez, au juste ?

— Tu as toujours cherché quelqu'un à former, Doug, intervient Lexi sur un ton léger. On dirait bien que tu as un astronome en herbe sur la banquette arrière.

— Pas vraiment. J'aime l'astronomie, mais c'est du droit que je veux faire. Je veux devenir avocat commis d'office, explique Jasper qui ne sait apparemment pas tenir une conversation polie. Mon père est en taule pour un crime qu'il n'a pas commis parce que son avocat était nullissime.

— Eh ben, commente Doug en jetant un regard à Lexi qui signifie « Dans quoi tu m'as encore entraîné ? » (On est assis sur la banquette arrière avec son bébé, en plus.) Il a été condamné pour quoi ?

— Tu n'es pas censé poser la question ! le rabroue Lexi. Ça ne nous regarde pas.

— Pas de problème, répond Jasper. Coups et blessures volontaires. Mais il n'est pas coupable. Son avocat n'a pas fait témoigner la moitié des gens qui auraient pu le disculper. Il a pas fait son boulot.

— Je suis vraiment désolée, répond Lexi. (C'est sympa, mais un peu bizarre.) Je lui garderai une place dans mes pensées.

— Tu veux dire que tu prieras pour lui ? demande sèchement Doug. Parce qu'il a plus besoin d'un bon avocat en appel que de « Je vous salue Marie ».

— Rationaliste jusqu'au bout, commente Lexi.

C'est leur truc apparemment : elle est mystique, il est scientifique, comme s'ils voulaient prouver au monde entier que leur relation fonctionne malgré leurs différences. Peut-être que les choses ne vont pas si bien entre eux, finalement. Mais je suis OK pour entrer dans leur jeu s'il leur faut un public. Je ferai n'importe quoi tant qu'ils me rapprochent de Cassie.

— J'ai une religion, rétorque Doug. La science.

— Qu'on appelle aussi « la religion rabat-joie », réplique Lexi en agitant son index dans sa direction. L'immensité des expériences humaines réduites à des points sur un graphique.

— Mon père est du même avis, j'interviens sans réfléchir. Il ne croit que ce qu'il peut prouver.

— Ah, un homme comme je les aime ! (Doug me jette un coup d'œil dans le rétroviseur. Il a l'air sincèrement ravi.) Il est scientifique ?

— Psychologue.

J'envisage un instant d'expliquer à Doug sur quoi travaille papa, mais j'ai peur que ça le dévalorise à ses yeux.

Je m'en veux d'avoir pensé à mon père. Parce que tout de suite après, je pense à mon *état*. Et je me sens de nouveau embarrassée et abandonnée. Je n'arrive pas à croire qu'il m'ait parlé comme ça. Pas facile d'oublier de telles menaces comme ça, même en y mettant du mien…

Il fait encore plus sombre quand je regarde par la vitre, comme si on avait basculé dans un gouffre. Et c'est vraiment l'impression que j'ai. Qu'est-ce qu'on va faire maintenant qu'on n'a plus de voiture ? On était censés aller à la rescousse de Cassie et la ramener. Comment faire ça à pied ? Y a pas à tortiller, on a besoin d'un véhicule. J'observe Lexi en me demandant jusqu'où elle serait prête à aller pour nous aider. Est-ce qu'elle nous louerait une voiture ? Puis mon regard se pose sur Doug. Il ne prendra jamais ce risque-là pour nous.

Je dois arrêter de penser à ça. Ne pas trouver de solution me flippe grave. Je baisse les yeux sur le siège auto et sur les petits pieds du bébé, bien emmaillotés dans une couverture vert pâle.

Pieds qui n'ont pas bougé *une seule fois* depuis qu'on est dans la voiture. Bizarre, non ? Lexi a dit qu'elle était supposée dormir durant tout le trajet. Pourquoi pas. Mais les bébés bougent un peu dans leur sommeil, quand même, non ? Peut-être qu'elle est trop serrée dans ses couvertures et que ces dernières sont trop nombreuses. Est-ce que je suis censée la surveiller ? Il arrive que les gens attendent que vous fassiez quelque chose sans vous prévenir. Et si elle avait arrêté de respirer ou un truc du genre ? Lexi a l'air sacrément relax pour une jeune mère, mais on ne peut jamais être sûr que tout ira toujours bien pour qui que ce soit. Pas vraiment. Et ce n'est pas parce que j'y pense plus que la moyenne que je n'ai pas raison.

— Si on mettait un peu de musique ? On a le satellite – et donc un million de choix, même au milieu de nulle part, affirme Lexi sur un ton qui laisse penser que cette possibilité ne l'enchante pas vraiment. (Elle se penche pour trafiquer le poste de radio.) Je suis sûre qu'on n'a jamais entendu le type de musique que vous écoutez tous les deux. On est des vieux, mon chéri, on est complètement largués.

Mon cœur cogne dans ma poitrine pendant que Lexi zappe d'une chanson à une autre, les rejetant toutes au bout de quelques secondes. J'ai beau faire de mon mieux, je n'arrive pas à penser à autre chose qu'à la respiration du bébé, ou plutôt à son absence. Quelque chose ne va pas. Je le sens. Il y a un vide dans le siège auto à côté de moi. Un gouffre énorme.

— Hé, parle pour toi, réplique Doug. Je ne suis pas vieux. Et j'ai bon goût en musique. Mets une de mes playlists Spotify.

— Rha, tu ne vas pas m'obliger à écouter Wilco, hein ? demande Lexi. (Mais sa voix me parvient de loin. Comme à travers un mur.) Tu sais que chaque fois que tu fais ça, un petit morceau de moi meurt.

Mon cœur bat encore plus fort. J'essaie de *me concentrer sur le présent*, comme le préconise le docteur Shepard. Le siège sous mes jambes. Mes mains sur mes genoux. Mais j'ai les paumes moites et je ne peux m'empêcher de penser qu'il arrive que les bébés meurent dans leur sommeil. La mort subite du nourrisson, ce n'est pas un mythe. Ça arrive sans prévenir. Tout le temps.

Mais j'ai peur de parler de nouveau du bébé. Lexi a déjà dit qu'elle allait bien. Si je repose la question, ça laisserait peut-être sous-entendre que je pense que Lexi est une mauvaise mère. Ce que je peux faire en revanche, c'est vérifier moi-même que tout va bien. Il suffit que je sente sa chaleur ou que je presse un peu ses orteils pour être certaine qu'ils bougent. Si elle se met à crier, ce que je n'espère pas, je retirerai tout de suite ma main et personne ne remarquera rien. Voilà, c'est ce que je vais faire. Même si c'est peut-être une mauvaise idée. Même si je sais que ma crise d'angoisse n'a rien à voir avec ce bébé, je reste persuadée que si je sais qu'elle va bien, je respirerai quand même un peu mieux.

Je garde les yeux rivés sur le rétroviseur intérieur pendant que j'avance progressivement la main vers la nacelle. Lexi et Doug discutent toujours des playlists de ce dernier – Lexi essaie de décider laquelle est la moins pire.

— Moi j'aime bien Wilco, intervient Jasper, qui regarde toujours par la vitre.

Ma main est très près à présent. Encore quelques centimètres et j'aurai ma réponse. Et je serai soulagée. Parce que le truc le plus dingue dans le fait que je sois angoissée en permanence – et j'en suis consciente pour avoir décortiqué tout ça plein de fois avec le docteur Shepard – c'est qu'une partie de moi sait très bien que ce n'est pas le bébé, le problème. Ce n'est pas pour elle que je me fais du souci. Je me fais un sang d'encre pour Cassie, je me demande ce qu'est devenu mon père, comment on va surmonter cet épisode et, plus que tout, je ne vois toujours pas comment je vais faire le deuil de ma mère. L'angoisse fonctionne comme ça. Elle fait diversion. Je n'ai aucune prise sur les choses importantes, alors je me concentre sur les petites. Je m'inquiète pour ce bébé qui se porte comme un charme. Mais peut-être qu'en fait, non.

Je pose les doigts sur le siège auto puis sur le bord de la couverture. Je les fais ramper dans les plis. Mais je ne trouve pas ses pieds aussi facilement que je l'imaginais. Pas du tout. J'ai beau passer et repasser la main, je ne rencontre rien d'autre que des couvertures.

Trop de couvertures. Beaucoup trop. Ce n'est pas normal. Mon cœur bat de plus en plus fort et je plonge la main une dernière fois dans la nacelle.

Et elle ne se referme pas sur le corps tiède d'un bébé. Ni sur un corps froid non plus. Non, je ne trouve rien du tout.

11

Arrêtez ! Votre bébé n'est pas là !

Les mots me montent aux lèvres, mais je ne les prononce pas. Le sang s'écoule plus vite dans mes veines et l'adrénaline me donne le vertige.

Ne dis rien, je songe. *Pas un mot.*

Je regarde Jasper. Sa tête repose contre la vitre, les yeux clos. Je me demande pendant un instant s'il dort. J'enfonce brutalement mes ongles dans sa cuisse et il tourne aussitôt la tête vers moi.

Avant qu'il ait le temps de me demander quoi que ce soit, je secoue très légèrement la tête en écarquillant les yeux. Je tends le doigt très bas vers le siège auto et j'articule en silence « Pas de bébé ». J'espère que ça suffira pour qu'il comprenne ce que je veux dire sans poser de questions.

Parce qu'aussitôt que Doug et Lexi sauront que *nous* savons, nous perdrons le seul atout en notre possession : l'élément de surprise. Et puis qu'est-ce que je sais de toute façon ? Le siège auto est vide, mais qu'est-ce que ça veut dire ? C'est nous qui leur avons demandé de nous emmener. Doug n'était même pas d'accord.

On vient de les rencontrer au milieu de nulle part en pleine nuit. Ils sont peut-être en fuite, avec quelque chose à cacher. Qui sait ? Peut-être ont-ils volé cette voiture avec ses autocollants sympas et son siège auto vide. Je préfère largement rester dans l'ignorance. Lexi et Doug peuvent se garder leurs secrets, merci beaucoup. Il faut juste qu'on descende de leur bagnole.

Je prends une grande inspiration discrète, mais j'ai déjà la tête qui tourne. Ma vision me joue des tours elle aussi, comme si j'avais un filtre sépia sur les yeux : les contours sont flous et tout est un peu jaune. Le bon côté des choses, c'est que le tunnel n'est pas encore en vue et que je ne me sens pas anesthésiée. Mais si je ne parviens pas à me ressaisir, je ne me donne pas longtemps avant de tomber dans les pommes.

Lexi me jette un coup d'œil par-dessus son épaule et m'adresse un sourire, comme elle l'a déjà fait à plusieurs reprises depuis que je l'ai vue pour la première fois devant sa voiture. Une minute plus tôt, ce sourire était doux et chaleureux. Maintenant, il me file la chair de poule. Je presse mes doigts sur mes cuisses et j'y enfonce mes ongles en lui souriant en retour.

Quoi que Doug et Lexi manigancent, ça n'a rien à voir avec nous. Ça a commencé avant qu'on se gare dans cette station-service. Ce sont peut-être des hors-la-loi sympas, des terroristes écolos ou des protestataires politiques en fuite pour un crime de principe et qui se servent d'un faux bébé comme couverture. Ce n'est pas parce qu'on veut disparaître qu'on est forcément une mauvaise personne. Je suis bien placée pour le savoir. Mais j'ai un très très mauvais pressentiment.

— Votre amie…, commence Lexi, qui s'est finalement décidée pour une chanson. Comment elle s'appelle, déjà ?

Je regarde Jasper en secouant la tête. *Ne lui dis rien d'autre. Rien.* J'essaie de le lui faire comprendre sans parler. Jasper plisse les yeux.

— Victoria, finit-il par dire. (Son mensonge me prouve qu'il a compris.) Elle s'appelle Victoria.

J'ouvre le GPS sur mon smartphone pour vérifier que nous sommes sur la bonne route. Le petit point bleu se déplace toujours sur la 203 en direction de Seneca. Lexi et Doug ont peut-être quelque chose à cacher, mais ça ne les empêche pas pour autant de nous rendre service. Tout ça pourrait n'être qu'une malheureuse coïncidence et non une affreuse catastrophe. Je respire un peu mieux. Oui, peut-être. Mais on doit quand même quitter cette bagnole.

Je n'ai plus qu'une barre de réseau. Je n'en aurai peut-être bientôt plus. Je suis en colère contre mon père, évidemment. Il a peut-être définitivement brisé quelque chose entre nous. Mais j'ai plus peur de Doug et Lexi que je ne lui en veux.

J'ouvre mes textos et lui en écris un.

La voiture de Jasper a rendu l'âme à la sortie de la 93, sortie 39C dans le New Hampshire. On va vers le Maine sur la 203. On est dans un break Subaru noir immatriculé à NY avec un autocollant Hillary Clinton. On a besoin d'aide. On est peut-être en danger. Je te fais confiance. Ne merde pas.

— C'est un joli nom, Victoria, poursuit Lexi sur un ton bizarre, comme si elle en connaissait plein et qu'un prénom recelait tout ce qu'il y avait à savoir sur quelqu'un. Elle se fourre souvent dans ce genre de situations ?

— Parfois, réponds-je, mais ma voix est trop aiguë et trop sonore. *Sois normale. Parle de Cassie. Ce n'est pas un mensonge.* Il lui arrive de se laisser influencer, et, une chose en entraînant une autre, elle fait des conneries. *Comme vous, les gars. Vous voyez, on comprend. On ne vous en veut pas.* Ce n'est pas la première fois qu'elle me demande d'aller la récupérer quelque part. On va la ramener chez elle, où sa mère l'attend.

Elle a un foyer. Une mère. Ce sont des gens bien. Nous aussi. Vous devriez nous laisser partir.

— C'est sympa de ta part de faire ça, surtout si ça arrive souvent, commente Lexi sur un ton pensif, en contemplant la vitre. Vous devez être très proches.

— Oui. On est les meilleures amies du monde.

Je sens une remontée acide qui essaie de se frayer un chemin de mon estomac jusqu'à ma gorge lorsque je remarque le panneau bleu un peu plus loin : une pompe et des couverts croisés. De la nourriture et de l'essence, une excuse pour s'arrêter et descendre de voiture. Et fuir. Je frotte mes paumes contre mon jean puis je serre les poings.

— Je suis désolée, mais il faut vraiment que j'aille aux toilettes, dis-je en désignant le panneau. On peut s'arrêter ? Je ferai super vite, promis.

Je me tourne vers Jasper. Il hoche la tête. Il n'a peut-être pas vraiment compris ce qui se trame, mais il entre dans mon jeu.

— Bien sûr. Aucun problème, répond Doug si facilement que je me dis que j'ai peut-être tout imaginé.

Ou alors que c'est pire que ce que je crois.

Le clignotant cliquette comme un métronome et sa lueur orangée pulse avec régularité dans la nuit. Le monde a ralenti sa course. Tous les bruits sont amplifiés, tous les mouvements exagérés. Doug ne quitte pas la route des yeux, Lexi a les siens rivés sur son téléphone. Tout a l'air tellement normal que je suis d'autant plus persuadée que rien ne l'est.

— Ouah, difficile de rater ça, pas vrai ? demande Lexi en tendant le doigt.

Haut dans le ciel, l'enseigne lumineuse de Trinity's Diner, avec deux voitures de course rouges et un drapeau à damiers. Elle est beaucoup trop grosse, elle m'agresse la vue, là, dans la forêt. Surtout quand le restaurant lui-même n'est rien d'autre qu'une caravane rectangulaire métallique. Ça va pas être facile de perdre Doug et Lexi là-dedans. Les choses risquent de partir en sucette rapidement. Il faut que je prévienne Cassie qu'on risque de ne pas être joignables pendant un certain temps.

On a eu des pbs. Texte ta mère au cas où. Le + impt C que tu sois en sécurité. Dis lui juste de pas appeler les flics. Elle t'écoutera. J'en suis sûre.

Du moins je l'espère.

Ce n'est qu'une fois que j'ai envoyé et fermé ce message que je découvre le point d'exclamation rouge à côté de celui adressé à mon père. *Non distribué.* C'était bien la peine que je me fasse autant de nœuds au cerveau sur ce que je devais dire et à qui.

Une fois dans le parking, je me tourne vers Jasper et lève mon téléphone en secouant la tête. *Pas de réseau.* Il baisse les yeux sur le sien. Son visage s'illumine pendant une fraction de seconde puis il secoue la tête à son tour. Pas de réseau non plus.

— Je vais y aller, moi aussi, au cas où, dit Jasper. *Au cas où ?* Comme ça on n'aura plus besoin de s'arrêter.

On décidera quoi faire dès qu'on sera à l'intérieur. On peut raconter notre histoire à quelqu'un ou demander à utiliser la ligne fixe. Il y aura du monde, et on sera donc en sécurité. Et en voyant qu'on ne ressort pas, Doug et Lexi repartiront certainement tout seuls avec leurs secrets. Ils seront ravis d'être débarrassés de nous. Nous sommes une complication dont ils se seraient bien passés. Ils seront soulagés, voilà. Il n'y a aucune raison qu'ils ne le soient pas. Sauf que lorsque le gravier crisse sous les pneus, je n'en crois pas un mot. Du tout.

Doug se gare devant la vitrine éclairée du restaurant, juste à côté d'un pick-up flambant neuf avec vitres teintées, enjoliveurs rutilants et des espèces de rails sur le toit. Si j'en crois les autocollants *Le Maine prend les armes, Permis de chasse au terroriste* et le logo de la NRA, la National Rifle Association, la ligue pro-armes à feu, ça doit être pour accrocher des fusils. Je vois une bâche verte accrochée sur la plateforme arrière, d'où dépasse le sabot d'un animal. Pas exactement le genre de personne à qui j'ai envie de demander de l'aide.

Mais quand je lève les yeux sur la vitrine, je vois trois filles de mon âge installées dans une alcôve, en train de mater le garçon assis en face d'elles. Elles sourient, perchées sur la banquette, pendant qu'il parle en faisant de grands gestes. Lorsqu'il s'immobilise soudain – la chute de son histoire, certainement –, elles éclatent toutes de rire. Des ados normaux, qui font des trucs normaux. Ils nous aideront. Je le sais.

— Je prendrais bien un café, annonce Doug en coupant le contact. Ne le prenez pas mal, mais ce petit détour m'oblige à conduire davantage.

Ça sonne presque comme la vérité, comme s'il avait vraiment envie d'un café. Mais vérité ou pas, ça va être beaucoup plus compliqué de parler à Jasper seule à seul.

— Bon, je ne vais pas rester ici toute seule, commente Lexi en défaisant sa ceinture et en descendant de voiture.

Elle a oublié qu'elle est supposée avoir un bébé. Doug attire son regard, elle hésite puis se souvient.

— Attends, je prends juste le bébé.

Mes pieds pèsent trois tonnes tandis que je me dirige vers les marches métalliques branlantes qui mènent à la porte. Je suis presque parvenue en haut lorsque cette dernière s'ouvre à la volée et que les ados se bousculent en criant pour sortir.

— Oups, dit l'une en heurtant une de ses copines. (Leurs voix baissent d'un cran quand ils s'effacent pour nous laisser passer.) Désolé.

Lorsque j'attrape la poignée de la porte derrière la dernière fille, elle est étrangement légère. Comme si rien de tout ça n'était réel, que ce n'était qu'un rêve dont j'allais émerger d'une minute à l'autre. *Au secours,* ai-je envie de crier. Mais avec Doug et Lexi sur les talons, je ne peux pas.

— Tiens, dit joyeusement la jeune fille en me tenant la porte.

Elle est jolie et menue, avec de longs cheveux bruns. Je la dévisage en pensant *S'il te plaît, ne t'en va pas.* Mais elle se contente de me sourire plus largement encore avant de courir derrière ses amis. Parvenus en bas des marches, ils éclatent tous de rire avant de s'éloigner. Et voilà que la meilleure chance que nous avions de nous en sortir vient de disparaître.

— J'ai très envie d'un hamburger, constate Doug d'un ton enjoué.

— Beurk.

Lexi a l'air dégoûté. Elle monte les marches avec le siège auto dans une main, la capote rabaissée pour que personne ne puisse voir à l'intérieur. Elle s'accroche même à la rambarde comme si la nacelle était lourde.

— Tu veux vraiment manger un hamburger dans un endroit pareil ?

Dans le sas d'entrée, je suis assaillie par une bouffée d'air tiède et moite en provenance d'un radiateur placé juste à côté d'un distributeur de M&M's. Je franchis la deuxième porte qui mène au restaurant, qui est beaucoup plus propre et plus fréquenté que ce que j'aurais cru à près de vingt-deux heures. La demi-douzaine de box près de la vitrine est pleine – des ados, des gens plus âgés, une famille avec deux garçonnets assoupis –, ça sent bon le bacon et la tarte aux pommes et les murs sont peints en rouge vif.

Mais tout le monde ne respire pas non plus la joie de vivre. Un couple fait la gueule en plein milieu de la pièce, entouré par un cercle de tables vides et niché dans une zone grise : leurs visages, leurs vêtements et même l'air autour d'eux ont la couleur de la suie. Ils sont totalement silencieux, presque immobiles, les yeux rivés sur la nappe. La femme n'a pas touché à son assiette et l'homme mâche lentement et bruyamment, comme s'il essayait d'avaler du caoutchouc. Leur présence me paraît de très mauvais augure.

Je suis toujours en train de les observer quand la serveuse surgit devant nous. Ses cheveux châtains sont relevés en queue de cheval et elle est jolie malgré ses yeux trop grands et ses dents de travers. Elle porte un tee-shirt rouge avec *Trinity* écrit en lettres noires, encadré par deux drapeaux.

— Quatre pour dîner ? demande-t-elle en attrapant les menus.

— Ce sera juste à emporter, répond Doug.

Est-ce qu'il a dit ça un peu trop énergiquement ? Comme s'il se doutait que nous mijotions quelque chose ? Mon cœur bat si fort que j'ai l'impression que mon corps est traversé de secousses. Je prie pour que Doug et Lexi ne se rendent compte de rien.

— Où sont les toilettes ? je demande à la serveuse en espérant que Jasper comprendra.

Je veux discuter en privé avec lui, comparer nos ressentis et mettre au point un plan. Il pensera peut-être qu'il vaut mieux dire la vérité à Doug et Lexi, leur avouer qu'on sait qu'il n'y a pas de bébé. Peut-être que Jasper me dira que je suis parano. Et peut-être même que je le croirai.

— Juste là, répond-elle en désignant une porte derrière le comptoir. Celles des femmes sont tout au fond.

— Merci. (J'évite de croiser le regard de Doug ou de Lexi en m'éloignant.) J'en ai pour une seconde.

— Prends ton temps, ma puce, répond Lexi en souriant.

Est-ce que sa voix est bizarre ? Comme si elle avait peur mais qu'elle tentait de le masquer ? Mon cœur continue de battre la chamade, me donnant la sensation que le sol est devenu spongieux sous mes pieds. Le temps que je parvienne à la porte, je ne sens plus mon corps. Je vois ma main sur la poignée et la porte s'approcher quand je l'attire à moi, mais je ne la sens pas. Je ne sens plus rien.

De l'autre côté, je découvre un petit sas lambrissé : les toilettes pour hommes sont à gauche et celles pour femmes juste en face. Il fait plus froid ici, comme si les murs étaient plus minces. Je pose une main dessus pour me stabiliser en espérant que je ne vais pas passer à travers. Quand j'arrive aux toilettes pour femmes, Jasper ne m'a pas rejointe comme je l'espérais. Mais je ne peux pas rester là à l'attendre, au cas où ce serait Doug ou Lexi qui se pointerait. On penserait vraiment que je mijote quelque chose. Je n'ai pas d'autre choix que d'aller vraiment aux toilettes. Jasper frappera avant d'entrer, non ? Il sait bien que je suis là. Il n'est pas idiot.

Les chiottes sont dégueulasses – des cheveux dans le lavabo, des taches sur le sol, pas de papier, comme si toute la crasse du restaurant, par ailleurs très propre, était contenue dans cette pièce. Il fait encore dix degrés de moins, le lino s'écaille et ses coins sont relevés et gondolés. Je verrouille la porte, l'oreille aux aguets. J'entends ce qui se passe dans la salle de restaurant : les voix, le cliquetis des couverts. J'entendrai forcément Jasper quand il viendra. *S'il* vient. J'attends encore une minute. Toujours rien. Mais il va bien finir par arriver. Il le faut.

Et une fois qu'il sera là, il faudra qu'on trouve un moyen de se barrer. Il y a une fenêtre au-dessus de la cuvette : elle s'ouvre facilement et elle est assez large pour qu'on s'y faufile tous les deux. Mais quand je passe la tête à l'extérieur, je me rends compte qu'elle est haute. Difficile de calculer à quelle distance exactement du sol. Probablement pas assez pour qu'on se blesse sérieusement, mais même une foulure pourrait nous ralentir fortement.

Je suis toujours penchée par la fenêtre quand j'entends la porte des toilettes s'ouvrir. Enfin ! J'espère que c'est Jasper. Je saute à bas de la cuvette et me dirige vers la porte. Pourvu qu'il me dise de ne pas fuir.

J'ai la main sur la poignée lorsqu'un deuxième bruit me parvient. La porte des toilettes s'ouvre et se referme de nouveau. Un second bruit de pas, plus rapides cette fois. Puis la voix de Jasper.

— Dou...

Un bruit sourd contre le mur. *Doug*. Jasper essayait de dire Doug. N'est-ce pas ? Je pose les mains à plat sur la porte, le cœur battant à tout rompre. Dois-je ouvrir ? J'entends d'autres bruits, plus forts, une bousculade, des coups de pieds contre le mur. Une bagarre. Jasper se bat avec Doug ?

Je fouille mes poches à la recherche de mon téléphone, en priant pour avoir de nouveau du réseau. Je pourrais appeler la police, maintenant que je n'ai plus le choix. Mais pas de miracle point de vue réseau, évidemment... Je range mon portable, et soudain, je sens autre chose au fond de ma poche. Le couteau de ma mère.

Je le sors. Il est froid et lourd dans ma main, et quand j'actionne la lame, elle se déploie, raide. Je contemple l'acier, le sang pulsant dans mes tempes.

— St-op.

C'est Jasper, j'en suis sûre. Il est en train d'étouffer.

Je dois passer à l'action. Et je n'ai que ce stupide couteau suisse. Il faut que je l'utilise comme ma mère m'a jadis appris à couper du bois : en mettant tout mon poids dans mon geste.

Quand j'ouvre la porte à la volée, mon angoisse monte. On y est. Ils sont là. C'est exactement ce que je craignais et que je ne peux pas croire. Doug a plaqué Jasper au mur, le bras contre son cou. Le visage de Jasper est écarlate et ses yeux sont exorbités. Il frappe le mur de ses talons, en proie à la panique.

L'autre main de Doug est posée à plat contre le mur. C'est une cible assez grande. C'est là que je dois viser. Il est en train d'étrangler Jasper. Il faut qu'il le lâche. Maintenant. Je dois intervenir.

Je plonge en avant et balance le bras. Quand le couteau s'abat sur les phalanges de Doug, la douleur me transperce – ma douleur. J'aurais juré avoir poignardé le mur s'il n'y avait pas tout ce sang.

— Bordel ! hurle Doug en se prenant la main tout en se pliant en deux.

Jasper tousse violemment et se précipite vers la porte. Mais je suis paralysée. Tout ce que je réussis à faire, c'est regarder le sang sur ma main et sur Doug. Sur le sol.

Il y en a partout. Tellement plus que ce que je pensais. Et il est d'un rouge si vif.

— Viens !

Jasper m'entraîne vers la porte.

On fait irruption trop bruyamment dans la salle de restaurant. Le bruit et notre hâte apparente suffisent à faire tomber le silence sur l'assemblée, et tous les regards convergent dans notre direction. La serveuse, qui s'est montrée si aimable un peu plus tôt, pivote vers nous, soupçonneuse. Je ne vois pas Lexi. Elle n'est pas près de la porte. Ni à table. Nulle part en vue, et il en est de même pour le siège auto.

Jasper et moi nous frayons un chemin vers la sortie. On ne court pas vraiment. On essaie d'avoir l'air innocent.

— Ouh, mec, c'est du sang ? demande une voix derrière nous.

Je tourne la tête : Doug est adossé à l'encadrement de la porte. Un homme plus âgé se tient à ses côtés, une main sur son épaule. Doug lui dit quelque chose.

— Hé ! ces gamins ont essayé de lui voler son portefeuille !

Il nous montre du doigt pendant qu'une deuxième serveuse se précipite vers Doug, un torchon à la main. Mais ce dernier ne nous quitte pas des yeux. Il ne cille même pas. Et une expression terrible se répand sur son visage. Comme s'il voulait me tuer et qu'il allait le faire. La seule question, c'est quand.

— Attention ! crie le vieil homme. Elle a un couteau !

Je baisse les yeux sur mes mains. Je tiens toujours le couteau suisse de ma mère. La courte lame est ensanglantée, de même que ma main. Je ne suis plus une folle avec des cheveux bizarres. Je suis une folle avec des cheveux bizarres et un couteau. Une fille qui a déjà prouvé qu'elle représentait un danger pour les autres.

Le suis-je ? Est-ce que j'ai vraiment bien fait de poignarder Doug ? Pourquoi est-ce que je ne l'ai pas menacé d'abord ? Pourquoi je n'ai pas essayé d'appeler à l'aide ?

Jasper me tire de nouveau en avant. On se met à courir dans le restaurant, mais comme au ralenti. Chaque pas semble nous éloigner de la sortie plutôt que nous en rapprocher.

— Vous ! Arrêtez ! crie la serveuse. (Elle se tient devant la porte, un téléphone à la main.) J'appelle les flics. Vous n'irez nulle part. (Elle fait signe à deux gars costauds assis dans une alcôve de s'approcher.) Venez. On ne peut pas les laisser s'enfuir !

— Désolé, mais on doit s'en aller.

Jasper l'écarte poliment mais fermement. On pousse la première porte, puis la deuxième et on dévale les marches branlantes quatre à quatre. Je jette un regard en arrière : une foule s'amasse autour de la porte, peut-être autour de Doug. Je ne l'aperçois pas. Mais qui sait de quoi il est capable de les convaincre ? C'est un excellent menteur.

— Regarde, dit Jasper lorsque nous posons le pied sur le gravier du parking. Là-bas.

La voiture de Doug et Lexi est de l'autre côté du parking, à présent. Le moteur tourne et elle est prête à rejoindre la route. Quel qu'ait été le plan de Doug, Lexi était son chauffeur. Elle pivote lentement dans notre direction.

— Elle nous regarde, dis-je.

Mais elle ne saute pas à bas du véhicule comme je m'y attends. Elle nous contemple un instant avant d'enfouir le visage entre ses mains. Pourquoi ? C'est tellement bizarre. Elle se cache ? Elle pleure ? En tout cas, ça ne peut pas être à cause de ce que j'ai fait à Doug. Si elle était au courant, elle rentrerait en courant pour lui venir en aide.

— Barrons-nous, ordonne Jasper en piquant un sprint vers l'arrière du restaurant, droit vers la forêt. Ils ne vont pas tarder à nous suivre.

12

LES BRANCHES ME CINGLENT LE VISAGE et me griffent les bras tandis que nous courons dans la pénombre. La forêt devient bientôt si dense que nous sommes contraints de ralentir. On ne peut faire guère plus que marcher, en levant haut les genoux pour éviter les troncs abattus et en trébuchant dans de petits trous. On ne va pas assez vite pour échapper à quiconque.

Plus on avance dans les bois ténébreux et silencieux, plus je me sens perdue. Les branches sont de plus en plus enchevêtrées et le sentier de moins en moins distinct. On ne peut pourtant rien faire d'autre que de se hâter. Je finis par laisser tomber le couteau dans l'obscurité. Je n'ai pas le choix. Pas de retour en arrière possible pour nous. Il n'y en a plus.

Après cinq, dix minutes – je ne sais pas – les arbres finissent par s'espacer légèrement. Mais au moment où le chemin devient plus praticable, des lumières se mettent à vaciller devant nous. On s'arrête net. Sauf que les lueurs ne sont pas devant nous, mais derrière.

Des lampes torches. On est suivis. On savait que ça arriverait. C'est trop tôt pour que ce soit la police. C'est certainement Doug, s'il ne saigne pas à mort, accompagné par quelques clients du restau. Je repense au pick-up avec l'autocollant de la ligue pro-armes à feu et le daim mort. Il y avait des gens armés dans ce restaurant. Est-ce que ça serait légal de nous tirer une balle dans le dos ? Mais c'est *moi* qui tenais le couteau, et qui ai dégainé la première. Je suis un danger pour les autres.

Même dans le noir, je vois le sang de Doug sur mes doigts. J'ai le souvenir vivace de la façon dont le petit couteau de ma mère a rebondi en transperçant la chair et l'os. Je secoue brusquement la tête. Je dois rester concentrée. Ils se rapprochent – qui qu'ils soient – et leurs voix résonnent sous les frondaisons.

On ne pourra jamais les semer. J'ai fait pas mal de rando, c'est vrai. Mais ce n'est pas ça qui rendra les choses plus faciles. Les bois sont trop denses. Il nous faut un plan B. D'autres options. Et si on se planquait en hauteur ? C'est peut-être notre meilleure solution. Voire la seule.

Je me dirige vers une souche qui repose contre un tronc d'arbre duquel partent quelques branches épaisses et basses. Je lève les yeux vers sa cime qui a l'air de se perdre dans la noirceur du ciel. La seule chose que maman m'a apprise à propos des arbres, c'est de ne *jamais* y grimper pour échapper à un ours. Mais j'ai un bon sens de l'équilibre. Je sais assurer mes prises. Et je sais aussi que j'ai plus de force dans les bras que ce que je crois.

— Hé ! (J'appelle Jasper à voix basse.) On grimpe ?

Il fait si noir que je ne distingue pas ses traits. Une partie de moi espère qu'il refusera et qu'il aura une autre idée.

— Putain, t'es sérieuse ? murmure-t-il.

— T'as une meilleure idée ?

— Non. J'ai pas d'idée du tout.

Escalader l'arbre se révèle beaucoup plus compliqué que prévu. Pas du tout comme les parois dont j'avais l'habitude avec ma mère. L'escalade, c'est déplacement latéral, puis un pas vers le haut, alors que là, on grimpe sans s'arrêter. On a à peine progressé que déjà mes bras se mettent à trembler. De son côté, Jasper ne semble pas éprouver de problème particulier, et comme il est juste derrière moi, ça me donne des ailes, jusqu'à ce que soudain, il pose une main sur mon mollet.

Arrête de grimper, c'est ce que signifie son geste. *Pas un bruit.*

Des voix s'élèvent d'en bas. Des branches craquent et des feuilles crissent. Je prie pour que l'arbre tienne bon lorsque j'entends Doug demander d'une voix claire :

— Il y a un chemin quelque part ?

Je suis soulagée de ne pas l'avoir blessé suffisamment pour qu'il ait besoin d'être emmené à l'hôpital. Mais je suis aussi terrifiée de l'avoir laissé en état de nous poursuivre.

— Il y a un sentier de randonnée derrière nous, sur la droite, répond un autre homme. On l'utilise pour rabattre les ours. Ils ont dû se diriger par là. Il faut leur barrer la route avant qu'ils y parviennent. S'ils prennent ce chemin, on va les perdre, pour sûr.

— Mais ils ne connaissent pas l'existence de cette piste, rétorque Doug à voix basse. (Il est presque sous notre arbre.) Ils ne sont pas du coin.

— Il faut tirer un coup de semonce, intervient un troisième homme, plus jeune et plus excité, qui a l'air de chercher une excuse pour canarder quelque chose.

— Le shérif va te foutre une raclée s'il apprend que tu t'es encore servi de ton fusil dans les bois…

Pan ! Pan ! Pan ! Les détonations sont tellement bruyantes et tellement près de ma tête que je manque de lâcher ma prise sur l'arbre.

— Qu'il aille se faire foutre, cet enculé de shérif, dit le jeune gars en riant comme un imbécile.

— Espèce de connard de…, hurle Doug. Si je voulais rameuter les flics, je les aurais appelés moi-même.

Pas de police. Ce qui signifie que Lexi et Doug ont quelque chose à cacher. Évidemment. Mes bras tremblent davantage encore et je ferme les yeux. Je me cramponne si fort au tronc que j'ai peur que mes mains se mettent à saigner. Et mon cœur qui cogne, qui cogne – si Doug ne me tue pas, je vais m'évanouir et me fracasser au sol.

— Hé, abruti, dit le jeune à Doug en riant. (Il a l'air drogué.) C'est toi qu'as demandé de l'aide.

— Pour les retrouver, pas pour les tuer, espèce de débile !

— Écoute, connard de mes deux…

— Il a raison, intervient fermement le plus âgé. Ferme-la. Hors de question que je finisse en taule à cause de toi.

— Venez, ordonne sèchement Doug. Allons voir ce sentier. Ils connaissent peut-être le coin mieux que ce que j'imaginais.

Une fois la lueur des lampes torches et les voix disparues, Jasper entame la descente. Quand mes pieds touchent le sol, je tremble de la tête aux pieds et je me sens faible.

— C'était une bonne idée, l'arbre, constate Jasper en s'époussetant. Et merci pour ce que tu as fait. Au restau. C'était… (Il ne peut même pas trouver les mots.) Ne le prends pas mal, mais je ne pensais pas que tu en étais capable.

Comme si poignarder quelqu'un était un motif de fierté.

— Je préfère ne pas en parler. (Et c'est la vérité.) Je veux faire comme s'il ne s'était rien passé.

— Si tu veux. Mais il m'aurait tué, tu le sais, ça ? Tu n'as pas eu le choix.

— On a toujours le choix.

Les gens normaux, du moins.

— D'accord. Si tu veux te sentir coupable, c'est ton problème, répond Jasper, qui a l'air à la fois irrité et épuisé.

Par moi. Mais pourquoi comprendrait-il ? Il ne sait pas ce que m'a dit mon père, ni que je peux être un danger pour les autres, même si ces « autres » sont Doug. Jasper s'enfonce dans les ténèbres, comme si on avait déjà décidé de la direction à prendre.

— J'ai aperçu une habitation éclairée du haut de l'arbre. Peut-être qu'ils nous permettront d'utiliser leur téléphone.

On avance en se frayant un chemin avec difficulté dans les bois touffus. Dans l'obscurité, je perds tout sens du temps qui passe. Je perds tout sens de tout à l'exception du rythme des feuilles qui crissent sous mes semelles. Jasper allume la torche de son smartphone de temps en temps, histoire de vérifier qu'on ne fonce pas droit vers le bord d'une falaise. Je suis obligée de me concentrer pour ne pas tomber, trébucher ou prendre une branche dans l'œil, et du coup je me sens plus calme. Paradoxalement, c'est quand tout va mal que je suis de nouveau au top. C'est tellement tordu. Et pathétique.

— Hé, dit Jasper au bout d'un moment. On devrait bifurquer sur la droite.

Quand je lève les yeux, je me rends compte qu'on a dévié à gauche des lumières. Ou plutôt de *la* lumière. On dirait bien qu'il n'y a qu'une seule habitation. Je ne sais pas à quoi je m'attendais : un village, peut-être, mais je ne peux m'empêcher d'être gagnée par la déception. On ne peut qu'espérer que cette fois-ci, on tombera sur des gens bien. Et pas qui feront juste semblant de l'être.

Nous arrivons bientôt en lisière d'une cuvette, une vaste étendue sombre qui pourrait bien être un fossé profond.

— Tu peux éclairer le trou ? Je n'arrive pas à en discerner les contours.

Jasper allume son portable, dont la lueur jaunâtre éclaire les branches avant de s'arrêter devant moi.

C'est alors que je les aperçois. Juste en bordure du halo lumineux. Des bottes. Avec des pieds dedans. Il y a quelqu'un tout près. Si près qu'il pourrait m'attraper.

— Cours, Jasper ! je hurle, avant de dévaler le talus, à deux doigts de me casser la figure.

J'ai tôt fait d'atteindre l'autre côté : ce n'est qu'une pente, pas un trou finalement. Je me mets à courir. Vite, à travers les branchages et les feuilles. Je m'attends à trébucher sur quelque chose. J'anticipe la douleur.

Mais il ne se passe rien et les lumières se rapprochent de plus en plus. Jasper est sur mes talons. J'espère du moins que c'est lui. Une foulée rapide, un souffle régulier. Auquel de nos poursuivants appartenaient ces bottes ? Pas au jeune taré. Je suis certaine qu'il nous aurait abattus sans sommation. Pas à Doug non plus. Il portait des baskets ou des chaussures branchées. Du moins il me semble. C'était peut-être au troisième. Il avait l'air moins sanguinaire que les deux autres.

On ne s'arrête qu'une fois à l'abri derrière un chalet délabré, au beau milieu d'une petite clairière. Il a l'air hanté mais pas abandonné. Et il y a de la lumière à l'intérieur. Jasper gravit les marches du perron quatre à quatre et tambourine à la porte. Aucune réponse. Il jette un coup d'œil par la fenêtre.

— On dirait qu'il n'y a personne.

Il revient vers la porte et essaie de l'ouvrir. Il se tourne vers moi en secouant la tête. Fermé.

— On pourrait briser une fenêtre, mais je ne vois pas de téléphone de toute façon.

Un pick-up rouillé est garé pas loin. Les clés sont peut-être à l'intérieur. C'est fou comme voler une voiture me paraît anodin maintenant que j'ai poignardé quelqu'un.

Je me dirige vers le véhicule et je me mets sur la pointe des pieds pour regarder par la vitre ouverte côté passager. Dans la faible lueur en provenance du chalet, je distingue à peine le contact. Pas de clé. Je devrais vérifier sous le tapis et dans la boîte à gants. Les gens qui vivent dans les bois laissent tout le temps les clés dans leurs bagnoles, pas vrai ? Je tire sur la poignée récalcitrante à plusieurs reprises avant que la portière cède. Je suis en train d'explorer la boîte à gants quand Jasper m'appelle.

Sa voix est bizarre. Il ne me juge pas parce que j'essaie de voler le pick-up, si ? Parce qu'on est au-delà de ça. *Ignore-le, cherche les clés.*

— Wylie, sors de cette bagnole.

Il a l'air flippé. Et pas par le pick-up.

— Wylie, répète-t-il. Sors. Tout de suite.

Je descends. Ce sont les bottes que je vois en premier. Il y a quelqu'un tout près, si près qu'il pourrait m'attraper. Il se tient entre Jasper et moi. Je prends une profonde inspiration et je lève les yeux. Mais l'homme qui porte ces bottes n'est pas aussi terrifiant que ce que je pensais. Il est un peu flippant, certes. Il est très maigre et super vieux, avec des cheveux blancs en bataille et une barbe mal taillée. Mais ce n'est pas un des mecs qu'on a entendus dans la forêt. Du moins, je ne le pense pas. Il a l'air beaucoup plus vieux qu'eux. C'est peut-être le propriétaire du chalet ? Ça expliquerait pourquoi il a une main sur le menton et l'autre sur la nuque, comme s'il se demandait que faire de ces intrus sur sa propriété. Il est très essoufflé : c'est lui qui nous a couru après. Bon, au moins, il est petit. Jasper pourrait le battre sans problème. Moi aussi, d'ailleurs.

Mais alors, pourquoi est-ce que Jasper a l'air aussi inquiet ? Il a les yeux écarquillés et il est blanc comme un linge. C'est alors que le vieil homme bouge la main. Celle qu'il avait sur la nuque. En fait, il tient quelque chose contre son épaule. Quelque chose de long et fin, avec un manche. Et une lame large et incurvée.

— Piéger les touristes est toujours puni par la loi par ici, finit par aboyer l'homme dans ma direction, comme si c'était le dernier argument d'une longue dispute entre nous. Comme le fait de pénétrer illégalement dans une propriété privée.

— Piéger les touristes ?

Je préfère me concentrer sur la partie pour laquelle on n'a rien à se reprocher. Il oubliera peut-être le reste, du coup.

— Les chiens ? Les beignets ? Je sais bien comment vous vous y prenez.

L'homme pointe son immense couteau vers la forêt avant de le faire pivoter dans ma direction. La lame est si près que si je me penchais un tout petit peu, je pourrais la toucher du bout du nez.

— C'est comme tirer une vache dans un couloir.

Je ne comprends pas un traître mot de ce qu'il raconte. Nada. Mais curieusement, ça me paraît moins important que son énorme couteau.

— On cherche juste notre amie, dis-je en levant les mains. On ne veut pas vous déranger.

Je jette un coup d'œil en direction de Jasper, qui acquiesce en silence. *Bien, fais-le parler*, semble-t-il dire. Mais le vieil homme ne m'écoute même pas.

— J'en avais rien à foutre de ces putain d'animaux, avant. Je le jure devant Dieu. Qu'on les tue, qu'on les tue pas, pas mon problème. J'en avais rien à cirer de ce qu'ils faisaient. (Il soliloque sans se soucier de moi.) Mais s'ils les avaient pas attirés avec leurs putain de beignets, les ours se seraient jamais pointés. « Oh, désolée », c'est ce qu'a dit Sarah quand elle est tombée sur eux. Comme si elle avait juste surpris quelqu'un en train de pisser. Vous savez quel bruit ça fait quand quelqu'un est battu à mort ?

Il secoue la tête et la fureur déforme ses traits.

— On n'est pas des chasseurs d'ours. Regardez-nous, dis-je. On est juste des ados de Boston. On connaît rien à la chasse ni aux armes. Mais il y a des chasseurs d'ours dans les bois en ce moment-même.

Je ne sais pas du tout si ces hommes chassent les ours ni s'ils les appâtent avec des beignets. Mais ils ont failli nous tirer dessus. Ça ne me paraît pas particulièrement injuste d'envoyer ce mec à leurs trousses. Et j'ai bon espoir qu'il leur mette la pâtée, même sans fusil.

— Où ça ? demande-t-il en fixant les arbres sombres.

— Derrière le restau, réponds-je. Ils se dirigent vers le sentier de chasse.

— Putain de connards, marmonne-t-il en se dirigeant vers la forêt, le couteau contre son flanc.

— Attendez ! je crie après lui.

— Comment ça ? s'exclame Jasper. T'es timbrée ou quoi ?

— Est-ce qu'on peut utiliser votre téléphone ?

— J'en ai pas, rétorque l'homme des bois sans se retourner.

— Alors votre pick-up, s'il vous plaît. On peut s'en servir ?

Il s'arrête net.

— Ha ! aboie-t-il en secouant rageusement la tête avant de reprendre la direction des bois. Ma bagnole. Allez vous faire foutre.

— Wylie, chuchote Jasper. Laisse tomber.

Mais on a besoin de ce pick-up et pour une raison insensée, je pense qu'il y a une chance pour qu'il nous le donne, peut-être parce qu'il est fou et parano et que du coup je le comprends.

— Écoutez, ma mère est morte et ma meilleure amie... Des gens l'ont enlevée et j'ai peur qu'ils lui fassent du mal. Je n'ai pas quitté ma maison pendant trois semaines parce que je vais pas bien du tout, mais j'ai fait tout ce chemin parce que ma meilleure amie est tout ce qu'il me reste. Si je la perds, je ne sais pas ce qui va m'arriver.

Le vieil homme s'immobilise de nouveau. Mais cette fois, il pivote et se dirige vers moi à toute allure. Il a la tête baissée comme un taureau qui charge. Ce n'est pas vraiment la réaction espérée. Pas du tout, même. Et il brandit fermement son couteau comme pour se garantir une efficacité maximale. La seule chose positive dans tout ça, c'est qu'il marche vers moi, et pas vers Jasper. Si quelqu'un doit payer mon pari risqué, c'est bien moi. Je m'adosse au capot froid du pick-up et je redresse le menton lorsque son visage s'arrête à quelques centimètres du mien. Son haleine est fétide et ses vêtements déchirés. *C'est comme ça que ça va finir ?* je me demande en fermant les yeux dans l'attente de la douleur. *Non. Ce n'est pas possible.*

— Hé ! aboie-t-il.

Je finis par entrouvrir les yeux. Je ne vois pas le couteau. Ses doigts sales tiennent un trousseau de clés.

— Et maintenant, cassez-vous avant que je change d'avis.

13

JASPER S'ÉLOIGNE EN TROMBE DU CHALET. Il roule si vite sur la route obscure et défoncée qui coupe à travers bois que j'ai peur que le vieux pick-up tombe en morceaux. Une fois parvenus à une distance raisonnable, il freine si brutalement que je suis projetée contre le tableau de bord.

— Bon, on fait quoi maintenant, bordel ? demande-t-il, comme si j'étais responsable de tout ce qui s'était passé jusque là.

— Pourquoi tu me demandes ça *à moi* ? Qu'est-ce que j'en sais ?

Je sors mon portable en espérant avoir du réseau, pour appeler qui, j'en sais rien – mon père, Karen, la police ? Ils me paraissent à la fois tous une bonne et une mauvaise idée. On ne peut pas aller plus loin. Mais est-ce qu'on peut s'arrêter ? Rentrer chez nous ? Et qu'est-ce qui va m'arriver en revenant à la maison ? Que va-t-il se produire lorsque papa et le docteur Shepard – et peut-être même les flics – apprendront que j'ai agressé quelqu'un ? Comment quiconque croira que c'était de la légitime défense quand je n'en suis pas moi-même intimement persuadée ?

— C'était qui, ce mec ? demande Jasper.

— Un vieux taré dont la femme ou la petite amie a été bouffée par un ours. (C'est fou comme ça me semble banal.) Je parie que c'était déjà un connard avant que ça arrive.

— Je te parle pas de lui ! s'écrie Jasper. Doug. C'est qui ce type ? Il a essayé de me *tuer*. Tu crois vraiment que ça n'a aucun rapport avec Cassie ?

— On leur a seulement demandé de nous déposer.

Je réponds ça parce que c'est ce à quoi je me raccroche pour éviter de relier Doug et Lexi à Cassie : ça serait mille fois pire que de se dire qu'on est tombés entre leurs mains par simple manque de bol.

— Et donc c'est une coïncidence qu'alors qu'on essaie de retrouver Cassie, on tombe sur ce mec qui tente de m'étrangler sans aucune raison dans les chiottes ?

— Non, je réponds et je sens que mon estomac se noue. Ce n'est certainement pas une coïncidence. Quelqu'un ne veut pas qu'on la trouve, mais pourquoi ? (Je contemple le profil de Jasper, qui a les yeux fixés sur la portion de sentier caillouteux éclairée par les phares.) Est-ce qu'il y a autre chose que tu m'as caché sur Cassie ? Dans quoi elle s'est fourrée ?

— J'en sais rien. (Jasper tourne la tête et me regarde droit dans les yeux.) Je te le jure. Elle a été arrêtée, c'est la seule chose que je sais, et ça s'est produit il y a plusieurs mois. (Il dit la vérité, du moins c'est l'impression que j'ai. De toute façon, je n'ai aucun moyen de le vérifier.) Mais comme je te l'ai déjà dit, je pense qu'elle me cachait quelque chose. Ou alors elle a vraiment été enlevée et ses ravisseurs ne veulent pas qu'on la retrouve.

— Comment ça, enlevée ? (L'idée est ridicule.) Pour quoi faire ? Ses parents ne sont pas riches.

— Pour être vendue comme esclave sexuelle, répond Jasper en haussant les épaules. On kidnappe des filles pour les prostituer. J'ai entendu ça à la radio. (Il me jette un regard noir.) Oui, j'ai écouté l'émission *Tout bien considéré*. Et non, je ne l'ai pas fait exprès. L'un des cuistots du restau où je travaille est écrivain.

— Pourquoi pas, après tout, réponds-je, même si j'ai du mal à y croire. (C'est surtout que je ne veux pas y croire.) Écoute, il faut qu'on prévienne quelqu'un, pas vrai ? (En disant ça, je me sens un tout petit peu mieux, au moins, je l'ai admis.) La police, la mère de Cassie, n'importe qui. Ou on envoie un texto à Cassie et on l'oblige à téléphoner à quelqu'un. Dans tous les cas, on a besoin de réseau. Et si on commençait par ça ? On roule jusqu'à ce qu'on ait du réseau.

Jasper contemple la route un instant avant de hocher la tête.

— OK, dit-il sans me regarder, comme s'il essayait de se convaincre. (Il pose la main sur le levier de vitesse et passe la première.) OK.

On roule jusqu'à ce que le sentier rejoigne la route 203. Le restaurant et Seneca sont sur notre gauche, notre ville sur la droite. On sait que dans cette direction, on aura du réseau rapidement. Si on prend à gauche, on se dirige vers Cassie, mais qui sait pendant combien de temps on devra rouler avant de pouvoir passer un coup de fil ? Sans parler de tout ce qui pourrait encore nous tomber dessus.

— Alors ? demande Jasper, tout en sachant que la question est beaucoup plus importante qu'elle n'en a l'air. On va vers où ?

Aucune des deux options ne me paraît satisfaisante. Jasper considère le volant comme s'il réfléchissait. *On devrait rentrer chez nous,* voilà ce que je pense. Même si la police m'attend sur le perron. Même si on m'interne. Il s'est déjà passé trop de choses graves. On a eu trop de chance. On devrait laisser tomber tant qu'on a une longueur d'avance, ou du moins tant qu'on est encore en vie.

Je suis sur le point de dire ça – rentrons – quand Jasper redémarre et tourne à gauche. Vers Cassie.

— Jusqu'à ce qu'on trouve du réseau, dit-il, comme si on s'était mis d'accord.

Et j'acquiesce en silence, même si je pense qu'on devrait faire tout l'inverse. Parce que la vérité, c'est qu'il n'y a pas de bon choix.

Mais se diriger vers Cassie et Seneca signifie qu'on doit repasser devant le restaurant. Je retiens mon souffle quand on s'engage sur la route 203 et que je vois l'enseigne du Trinity's Diner flotter bien trop haut. Je m'attends à ce qu'on croise des voitures de police. Je m'enfonce dans mon siège, hors de vue. Mais je ne vois pas de gyrophares. Comme a dit Doug, pas de flics. Je devrais être soulagée. S'ils n'ont pas appelé la police, alors personne ne me cherche.

Mais je ne suis pas soulagée du tout.

— Tu vois Lexi ou Doug ? je demande.

— Je ne crois pas. (Jasper jette un coup d'œil autour de lui.) Je ne vois même pas leur bagnole.

Je me sens encore plus mal. Et je devine au ton de Jasper que c'est pareil pour lui. Parce que si Doug et Lexi ne sont plus sur le parking, ça veut dire qu'ils peuvent être n'importe où.

— Tu crois vraiment que Doug voulait nous empêcher de retrouver Cassie ?

On a laissé le restaurant derrière nous et je me redresse sur mon siège.

— Oui, répond Jasper sans hésiter.

— Et tu crois vraiment que ça un rapport avec la prostitution ?

— Non, répond-il tout aussi rapidement.

— Oh. Ça a un rapport avec quoi, alors ?

Jasper ne quitte pas la route des yeux.

— Aucune idée.

On roule en silence, comme si on cherchait tous les deux une meilleure explication, moins terrifiante, de ce qui est arrivé à Cassie et de son rapport éventuel avec Doug et Lexi. Mais on ne trouve rien.

— Tu sais, j'ai vraiment eu envie de t'étriper quand tu as commencé à hurler sur ce vieux mec, finit par avouer Jasper. C'est taré, comment tu lui as extorqué les clés.

— Ouais, taré, je répète, parce que c'est le mot clé. Entre fous on se comprend, je suppose.

— Je sais pas, répond Jasper. Tu avais aussi vu juste avec Lexi et Doug. Si j'avais remarqué que le siège auto était vide, j'aurais sans doute réagi bizarrement, mais je n'aurais pas eu la présence d'esprit de descendre de la voiture. Imagine ce qui ce serait passé si Doug nous avait conduits au milieu de nulle part. Je serais mort à l'heure qu'il est. Tu as eu raison les deux fois.

— Quand tu as peur de tout, y a forcément un moment où tu tombes juste, réponds-je, mais je me sens agacée.

Est-ce que Jasper pense que ce genre d'encouragements de sa part va me guérir de manière miraculeuse ?

— Tu devrais peut-être essayer d'être plus positive. (Jasper a l'air irrité à son tour. Je suis peut-être censée me sentir honorée parce qu'il essaie de m'aider.) Tu serais moins stressée tout le temps.

Mes narines frémissent. Et dire que j'avais presque oublié pourquoi je ne pouvais pas l'encadrer.

— Mais pourquoi est-ce que je n'ai pas pensé à te faire une petite remarque utile quand tu as failli arracher le volant de la Jeep à la station-service ? Je m'efforcerai d'être « plus positive » quand tu auras appris à contrôler ta colère.

Jasper me jette un coup d'œil et, de manière exaspérante, il a l'air blessé.

— Je dis juste ça pour t'aider.

— C'est pas moi qui ai besoin d'aide, je rétorque. C'est Cassie.

Je me sens gênée. Je baisse les yeux sur mon smartphone. Pourquoi je prends la peine de répondre ? Qu'est-ce que j'en ai à faire, de ce qu'il pense ? Le restaurant s'éloigne derrière nous et je veux vérifier si on a de nouveau du réseau.

— Y a quelque chose ? demande Jasper.

Son ton est différent. Froid. J'en suis presque contente. On n'a pas besoin d'être amis.

— Non, je réponds en me demandant si je veux vraiment poser la question qui me trotte dans la tête depuis le début. (Je n'en ai aucune envie, mais je n'ai pas le choix.) Est-ce que tu crois qu'elle va bien ?

— Oui, répond-il trop vite pour que je le croie.

— Pourquoi ?

— Parce qu'il le faut, pas vrai ?

Et quand il me regarde cette fois, ses yeux brillent dans l'obscurité.

— Ouais.

La gorge me brûle et je me tourne vers la vitre et les ténèbres qui défilent derrière. Ce n'est qu'à ce moment que je me rends compte que ce j'ai dit à ce vieux fou était parfaitement vrai : je ne sais pas ce que je deviendrai si je perds Cassie aussi. Comment pourrai-je survivre sans sa folle énergie qui m'oblige à voir au-delà des frontières de mon angoisse ?

— Bon, t'as demandé à ton père ou bien ?

Cassie me dévisageait par-dessus son manuel d'Histoire occidentale. Elle venait de passer une heure affalée sur un pouf dans un coin de ma chambre à faire semblant de travailler. Mais je savais qu'elle avait passé son temps à envoyer des SMS. Peut-être à Jasper. On était au tout début du mois d'octobre et ils ne sortaient pas officiellement ensemble – pas encore. J'espérais toujours que ça ne se ferait pas. Alors je faisais comme s'il ne se passait rien.

— Demandé quoi ? ai-je répondu en jouant les imbéciles.

En partie parce que je n'avais pas envie de m'en occuper, en partie parce que je ne voulais pas rendre service à Cassie. Mais je savais qu'elle voulait à tout prix passer le test de papa. Cassie avait le syndrome de la chaussure de vair – elle espérait découvrir qu'elle était une vraie princesse.

— À propos de son test, a poursuivi Cassie en levant les yeux au ciel.

— Il refusera, ai-je répliqué. Cette semaine, il est de super mauvaise humeur. Il a été obligé de virer son assistant chéri.

— Ben, justement, je croyais qu'il l'adorait, a répliqué Cassie, qui avait eu droit à l'un des interminables discours de papa visant à expliquer que le monde entier devrait prendre exemple sur le docteur Caton, qui était si intelligent et si investi.

— La frontière entre l'amour et la haine est ténue. (J'ai haussé les épaules.) Pourquoi tu veux à tout prix passer ce test débile ?

— Parce qu'il y a forcément plus.

— Dans la vie ?

L'expression de Cassie s'est assombrie.

— Dans ma personnalité.

Je me suis sentie mal. Je ne voulais pas l'attrister.

— Tu n'as pas besoin d'un test à la con pour prouver que tu as de la valeur. Tu en as à mes yeux.

— C'est gentil, merci, a-t-elle répondu en clignant de l'œil. Mais je veux quand même passer ce test.

Un quart d'heure plus tard, quand toute ma famille s'est installée pour dîner, Cassie a posé la question cash à mon père. Elle était persévérante, ça, on ne pouvait pas le nier.

— Vous pensez que Wylie et moi on pourrait faire votre test après le repas, docteur Lang ? Juste une petite partie ? a demandé Cassie d'un ton intentionnellement aigu et haut perché comme celui d'une petite fille.

Mon père a froncé les sourcils au-dessus de ses betteraves.

— Je ne pense pas que...

— Oh, allez, s'il vous plaît, s'il vous plaît, s'il vous plaît, a supplié Cassie. (Elle se fichait complètement de contrarier mon père et je ne l'en ai que plus appréciée pour ça.) Nos résultats pourraient nous être super utiles au lycée.

— Au lycée ? a répété Gideon en lui jetant son regard habituel, comme s'il l'adorait et la méprisait à la fois.

Cassie a levé les yeux au ciel comme s'il était son frère à elle aussi.

— Ou juste pour nous. Bref.

Je devinais à l'expression de mon père qu'il ne céderait pas.

— Oui, bon, eh bien, même si...

— Oh, laisse-les faire, Ben, est intervenue maman avec un des sourires dont elle avait le secret et qui faisait toujours céder papa. Ils ne t'ont pas vu pendant des mois. Ça leur donnera un aperçu de ce qui t'a tenu éloigné pendant si longtemps. Une partie de toi.

— Une partie de moi ?

Papa a cillé comme s'il ne comprenait absolument pas de quoi elle parlait. Plus les jours passaient, plus il ressemblait à un robot.

— Oui, chéri, partage quelque chose de toi avec tes enfants, a poursuivi ma mère sur un ton espiègle, mais ferme. Tu sais, un lien. Ça leur permettra d'entrevoir pourquoi ton travail est si important pour toi.

— Il n'acceptera jamais, a dit Gideon à Cassie. Je le lui ai déjà demandé cent fois.

— Oh, allez, Ben. La vie est courte. (Maman s'est levée pour enlacer papa et déposer un baiser sur son oreille.) Donne-leur un petit avant-goût de ce que tu aimes tant. Ce sera marrant. Tu t'amusais tout le temps avec eux, tu te souviens ?

C'était vrai. Il n'avait pas son pareil pour inventer des casse-têtes ou des chasses au trésor quand on partait en voyage et il était même jadis un maître Jedi des Lego. Il n'avait jamais été du genre câlins et bisous comme maman, mais il avait sa façon bien à lui de s'occuper de nous, et j'adorais ça. Jusqu'à ce que ses recherches dévorent la petite partie de lui qui nous avait toujours appartenu.

Lorsque ma mère a posé son front contre le sien, il s'est détendu.

— OK, d'accord. (Il s'est reculé un peu et a balancé sa serviette sur la table.) Je me rends. Faisons-le.

— Quoi ? (J'ai senti la nausée me gagner. Je n'avais jamais envisagé qu'il puisse accepter. Je ne voulais rien savoir de plus sur mon esprit.) Sérieusement ?

— Ouais !

Cassie a levé les bras en signe de victoire.

— Comment ça, d'accord ? (Gideon avait la tête de quelqu'un qui vient d'être giflé.) Cassie n'a qu'à demander et tu acceptes ?

— Je ne dis pas oui à Cassie, Gideon. Je suis incapable de refuser quoi que ce soit à ta mère. Un jour, tu comprendras. (Papa s'est levé et il avait l'air plus gai que depuis des mois.) Écoute, je suis prêt à me faire pardonner – tu veux passer en premier ?

Au sous-sol – le laboratoire de papa – Gideon, Cassie et moi, assis, raides, sur le canapé rouge vif, avons regardé mon père tout préparer. Ce n'était pas si moche en bas, depuis que maman avait insisté pour qu'il améliore un peu le décor : un épais tapis blanc, quelques affiches, un canapé Ikea. Comme mon père passait de nombreuses heures dans cette pièce, maman avait peur qu'il finisse par déprimer.

— Je vais fixer les électrodes pour enregistrer votre rythme cardiaque, votre transpiration et le reste, a-t-il expliqué. On va faire le test en binôme, deux qui discutent, le troisième qui observe. C'est la majeure partie de l'étude. Ce sera plus court que d'habitude, mais je vais quand même utiliser le bandeau et le casque antibruits, puis les deux à la fois, afin que vous ayez un aperçu de ça aussi.

— Une conversation sur quoi ? a demandé Gideon, probablement anxieux à l'idée que ses sentiments pour Cassie transparaissent.

J'étais nerveuse, moi aussi : j'avais peur que le test de mon père révèle que j'étais complètement folle.

— Ne t'inquiète pas, je vais vous imposer des sujets. Ils sont censés générer des émotions – afin que l'observateur puisse déduire des choses. Mais rien de trop personnel. (Papa a disposé trois chaises en triangle.) Cassie et Wylie discuteront en premier, et Gideon sera l'observateur. (Il a relié Gideon à tous les câbles – des électrodes, un électrocardiogramme. Il avait l'air soudain de s'amuser comme un fou.) L'équipement que j'ai ici est loin d'être aussi sophistiqué que celui du labo de la fac. Les fauteuils là-bas analysent la moindre variation de température et la moindre réaction musculaire. Parce qu'une partie du test, évidemment, repose sur le fait que quelqu'un observe ce que vous *pensez* que vous ressentez, mais surtout ce que vous ressentez *vraiment*.

Il s'est déplacé pour me raccorder de la même manière aux machines. J'étais tellement tendue (je suis tout le temps tendue) que je me suis demandé s'il était possible que je court-circuite les machines. J'avais envie de tuer Cassie de m'avoir embarquée là-dedans.

Mais quand j'ai levé les yeux sur elle, elle m'a regardée en articulant silencieusement « merci ». Et dans son regard, j'ai cru lire quelque chose qui ressemblait à de l'amour.

Et j'ai pensé, pour la première fois depuis longtemps, que tout allait peut-être s'arranger entre nous. Après tout, n'était-ce pas obligé ?

Mon téléphone vibre et je sursaute. On a enfin du réseau. Certainement pas pour longtemps. Tous les appels et les textos que j'ai ratés arrivent en rafale.

Quatre appels et un SMS de mon père. Trois SMS de Cassie. J'ai la bouche sèche en découvrant tout ça.

Je lis d'abord les textos de Cassie.

Vous êtes où ?

Et, comme je n'ai pas répondu : Tt va bien ? Vous arrivez qd ? G peur.

Et le dernier, quelques minutes plus tôt : Oubliez ce que G dit. Allez au poste de police de Seneca. + personne n'est en sécurité. Désolée de vous avoir mêlés à ça. Mais ne prévenez pas ma mère. SVP. Elle ne fera qu'empirer les choses.

J'aurais juré que je n'attendais qu'une chose, que Cassie nous donne la permission de déléguer à quelqu'un d'autre la gestion de cette crise. Mais je n'avais pas pensé que ça m'inquiéterait encore plus qu'elle le fasse.

— Cassie dit qu'elle veut qu'on aille au commissariat de Seneca.

Je cherche cette ville sur Google maps, en espérant avoir l'itinéraire ou au moins la distance avant de perdre de nouveau le réseau. Je suis soulagée lorsque l'épingle rouge apparaît au centre de la ville.

— Ce n'est pas très loin. Je dirais une dizaine de minutes sur cette route puis il faut prendre la 4 sur une cinquantaine de kilomètres et la 151 pendant quinze bornes.

— Est-ce qu'elle va bien ? demande Jasper.

— Elle ne le précise pas. Mais son dernier SMS date d'une demi-heure. C'est bon signe.

— Mais qu'elle nous envoie chez les flics, en revanche, ça l'est pas, non ?

Je ne réponds pas. Parce qu'il a raison, bien sûr. Quelque chose a empiré, à tel point que Cassie se fiche de son casier. *Si* c'est bien pour ça qu'elle ne voulait pas impliquer la police au début.

On arrive, Cassie, j'écris. Tiens bon.

Je l'envoie tout de suite, tant qu'il y a du réseau, puis je contemple le petit 4 à côté des messages vocaux. Tous de mon père. Mais je ne veux pas entendre le son de sa voix. Surtout parce que je subodore qu'il n'a pas appelé pour s'excuser. Tous les appels ont été émis de notre ligne fixe, ce qui veut dire qu'il n'est pas encore parti à ma recherche. Et son dernier SMS a été envoyé après ses appels. C'est la dernière chose qu'il a eue à me dire, et la seule que je doive savoir.

Ironiquement, c'est son numéro de portable qui s'est affiché et non pas *Papa*, certainement à cause du réseau aléatoire. Ou peut-être parce qu'après ses menaces, mon propre téléphone a décidé de ne plus lui parler. Je prends une profonde inspiration et j'ouvre le texto.

La police te cherche. Le dr Shepard les a prévenus. Tu ne nous as pas laissé le choix. Ils t'interneront quand ils te trouveront. Après ce qui s'est passé au restaurant, je ne pourrai pas les arrêter. À moins que je te trouve avant. Dis-moi où tu es, Wylie. Je viendrai te chercher. On trouvera une solution ensemble.

14

Sur la route de Seneca, Jasper me demande deux fois si tout va bien. Mais j'ai trop honte pour lui donner les détails et lui expliquer que mon père pense que je mérite d'être internée. Même s'il a le droit de savoir que papa est déjà au courant de l'incident du restaurant, ce qui veut dire qu'ils m'ont identifiée. Et Jasper aussi, peut-être, du coup. Nous sommes officiellement des fugitifs.

— Mon père est juste égal à lui-même, réponds-je et je me jure en silence de lui raconter le reste avant qu'on arrive au commissariat. Il se comporte toujours comme un con parce que j'ai quitté la maison.

— Tu peux en parler si tu veux. J'en connais un rayon côté parents de la lose, crois-moi.

— Merci. Mais je préfère faire comme s'il ne s'était rien passé.

Jasper hoche la tête tristement.

— Ça aussi, je comprends.

Lorsque Jasper et moi finissons par arriver à Seneca, nous découvrons une petite ville pittoresque. Tous les bâtiments du centre-ville – façades blanches et volets verts – se dressent autour d'une jolie petite place. Une pagode blanche – certainement destinée aux concerts – se dresse au milieu d'une pelouse bien entretenue. On devine la silhouette sombre d'une église au clocher pointu et une rangée de boutiques dont les noms sont gravés en arc de cercle sur les vitrines. Il est vingt-trois heures passées, et tout est fermé sauf le bar de l'auberge. Une petite enseigne en bois nous apprend qu'il a pour nom *Le Pub*. Le seul autre bâtiment allumé pourrait bien être la mairie ou un truc du genre. C'est le plus grand édifice et sa façade est ornée de trois drapeaux : le drapeau américain, celui de l'État du Maine et un troisième sur lequel je crois distinguer des ours.

— C'est peut-être le commissariat, dis-je en le montrant du doigt.

Je suis soulagée qu'on puisse enfin venir en aide à Cassie. Mais je prends un risque en y pénétrant. Après tout, je suis la folle qui a poignardé un homme dans les toilettes d'un restaurant. La fille qui d'après sa psy représente un danger pour elle-même et les autres.

— Qu'est-ce qu'on va leur dire ? demande Jasper en se garant près de la place, à une certaine distance du commissariat.

On dirait qu'il pense qu'on peut encore protéger les secrets de Cassie.

— Tout. (Et il est temps de tout lui avouer. Je ne peux pas lui cacher quoi que ce soit sous prétexte que j'ai honte. Pas lorsque ça peut avoir des conséquences pour lui aussi.) Mais je dois t'avouer quelque chose. Ils sont déjà au courant pour le restau. Le couteau. Doug. Tout, quoi.

— Qui est au courant ? demande Jasper. Et comment ?

— Je sais pas vraiment. C'est mon père qui m'a dit ça par texto. Je suppose que la police a fait le lien. Il les a envoyés à mes trousses parce qu'il pense que je suis « instable ». (Je peux peut-être m'arrêter là.) Quoi qu'il en soit, il se peut que tu te retrouves embringué là-dedans, dans mon… peut-être que tu préfères rester en dehors de ça. Juste au cas où ces flics seraient au courant aussi. Je peux leur expliquer toute seule pour Cassie.

— *Instable* ? (Jasper a l'air perplexe, presque outré. Il coupe le contact.) Je veux bien courir ce risque. Tu n'étais pas toute seule dans ce restau.

Le commissariat est brillamment éclairé mais petit : il ne contient que six bureaux métalliques dans une seule pièce. Trois hommes jouent aux cartes. Deux jeunes, presque la trentaine, je dirais, et le troisième un peu plus vieux que mon père, la cinquantaine peut-être. Ils se tournent vers nous quand on entre, sans avoir l'air ni surpris ni étonnés. Mais pas particulièrement intéressés non plus, contrairement à ce qu'on pourrait croire – après tout, on est deux ados et il est plus de vingt-trois heures.

— B'soin d'aide ? demande le plus vieux sans faire mine d'abandonner sa partie de cartes.

Il a les cheveux poivre et sel et il est bouffi, comme un ancien joueur de football américain qui aurait pris du poids. Il jette un coup d'œil appuyé sur l'horloge fixée au mur.

— Z'êtes perdus ?

Sa voix est tranchante, comme s'il avait envie qu'on disparaisse.

— Non... euh... on n'est pas perdus, je réponds tandis que Jasper et moi nous rapprochons du comptoir. (J'ai l'air nerveux et coupable. Je m'éclaircis la voix.) On, euh, on cherche une amie ?

Comme si c'était une question.

— Une amie disparue ? demande le jeune officier qui nous fait face.

Il a un regard perçant et le visage grêlé, et maintenant qu'il a pris la parole, je constate qu'il est *vraiment* jeune – guère plus vieux que Jasper et moi. Une ombre de sourire joue sur ses lèvres.

— Vous l'avez perdue quelque part ?

Son sourire s'élargit, carnassier. Je m'attends à ce que le plus âgé lui dise de la mettre en sourdine. Mais le seul qui fait vraiment quelque chose, c'est le troisième, qui ramasse les cartes. Il ne nous a même pas jeté un coup d'œil.

— Elle nous a envoyé un texto nous disant qu'elle avait besoin d'aide, explique Jasper. On a fait tout le trajet de Boston.

Il ajoute cette information pour nous faire passer pour des ados dévoués et sympas. Loyaux. Prêts à se mettre en quatre pour aider à réparer le bordel dans lequel Cassie s'est fourrée et dont elle doit être en partie responsable.

Le plus vieux finit par se lever en grognant et se dirige vers nous en arborant un air irrité. Il n'a pas l'air vraiment inquiet, comme s'il avait déjà décidé qu'il n'y avait rien de grave. Quand il est suffisamment près de nous, je déchiffre son nom sur son badge : Sergent Randolph Sternbuck. Lorsque je lève les yeux vers lui, je me rends compte qu'il me dévisage. Enfin, pour être tout à fait exacte, il a les yeux rivés sur mes cheveux. Il fronce les sourcils d'un air dégoûté.

— Laissez-moi deviner : votre amie est venue faire la fête ici ? demande-t-il sans quitter des yeux ma chevelure.

Je lève la main comme si je pouvais dissimuler ma coupe de folle.

— La fête ? je répète dans un couinement.

Je n'aime déjà pas la tournure que prend cette conversation. Le sergent pousse un soupir exaspéré et détourne les yeux de mes cheveux pour attraper un bloc-notes. Il le pose brusquement devant nous.

— Ouais, s'éclater à la méth, quoi. (Il me jette un regard intense.) Et je sais, elle n'a jamais fait ça avant et elle ne recommencera jamais.

Il lève même un peu les yeux au ciel. *Bla bla bla.* Il ne le dit pas à voix haute, mais je vois bien qu'il le pense. Je ne peux rien faire d'autre que le dévisager. Il ne ressemble pas vraiment à un flic.

— À la méth ? répète Jasper comme s'il était victime d'une hallucination auditive.

— Ouais, de la méthamphétamine, ou de la coke, ou du PCP, ou du crack, intervient celui à la tête de fouine vérolée tout en se glissant près de son chef.

Contrairement au sergent, il a l'air content de nous débiter tout ça. Presque excité. Comme s'il se fichait de nous.

— Vous plaisantez, pas vrai ? répond Jasper. On est lycéens. On ne se pique pas.

Je me tourne vers lui. Sa façon de dire « se piquer » est bizarre, très bizarre, même. On dirait qu'il fait semblant d'en savoir moins qu'en réalité.

— Il y a plein de façons de prendre de la méth, fiston. Pas toujours besoin d'une aiguille, explique le sergent comme s'il était sûr que Jasper savait déjà tout ça. Croyez-moi, vous êtes pas les premiers à venir ici pour chercher un ami. On a une putain d'industrie familiale de gamins paumés qui foutent le bordel dans ce qui était – et qui devrait être – une ville sympa.

— C'est des porcs, ajoute le mec à tête de fouine, mais il a une lueur au fond des yeux qui montre que tout ça l'excite. Rappelez-vous les junkies de la dernière fois.

— Mmmm, répond le sergent sans le regarder.

On dirait qu'il n'approuve pas vraiment le tour que prend la conversation mais qu'il ne le désapprouve pas suffisamment pour y couper court.

— Y en a un qu'a planté une putain de *fourchette* dans l'œil de l'autre.

La fouine pointe deux doigts vers son œil, avant de les diriger vers Jasper et moi.

— Ils se sont engueulés à propos des Peeps. Vous voyez, ces chamallows en forme de lapins ? Une fourchette dans l'œil pour un putain de bonbon. Les pompiers ont dit que le mec était tellement camé qu'il ne s'était même pas rendu compte qu'il avait une fourchette dans l'œil. (Il explose de rire, comme si cette histoire était hilarante.) Le mec n'a pas arrêté de parler tout du long.

Le sergent finit par lui lancer un regard noir.

— Vous n'avez pas quelque chose à faire, officier O'Connell ?

— Pas vraiment, répond la fouine sans nous quitter des yeux. Sauf vous foutre la pâtée au Menteur.

— Alors, allez faire semblant de bosser, ordonne le sergent.

— D'ac, chef.

O'Connell lève les mains avec un grand sourire. Je me demande s'il est camé, lui aussi. Il se marre bien. Les mains toujours levées, il pousse un sifflement long et grave, tourne les talons et se dirige vers une porte au fond de la pièce. Il s'arrête avant de l'atteindre, s'empare d'une feuille de papier qui traîne sur un bureau et en fait une boule qu'il lance sur la tête du troisième homme, celui qui nous tourne toujours le dos.

— Deux points ! hurle O'Connell.

La boule rebondit sur la tête du flic, qui l'attrape facilement et la jette dans la corbeille à ses pieds. Comme s'il avait déjà fait ça mille fois.

Le sergent soupire, agacé.

— Veuillez excuser l'officier O'Connell. Il est, eh bien, il est comme il est. (Il secoue la tête comme si c'était la seule explication qu'il était prêt à fournir.) Mais il n'a pas inventé cette histoire de fourchette. Vous n'avez certainement pas envie d'entendre ça, mais si votre amie est ici, c'est pour prendre de la méth. Ça ne veut pas dire que c'est pas une chouette fille. Cette saloperie a détruit un tas de gens bien.

Méth. Cette fois-ci, le mot se fraye un chemin dans mon cerveau. Je savais que Cassie buvait et quand j'ai appris qu'elle avait été arrêtée pour avoir acheté de l'herbe, ça ne m'a pas vraiment surprise. Mais de là à prendre du crack ? C'est comme comparer un accrochage à un carambolage de dix-huit voitures. D'un autre côté, ça ne me paraît pas totalement impossible non plus. Pas autant que ce que je voudrais en tout cas. Ça expliquerait pourquoi elle ne voulait rien nous dire et pourquoi Doug voulait nous tenir à l'écart du repaire dans lequel les drogués se retrouvent. Et la drogue pourrait être la cause de la maigreur de Cassie.

— Ça pourrait être ça, dis-je à voix basse.

— Quoi ? Jasper tourne brusquement la tête dans ma direction, les yeux écarquillés. Cassie ne prend pas de crack. T'es folle ou quoi ?

— Je ne dis pas que je suis sûre que c'est ça. Mais je ne peux pas jurer le contraire. Tu peux, toi ?

Et je ne souhaite qu'une chose : que Jasper soutienne mordicus que ce n'est pas de ça qu'il s'agit. Qu'il en a la preuve. Mais au lieu de ça, il ferme les yeux et secoue la tête, le poing sur le comptoir.

— Je ne suis plus sûr de rien, affirme-t-il à mi-voix.

Le dernier officier de police – celui que la fouine a utilisé comme panier de basket – a fini par se lever pour nous rejoindre. Il est étonnamment beau, avec d'épais cheveux bruns et des yeux marron. Mais il y a aussi chez lui quelque chose d'amoché, de brisé. Bizarre pour un homme aussi mignon et aussi grand. Étrange pour un flic.

— Je vous présente l'officier Kendall, dit le sergent. Il passe le plus clair de son temps à nettoyer derrière les drogués, à ramasser leurs merdes. (La façon qu'il a de dire ça est insultante pour son collègue, comme s'il était une poubelle ambulante.) Est-ce que votre amie vous a dit où elle était exactement ? On peut la chercher mais il y a trop d'endroits possibles. Ça irait plus vite si on savait où commencer.

— Le camp Colestah ? je réponds.

Le sergent échange un coup d'œil avec l'officier Kendall, qui n'a toujours pas décroché un mot. Ils hochent la tête à l'unisson.

— Colestah est très couru, poursuit le sergent. Il y a un refuge, c'est éloigné de tout – que demander de plus quand on est un junkie ? Ces gens-là sont des rats. On a beau les chasser, ils reviennent sans arrêt. Mais vous y êtes passés aujourd'hui, O'Connell et toi, non ? Y avait personne ?

Kendall fronce les sourcils en acquiesçant, tout en jetant un regard qui semble dire *Oui, mais avec lui, on ne sait jamais,* dans la direction dans laquelle O'Connell a disparu.

— Ça vaut la peine d'y retourner, continue le sergent. La plupart des autres camps sont bien gérés. Les proprios ont compris comment faire pour décourager les drogués et ils embauchent des gens pour y vivre hors saison. Des genres de gardiens. Mais les Wynn, les propriétaires du camp Colestah, sont partis depuis très longtemps – j'ai prévenu leur avocat qu'on n'allait pas tarder à raser l'endroit. Ils ne veulent même pas le vendre. Ils se fichent de l'argent, on dirait. (Le sergent consulte sa montre.) Je dois y aller. Mais l'officier Kendall va y retourner, histoire de vérifier si votre amie s'y trouve.

Il y a quelque chose qui cloche dans la façon qu'il a d'annoncer ça. Comme s'il lui disait silencieusement *Tu sais quoi faire.* Rats ou pas, pourquoi les accros à la méth savent-ils qu'ils peuvent venir se droguer en toute impunité à Seneca ? Est-ce que quelqu'un – genre les dealers – graisse la patte des flics pour qu'ils regardent ailleurs ?

J'observe l'officier Kendall, qui retourne à son bureau chercher ses clés. Et je sais déjà que lorsqu'il dira en revenant qu'il n'a rien vu de suspect au campement Colestah, je n'en croirai pas un mot. Il n'y mettra même pas les pieds. Je n'ai aucune confiance dans ces flics, point.

— On veut venir avec vous, dis-je, et mon cœur bat à tout rompre.

Mais le sergent secoue déjà la tête.

— C'est hors de question…

— S'il vous plaît. (J'ai l'air désespérée et un peu folle, mais au point où j'en suis.) On ne vous gênera pas. On vous obéira…

— Non, pas question, rétorque le sergent en me regardant droit dans les yeux. Écoutez, vous avez l'air d'être des gosses sympas. Je vois bien que vous vous faites vraiment du mouron pour votre amie, mais on n'emmène pas de civils sur le terrain. Encore moins des mineurs.

Sa réponse est frappée au coin du bon sens. La police ne laisse jamais les gens les accompagner. Même moi je sais ça. Il faut que je trouve un meilleur argument.

— S'il y a plein de monde là-bas, comment vous la reconnaîtrez ?

Le sergent serre les dents. Il est furieux, peut-être parce qu'il n'a pas de réponse. Je me demande si ça veut dire qu'il pense que de toute façon, Cassie n'y est pas, ou s'il a décidé de ne même pas chercher à le savoir.

— Vous avez une photo d'elle sur votre téléphone ?

— Non, je réponds trop vite. On restera dans la voiture. On fera ce que vous...

Le sergent lève la main pour me faire taire.

— Ça suffit.

Son expression signifie clairement « ne me cherche pas » et elle est plutôt convaincante. Et si j'insiste trop, il risque de me demander mes papiers. Il pourrait faire des recherches et découvrir ce qui s'est passé au restaurant et que les flics sont déjà à mes trousses, alertés par le docteur Shepard. Pour l'instant, on dirait qu'il n'est au courant de rien.

— S'il y a du monde là-haut, on les arrête tous, au moins pour violation de propriété privée. Vous verrez bien si votre amie fait partie du lot.

Il hoche la tête comme si la conversation était close. Mais je ne vois pas comment l'officier Kendall peut ramener toute une bande dans une seule voiture. Certainement parce que le sergent lui a déjà ordonné de ne rien en faire.

— À environ cinq kilomètres, il y a un Dunkin' Donuts à côté d'une station-service. C'est un des endroits où il y a le plus de réseau. L'officier Kendall vous passera un coup de fil en redescendant du campement.

Le sergent quête l'approbation de Kendall du regard. Ce dernier fronce de nouveau les sourcils avant de hocher la tête.

— Viens, dit Jasper, allons manger un beignet.

— J'en veux pas, je marmonne.

Il pose une main ferme sur mon épaule.

— Bien sûr que si.

En descendant les marches du perron, je trouve qu'il fait plus froid qu'avant. Et je me sens plus mal qu'avant d'entrer au commissariat. Je suppose que c'est parce que je ne peux rien faire d'autre qu'attendre. Attendre des nouvelles de Cassie, attendre que la police de Seneca découvre qui je suis, attendre de voir si tout va s'arranger. Lorsque nous parvenons au vieux pick-up, je regarde enfin Jasper. Il joue avec le trousseau de clés, les épaules relâchées, et il a l'air ultra-détendu.

— Qu'est-ce qui te rend aussi heureux ? je demande sèchement.

— Heureux ? répond-il, l'air sincèrement perplexe, tout en se dirigeant vers la portière du conducteur. De quoi tu parles ?

Bonne question. De quoi je parle ? Et qu'est-ce que ça peut me faire que Jasper se sente mieux ? Parce que ça me fait quelque chose. Ça me met hors de moi.

— Tu n'as pas dit un mot, je rétorque par-dessus la plateforme.

Jasper hausse un sourcil.

— J'étais censé dire quoi ?

— Quelque chose, n'importe quoi. On aurait dit que t'étais de leur côté.

C'est pas vrai, du moins ça ne l'était pas jusqu'à ce que Jasper se montre pressé de quitter le commissariat lorsque le sergent nous l'a ordonné.

— De *leur* côté ? répète-t-il, et je vois bien à son expression que je l'ai blessé.

— Même maintenant, tu te contentes de répéter tout ce que je dis ! (Je crie si fort que mes paroles résonnent dans la nuit.) Ça t'arrive de penser par toi-même ?

Jasper serre les dents et détourne le visage vers le centre-ville obscur. Mission accomplie : il est fou de rage mais il essaie de se contrôler.

— Je n'ai rien dit parce que tu donnais l'impression de savoir ce que tu faisais et que je ne voulais pas interférer. Enfin, jusqu'à ce que tu sois à deux doigts de péter un plomb et que j'ai eu peur que tu nous foutes dans la merde tous les deux. Excuse-moi d'avoir essayé de me montrer respectueux. Si ça fait de moi un connard... tant pis, poursuit-il en ouvrant sa portière. Et je ne suis pas content, crois-moi. Mais est-ce que je me sens mieux ? Oh que oui. Aller trouver les flics est notre première bonne décision de la soirée.

— Ouais, eh ben moi, je me sens pas mieux, au contraire.

— Peut-être parce que tu es incroyablement pessimiste, répond-il sèchement. Tu angoisses tout le temps.

Je lève les yeux au ciel.

— C'est censé me remonter le moral ?

— Non, réplique-t-il en me lançant un regard noir.

Avant que j'ai eu le temps de répondre quoi que ce soit, l'attention de Jasper semble attirée par quelque chose derrière moi. Je pivote : l'officier Kendall se dirige vers nous. Il jette des coups d'œil furtifs à droite et à gauche, comme pour vérifier que la voie est libre. Est-ce qu'ils ont eu vent de ce que j'ai fait ? Est-ce qu'il est venu m'arrêter ?

— Re-retrouvez-moi d-d-derrière, dit-il quand il parvient à notre hauteur. Au c-c-coin.

Il bégaie violemment. Ça explique pourquoi il n'a pas ouvert la bouche au commissariat. Mais ce n'est pas parce qu'il est bègue qu'il ne peut pas m'arrêter.

— Pourquoi ? (Je m'efforce d'avoir l'air décontracté, mais c'est complètement raté.)

— Vous p-p-pouvez venir avec moi, répond-il. Un de mes m-m-meilleurs amis a f-f-fait une overdose. Mais ne-ne-ne le d-d-dites p-p-pas à mon chef.

15

JE NE SUIS JAMAIS MONTÉE à l'arrière d'une voiture de police, mais je devine que celle-ci est plus luxueuse que bien d'autres. C'est une Ford Explorer dernier modèle avec des sièges en cuir super confortables. Elle sent le neuf, ce qui me rappelle hélas celle de Doug et Lexi. Les problèmes de drogue sont peut-être la plaie de Seneca, mais ça ne se voit pas aux véhicules de patrouille. C'est peut-être bien la preuve que la police ne fait pas grand-chose dans cette soi-disant guerre contre la drogue.

Pendant les quinze minutes que dure le trajet jusqu'au camp Colestah, personne ne parle. Jasper me jette des regards en coin à plusieurs reprises, comme s'il attendait que je lui fasse signe de s'exprimer. Il finit même par faire un geste en direction de l'officier Kendall, comme pour dire : *Tu veux que je dise quelque chose ?* Cette conversation silencieuse finit par attirer l'attention du policier qui nous regarde dans le rétroviseur intérieur. Je secoue la tête et me détourne en silence vers la vitre.

Plus on roule, plus les ténèbres deviennent profondes et plus j'ai du mal à respirer. Je me sens un tout petit peu mieux quand on finit par emprunter une allée de terre battue et de gravier. Au moins, on sera fixés dans pas longtemps.

— On-on y est, annonce Kendall quand on dépasse des colonnes en ruine et un panneau en bois de travers, sur lequel on déchiffre à peine les mots « Camp Colestah ». A-avant, c'était un en-en-droit tr-très chouette. P-pour les g-gosses riches de B-Boston.

— Pourquoi il a fermé ? je demande.

Je sens que quelque chose d'affreux s'est passé ici. J'espère que c'était il y a longtemps.

— Le f-fils du pr-propriétaire s'est n-noyé d-dans la p-piscine. Il s-s'est re-retrouvé c-coincé d-dans la c-canalisation de la p-partie la p-plus p-profonde. Je le connaissais. Gen-gentil g-garçon. Ses parents ont f-fermé et sont p-partis dans l'Est j-juste après.

Les gravillons crissent sous les pneus et les phares éclairent par intermittence les arbres hauts et nus au fur et à mesure que le sentier serpente. On parcourt encore trois cents mètres avant que l'officier ne s'arrête.

— R-r-restez là, ordonne-t-il en serrant le frein à main avant de faire un geste vers les bois obscurs. Il f-faut que je v-vérifie tous les ch-chalets. P-pour être s-sûr. Les plus vieux sont en b-bas. Ce s-sont leurs p-préférés.

J'aurais pensé que je le supplierais de me laisser l'accompagner, mais je suis plus que soulagée de rester dans la voiture. De toute évidence, Jasper n'est pas aussi flippé que moi par l'aspect lugubre des lieux.

— Vous êtes sûr que…

— R-r-restez là, répète le policier avec plus de fermeté encore que la première fois. C'est d-déjà b-bien que je vous aie p-permis de v-venir.

Assis en silence sur la banquette arrière, Jasper et moi regardons la lueur de la lampe torche de l'officier Kendall ricocher entre les arbres, en bas d'une pente, puis de nouveau en haut. Une fois mes yeux accoutumés à l'obscurité, je devine qu'il se dirige vers quatre petits chalets en haut de la colline. Kendall – ou du moins sa lampe de poche – semble marcher d'abord vers celui de droite.

— Putain, ça craint, constate Jasper lorsque la lueur de la torche disparaît dans la première cabane en rondins.

C'est la première remarque négative qu'il fait de la soirée.

— Je croyais que tu n'étais qu'optimisme, je rétorque, pour lui rendre la monnaie de sa pièce. (Après tout, il m'a bien traitée de pessimiste un peu plus tôt, même si ce n'était pas vraiment méchant.) Qu'est devenu le verre à moitié plein ?

— Tu l'as bu, répond-il en me souriant à demi. (Mais son sourire s'efface lorsqu'il essaie d'ouvrir la portière et se rend compte qu'elle est verrouillée.) On peut pas sortir.

— Ben, c'est une voiture de police, je réponds comme si c'était une évidence, alors qu'en réalité, c'est loin d'être le cas.

J'aurais préféré que Jasper ne s'en rende pas compte. Parce que maintenant, la seule chose qui hante mes pensées c'est ce qu'on deviendra s'il arrive quoi que ce soit à l'officier Kendall. Et si le responsable de tout ça s'en prenait à nous alors qu'on est prisonniers au milieu de nulle part ?

Mon cœur accélère encore quand je vois la lueur de la torche du policier balayer les murs du deuxième chalet. Lorsque la lumière traverse le mur de l'entrée, j'aperçois quelque chose qui pend devant la fenêtre. Un volet ? On est trop loin pour en avoir le cœur net, mais c'est l'hypothèse la plus probable. On dirait que quelqu'un l'a défoncé pour s'échapper. Je ne me rends compte de mon extrême tension que lorsque Kendall a achevé de fouiller les deux derniers chalets et que le faisceau de sa lampe torche se rapproche enfin.

— On n'aurait pas dû venir ici, dis-je avant qu'il soit revenu à la voiture.

— Comment ça ? demande Jasper. Où ici ? Le camp ?

— Je sais pas.

Et c'est la vérité. Je ne sais pas ce que j'entends par là. Mais c'est exactement ce que je ressens.

— Hé. (Jasper serre brièvement sa main dans la mienne. Mais c'est suffisant pour que je prenne conscience que mes doigts sont raides et glacés.) Ça va aller. Elle va bien.

— Tu n'en sais rien.

— Peut-être, rétorque Jasper. Mais ça ne m'empêchera pas de le croire quand même.

— R-r-rien, constate l'officier Kendall quand il finit par ouvrir la portière et se glisser à l'intérieur de la voiture. Juste d-des ordures, d-des p-papiers d-d'emballage et des c-c-canettes de b-b-bière.

— Ça veut dire que des gens étaient là, réponds-je.
— Il y a t-t-toujours des g-gens. Ils v-viennent et r-r-repartent.

On continue comme ça, chalet après chalet. On avance, on s'arrête. On avance, on s'arrête. L'officier Kendall descend de voiture. L'officier Kendall fait le tour des bâtiments. L'officier Kendall revient. Il secoue la tête : *rien*. Il ne trouve que des déchets : des emballages de bonbons dans les uns, des canettes de bière vides et des mégots de cigarettes dans les autres. L'un des chalets contenait une énorme pile de rouleaux de cellophane tout neufs. Le policier n'a pas trouvé d'explication à ça et je n'ai aucune envie qu'il essaie.

Plus on avance sur le chemin, plus les chalets sont délabrés ; certains tombent carrément en ruines et il est impossible d'y entrer. L'un n'est plus qu'un amas de planches. Le policier fait quand même courir le faisceau lumineux de sa lampe dessus, comme si Cassie pouvait être enterrée sous les bardeaux. Je me dis qu'au moins, il est compétent et minutieux. Son sérieux me fait penser que j'aurais dû appeler Karen, lui dire ce qu'on savait et lui donner au moins le nom de la ville. Je ne l'ai pas fait parce que Cassie me l'a ordonné, même après nous avoir demandé de prévenir la police. Mais la vérité, c'est que je n'ai pas prévenu Karen parce que je ne voulais pas parler à mon père. Maintenant qu'il essaie de me faire interner – une information que je ne parviens toujours pas à digérer – je ne suis pas certaine d'avoir envie de lui parler de nouveau un jour. Et puis de toute façon, il est trop tard pour téléphoner à Karen, à présent. Il y a bien longtemps que je n'ai plus de réseau.

On finit par se garer au bout du chemin, sur un parking circulaire au sommet d'une dernière colline sur laquelle se dressent trois chalets un peu plus grands et un bâtiment beaucoup plus imposant, de la taille de deux ou trois cabanes. Ils sont plongés dans l'obscurité, comme les précédents, mais on les distingue mieux dans l'espace dégagé. De loin, ils ont l'air en bien meilleur état.

— Ce s-sont les b-b-bâtiments p-p-principaux, explique l'officier Kendall. Mais les g-g-gens n'y m-montent pas. Ils r-restent en b-bas. P-p-plus f-f-facile d'entrer et de s-s-sortir.

Jasper exhale bruyamment. Il secoue la tête et se tourne vers moi.

— J'ai un mauvais pressentiment.

Il a raison. Qu'est-ce qu'on fera quand Kendall ne trouvera pas Cassie ici non plus ? Aucune idée. Je reporte mon attention sur les bâtiments. Je ne me drogue pas, mais si je devais choisir un chalet dans ce camp abandonné, ce serait un de ceux-là, qui ne tombent pas en ruines. Tant qu'on n'aura pas visité le dernier, je ne m'avouerai pas vaincue. Il y a encore une chance pour que Cassie soit ici.

— J-je vais v-voir, annonce Kendall. Et il y a d-d'autres c-c-camps. On ira après. Elle s'est p-p-peut-être t-t-trompée de nom.

Il est gentil de garder espoir comme ça. Et je suis contente qu'il le fasse maintenant que Jasper n'en est plus capable.

Il se gare face à la pelouse qui pousse entre les bâtiments. La lune, presque pleine, éclaire assez brillamment les lieux. Il laisse les phares allumés aussi, cette fois-ci, et sa silhouette coupe leur rayon lumineux lorsqu'il se dirige vers le premier chalet. Ainsi éclairé, il est encore plus beau et il a l'air encore plus intrépide. J'essaie de prendre ça comme un signe encourageant, jusqu'à ce qu'il s'immobilise soudain au beau milieu de la pelouse pour observer quelque chose. Sa main se déplace vers son revolver.

— Qu'est-ce qu'il regarde ? je demande en plissant les yeux.

Je ne vois strictement rien.

— Je sais pas, répond Jasper en pressant le visage sur le grillage qui nous sépare de l'avant. (Quoi que ce soit, l'officier Kendall lui donne un petit coup de pied.) C'est un tas de quelque chose, peut-être des bûches – attends, c'est de la fumée ?

— Où ?

Mon cœur bat à tout rompre tandis que je scrute la nuit. C'est alors que je la vois, lorsque Kendall donne un nouveau coup de pied dedans – une volute de fumée qui s'élève vers le ciel.

— Putain de merde, jure Jasper. Y a quelqu'un ici.

— Ou y avait. Il y avait quelqu'un ici, je rectifie pour ne pas éprouver trop de soulagement.

Ou d'inquiétude. Parce que l'idée qu'il y ait quelqu'un dans le camp me remplit autant d'espoir que de terreur. Je prends une profonde inspiration, mais j'ai déjà la tête qui tourne.

Un instant plus tard, l'officier Kendall est de retour et il se penche pour attraper sa radio.

— Trois-zéro-six d-d-demande du r-r-renfort. Camp Colestah. Possible code 207.

Pas de réponse. Peut-être qu'il n'y en a jamais ou peut-être que le sergent et l'officier O'Connell sont rentrés chez eux. J'ai le sentiment que dans une ville comme Seneca, le commissariat est fermé pendant la nuit. Et qu'est-ce qu'un code 207 ? J'ai peur de poser la question. Le policier se tourne vers nous.

— Je pense que ceux q-q-qui étaient là sont d-d-déjà p-p-partis. Mais je v-v-vais v-v-vérifier dans les chalets pour être s-s-sûr.

Cette fois-ci, quand Kendall disparaît en nous laissant dans la voiture, c'est pire. Il ne lui faut pas longtemps pour jeter un œil dans le premier chalet puis dans le deuxième, mais il passe beaucoup de temps dans le troisième. On voit le faisceau lumineux de sa lampe à travers la fenêtre balayer l'endroit comme s'il jouait avec un chat.

Une minute plus tard, il revient vers nous, mais cette fois-ci, il marche vite. Il a trouvé quelque chose. C'est mauvais signe.

— J'ai b-b-besoin que vous veniez avec m-m-moi, dit-il en déverrouillant ma portière. (Je n'ai qu'une envie, la refermer tout de suite.) Il f-f-faut que vous identifiiez quelque chose.

Le corps de Cassie ? C'est tout ce qui me vient à l'esprit.

— Quoi ?

— Des v-v-vêtements et un s-s-sac. Neufs et chers, pas comme ceux d'un drogué. Je dois savoir s'ils appartiennent à v-v-votre amie. Je pourrais les sortir mais je ne veux pas p-p-perturber la scène au cas où…

Il laisse sa phrase en suspens. Au cas où il serait arrivé quelque chose d'horrible à Cassie, voilà ce qu'il veut dire. Ce qui se trouve à l'intérieur de ce chalet peut être une preuve de crime. Il jette un œil en direction du sentier et vers les bois, comme s'il pesait le pour et le contre.

— Je p-p-préfèrerais attendre les r-r-renforts, mais ça peut être long.

Et puis on n'a pas de temps à perdre. Cassie n'en a pas.

Quand je descends de la voiture, je suis assaillie par l'air glacial. Le froid me brûle les poumons et de la buée blanche se forme autour de ma bouche quand j'exhale. L'officier Kendall franchit la pelouse d'un pas vif en nous faisant silencieusement signe de le suivre. Il tourne la tête à droite et à gauche, à l'affût du danger, pour vérifier le périmètre tandis qu'on approche du chalet le plus à droite. On passe devant les autres, et je remarque que les volets sont bien en place et les portes solidement arrimées à leurs charnières. Mais je ne me sens pas mieux pour autant, au contraire. Si on a quelque chose ou quelqu'un à cacher, c'est là qu'il faut venir. Je serre les poings en espérant que la douleur provoquée par mes ongles s'enfonçant dans mes paumes atténuera mon angoisse. Mais ce que je dois faire avant tout, c'est respirer. Je le sais. Il le faut vraiment. Mais c'est plus facile à dire qu'à faire.

— J'ai peur, dis-je à Jasper dans un murmure.

— Moi aussi.

— D-d-dépêchons-nous, ordonne le flic une fois parvenus au milieu de la pelouse, comme si on était menacés, ainsi à découvert. V-v-votre amie ne vous a rien dit sur les gens avec qui elle était ? Pas de dé-dé-détails ?

Il se montre *vraiment* attentif cette fois-ci, et je comprends que, plus tôt dans la soirée, il ne nous a pas vraiment écoutés. Ils avaient décidé que Cassie n'était qu'une junkie de plus. Peut-être même le genre sur lequel ils fermaient les yeux.

— Au début, juste qu'elle s'était fourrée dans un merdier et que sa mère serait furax si elle l'apprenait, répond Jasper en regardant nerveusement autour de lui. Puis tout d'un coup, elle a dit qu'elle avait peur qu'ils lui fassent du mal.

Ce qui voulait dire, bien sûr, qu'elle avait toujours son téléphone. Je le savais depuis le début, mais je n'y avais pas prêté attention. Pourquoi lui auraient-ils permis de garder son portable ? Elle était peut-être montée « faire la fête », comme le sergent l'avait suggéré, puis les choses avaient dégénéré.

— À l'intérieur, restez à gauche, ordonne l'officier Kendall quand on arrive en bas du perron. Il y a un gros trou dans le sol à droite. Et des cartons et des meubles partout. On n'y voit pas grand-chose avec une seule lampe torche.

On lui emboîte le pas et je me sens encore plus étourdie. Je m'agrippe à la rambarde. *Respire.* Quelque chose cloche de nouveau. Quelque chose de plus important que tout le reste – Lexi et Doug, les hommes qui nous ont poursuivis dans les bois, les affaires de Cassie qui sont peut-être éparpillées dans un repaire de junkies. J'ai l'impression d'avoir laissé quelque chose de vital derrière moi – mon sac à dos, mon portable, une partie de mon propre corps – et de ne pas m'en être encore rendu compte.

Inspire, expire et compte jusqu'à quatre. Kendall nous tient la porte et dirige le faisceau lumineux de sa torche vers la gauche.

Je frissonne en pénétrant à l'intérieur. J'aperçois un bureau le long d'un mur et un meuble de rangement métallique pour dossiers dans le coin. C'était certainement l'administration du camp. Ça sent la poussière et le moisi, mais pas trop. Ça ne sent pas la mort, ce qui me paraît important. Mais il y a toujours autre chose dans l'air, quelque chose qui cloche. Et je n'arrive pas à mettre le doigt dessus.

— Sur le sol, sous la fenêtre, dit le policier en décrivant un cercle avec le faisceau de sa lampe.

Mon cœur manque un battement quand je les vois enfin : la besace souple de Cassie. Celle qui ne la quitte jamais. Et son sweat-shirt – le rouge aux couleurs de Boston avec un trou dans la manche droite. Je me précipite pour vérifier : après tout, s'il n'est pas troué, ce n'est pas le sien. Quant au sac, il est très à la mode. Il pourrait appartenir à n'importe qui.

— Ne touche à rien ! crie l'officier Kendall.

Je garde les mains le long du corps tout en m'accroupissant près du sweat-shirt. Et évidemment, il est troué, ce con. C'est bien le sien. Cassie était dans ce chalet et elle n'y est plus. Quelqu'un l'a enlevée, en l'obligeant à laisser ses affaires derrière elle. C'est sûr, parce que Cassie adore ce sweat et elle a bossé dur pour s'acheter ce sac – il lui a coûté presque cent dollars, gagnés à la sueur de son front en vendant des glaces chez Holy Cow. Quelque chose attire soudain mon attention, à quelques centimètres de là : du tissu camouflage rose. Je regarde de plus près. Bingo, c'est un boxer au dos duquel est écrit « Couche avec moi ». Il appartient à Cassie.

Je me relève. Trop vite. Beaucoup trop vite. Des étincelles se mettent à danser en cascade devant mes yeux. J'ai la tête qui tourne. Mais ça va. C'est juste une petite chute de tension. La pièce n'est pas réellement en train de rapetisser. Les fourmis que j'ai dans les mains sont imaginaires.

— Est-ce que vous reconnaissez quelque chose ? demande l'officier Kendall.

Pas de hoquet, pas de tressaillement. Pas de bégaiement. Les paroles du policier sont fluides. Ça fait un petit moment déjà. Depuis combien de temps ? Il bégayait dans la voiture, j'en suis certaine. Et quand on s'est arrêtés devant ces bâtiments aussi, non ? Mais ce qui est sûr, c'est que ce n'est plus le cas à présent. C'est ça qui clochait. C'est ça que j'ai eu l'impression d'oublier derrière moi !

Je lève les yeux et croise le regard de Jasper dans le reflet de la fenêtre. *Plus de bégaiement,* je songe mais j'ai trop peur de le dire. *Nous ne sommes pas en sécurité.* Le sang bat à mes tempes. Tout résonne comme si j'étais sous l'eau. Et la pièce est étroite et sombre, comme si je regardais dans un tube en carton.

J'entends un bruit. Très fort. Près de la porte. Quelque chose s'est effondré ? C'est ça ? Puis l'obscurité à ma gauche, puis une brûlure, mon champ de vision qui bascule, puis…

16

— WYLIE ? TU VAS BIEN ?

Une voix que je ne reconnais pas.

J'essaie d'ouvrir les yeux. Impossible. Ma bouche aussi semble scellée. Est-ce que j'ai la mâchoire brisée ? Non, c'est juste que j'ai la bouche pâteuse. De l'eau. Je veux de l'eau. Mais quand je bouge, la douleur me transperce le crâne. J'entrouvre les yeux et c'est pire.

Il fait noir. Une obscurité naturelle, pas artificielle. Une pâle lueur grise filtre par la fenêtre. Le clair de lune, peut-être. Je sens un tissu rêche sous mes mains. Je suis allongée sur un canapé – poussiéreux, moisi, bosselé. Le chalet, le camp Colestah, Cassie – tout me revient d'un coup. La présence de ses sous-vêtements. Et son absence.

— Tu es tombée dans les pommes.

C'est Jasper. Quand je me redresse sur un coude, ma tête me fait mal. Jasper est assis par terre, dos au mur, à quelques mètres de moi. Il me regarde, l'air inquiet. Non, pire que ça, il a l'air effrayé.

— Ta tête a heurté le coin du bureau. (Il montre du doigt le meuble en question, pas très loin de la porte.)

J'ai essayé de te rattraper mais je suis arrivé trop tard. Tu vas bien ?

— Je m'évanouis parfois quand je suis très stressée, j'explique sur un ton que j'espère détaché. Ça ne m'est pas arrivé depuis longtemps. Désolée de t'avoir fait peur.

— Oh. (Il détourne les yeux et regarde ses chaussures.) Je ne pense pas que tu te sois coupée. (Il désigne son propre crâne.) J'ai, euh, j'ai vérifié. Tu as une grosse bosse.

Je rougis en pensant que Jasper m'a transportée jusqu'au canapé et que ses mains ont palpé ma tête. C'est humiliant. Et mignon, oui, aussi.

— OK. Merci. (Je roule sur le côté pour m'asseoir et je cille sous la douleur qui pulse dans ma tête.) Attends, et le… (Je jette un coup d'œil autour de moi. Impossible de me souvenir de son nom. Je me demande si le coup à la tête a été très violent.) Le flic.

— Je sais pas, répond Jasper à voix basse, et dans la faible lueur de la lune, je le vois tourner la tête vers la porte. Je me suis précipité vers toi puis j'ai entendu un bruit épouvantable derrière nous. Et la porte a claqué. J'imagine que quelqu'un l'a enlevé ou que…

— L'a enlevé ? (Plus je parle, plus la douleur me lance.) C'est un policier.

Comme si c'était une raison suffisante pour qu'il ne lui arrive rien. Je me rappelle brusquement son bégaiement qui a disparu sans crier gare. J'ai envie d'en parler à Jasper, mais j'ai peur de m'évanouir de nouveau si je le formule à haute voix. Sans compter que c'est peut-être l'adrénaline qui l'empêche de bégayer. L'officier Kendall est peut-être comme moi : meilleur dans les situations d'urgence. Sauf que ça paraît peu probable.

— Peut-être qu'ils étaient tellement défoncés qu'ils ne se sont pas rendus compte que c'était un flic ? suggère Jasper sans avoir l'air vraiment convaincu.

C'est un peu effrayant de penser que c'est notre meilleure option : des camés en train de planer qui ne reconnaissent pas un uniforme de flic.

— Je pense qu'il faisait semblant de bégayer. Tu as remarqué ? Il a arrêté pile au moment d'entrer dans le chalet.

— Tu en es sûre ? demande Jasper, comme s'il pensait que je me faisais des films.

Je me demande s'il compte agir comme ça tout le temps à présent que je lui ai dit que mon père avait appelé les flics. Est-ce qu'il va remettre en question tout ce que je dis ?

— Pourquoi il aurait fait ça ? poursuit-il.

— Aucune idée.

Il me regarde toujours comme s'il ne me croyait pas.

— Je pense qu'on a un plus gros problème à résoudre pour l'instant.

— Lequel ?

Une boule se forme dans ma gorge.

— La porte est verrouillée.

— Comment ça ?

Je me lève et me dirige vers l'entrée. *Non, non, non.* On ne peut pas être enfermés dans cet endroit sombre et affreux. La poignée tourne un petit peu et pendant une fraction de seconde, je pense que Jasper se trompe. Mais la porte ne bouge pas quand je la pousse, comme si quelqu'un avait poussé un verrou à l'extérieur. *Boum boum boum.* Mon cœur s'emballe tandis que je m'approche de la fenêtre sous laquelle Jasper est assis. La vitre est nickel. Je repense à tous ces volets abîmés qu'on a vus sur les autres chalets. Je pose la main sur le verre froid. Il n'est pas fissuré ni même poussiéreux. La fenêtre a l'air flambant neuve.

Jasper lève les yeux vers moi. Ma main est toujours posée sur la vitre et son visage est à moitié dissimulé dans l'ombre. Je pousse sur la fenêtre mais elle ne bouge pas.

— Elle est fermée, constate Jasper en se levant pour gagner la deuxième fenêtre, de l'autre côté de la pièce.

Elle ne bouge pas non plus quand il tente de l'ouvrir. Pareil pour les deux du fond. Il examine la dernière de plus près.

— Je pense qu'elles sont clouées de l'extérieur.

— Il faut en casser une, alors, dis-je quand Jasper me rejoint.

Et c'est vraiment quelque chose que le moi-de-l'urgence pourrait faire. Briser une vitre, se faufiler entre les éclats et s'enfuir à travers des bois sombres et touffus.

Mais Jasper secoue la tête.

— Regarde.

Ce que j'ai pris pour une moustiquaire facile à briser de l'autre côté de la vitre est en réalité tissé de câbles métalliques. Comme un épais grillage. Nous ne sommes pas prisonniers dans un chalet, mais dans une cage.

— C'est quoi ce bordel ? je murmure.

Jasper prend une profonde inspiration, comme pour se ressaisir.

— Bon. Il y a forcément un moyen de sortir d'ici, dit-il sans répondre à ma question.

Il essaie peut-être de positiver à nouveau. Je l'espère de tout cœur parce que pour ma part, toutes mes pensées tendent vers la même conclusion : on va mourir.

Jasper se dirige vers le fond du chalet et passe la tête dans ce qui a l'air d'être un placard. Il lève la main et tire sur une ficelle : une ampoule nue s'allume. Elle répand un rectangle de lumière biseauté autour de ses pieds et éclaire un peu la pièce. Je suis soulagée pendant une fraction de seconde.

— Il y a de l'électricité ? (Est-ce que c'est censé me rassurer ? Parce que ça ne marche pas vraiment.) Je croyais que cet endroit était abandonné.

— C'est louche, répond Jasper, mais pas autant que ça.

Il me fait signe de le rejoindre et je comprends ce qu'il entend par là. Il y a un seau dans le placard, avec un rouleau de papier toilette juste à côté. Et même du gel antibactérien pour se laver les mains. Des toilettes de fortune.

— Ils nous attendaient, je commente.

— Ou en tout cas ils attendaient quelqu'un, répond Jasper en revenant à la fenêtre de devant.

Je le dévisage mais il ne me regarde pas.

— Qui sont ces gens ?

Je ne peux pas m'empêcher de poser la question même si je sais que Jasper n'en a aucune idée.

— À mon avis, pas les mêmes que ceux qui se crèvent les yeux à coups de fourchette pour des chamallows. (Il pivote vers moi quand je parviens à sa hauteur.) Pas vrai ?

Il a raison, bien sûr. Tout ça est trop bien pensé et organisé pour avoir été orchestré par une bande de camés.

— Attends, c'est bien quelqu'un que j'ai vu, là ? demande Jasper en tendant le doigt vers le chalet d'en face mais je ne distingue que des ombres. J'ai vu quelque chose bouger.

Je me penche en avant, les yeux plissés. En vain. Cependant, quelque chose attire mon attention de l'autre côté.

— Regarde, dis-je en sentant une brusque bouffée d'espoir. La voiture de patrouille est toujours là.

— Ouais, mais quelqu'un a éteint les phares, répond Jasper et je comprends au ton de sa voix qu'il ne considère pas ça comme un bon signe. (On la contemple en silence pendant un moment.) Tu crois que Cassie prend du crack ? demande-t-il, les yeux toujours rivés sur la voiture de l'officier Kendall. Que toute cette histoire a à voir avec ça ?

— Je n'en sais rien.

Je me laisse glisser le long du mur et me retrouve assise à la place qu'occupait Jasper sur le sol sale et froid.

— Cassie a fait tout un tas de trucs dont je ne l'aurais pas crue capable récemment. (Je sens de nouveau la colère monter contre Jasper : l'Alliance Arc-en-Ciel est peut-être la raison pour laquelle Cassie a commencé à faire la fête, mais c'est à cause de lui qu'elle a continué.) Elle allait à tellement de fêtes… C'est possible qu'elle ait testé une fois. Tu devrais le savoir. Tu l'accompagnais.

— Attends, tu crois vraiment que je suis allé à des soirées où la drogue circulait ? demande-t-il en secouant la tête, médusé. Tu penses vraiment que c'est à cause de moi qu'elle se drogue, pas vrai ?

— J'ai pas dit ça. (Je lève les yeux au ciel. Je le trouve ridicule dans sa façon de clamer son innocence.) Je dis juste que toi tu gères ça mieux qu'elle, c'est tout.

— Et quand tu dis « ça », tu veux dire la drogue ? (Jasper ne me laisse pas le temps de répondre.) Écoute, je sais que tu penses tout savoir sur moi. Tout savoir sur tout. Mais je ne bois même pas. Je n'ai jamais avalé une seule goutte d'alcool. Ni touché à la drogue. Jamais. Mon père était complètement défoncé quand il a frappé ce mec. Il a failli le tuer. Et oui, il l'a vraiment fait. Et c'était pas la première fois. Juste la première fois qu'il a fini en taule. Et j'ai menti à Doug et à Lexi, parce que les gens ont tendance à croire que les chiens ne font pas des chats. (Il me dévisage comme s'il savait que je suis exactement ce genre de personne.) Et parfois, j'ai peur qu'ils aient raison. Alors je fais gaffe. Je ne touche pas à la drogue. Je ne l'ai jamais fait et je ne le ferai jamais. Et je n'ai jamais vu Cassie en prendre non plus. Elle savait ce que j'en pensais et ne l'a jamais fait devant moi. Mais oui, je savais qu'elle fumait de l'herbe et je détestais ça.

— OK, dis-je en levant les mains. C'est bon, je suis désolée.

Je me sens conne. Je suis du genre à penser que les chiens ne font pas des chats, c'est vrai. Et Jasper a raison, c'est affreux de raisonner comme ça.

— Mais elle était bizarre depuis quelque temps. (Jasper croise les bras sans quitter la fenêtre des yeux.) Comme je te l'ai déjà dit, j'ai pensé qu'elle me trompait. Mais elle cachait peut-être un problème de drogue.

Voire de méth. J'en sais rien, putain. Elle ne m'aurait rien dit de toute façon. Parce qu'elle sait que je n'aurais pas pu cautionner ça. Mais si tu penses que je mens, je ne peux rien y faire.

— Non, réponds-je. Je ne voulais pas…

— D'ailleurs, tant qu'on parle de l'opinion dégueulasse que tu as de moi, poursuit Jasper, désormais furieux, Cassie m'a dit que tu croyais que j'avais fait quelque chose à Tasha. Ça ne te concerne pas, mais Tasha et moi, on était potes. Il lui arrivait de faire genre qu'on sortait ensemble et je me disais, après tout, où est le problème ? (Il secoue la tête.) Mais je n'ai pas pensé à sa réaction quand j'aurais vraiment une petite amie. Et ça a été horrible.

— Tu as raconté ça à Cassie ?

Parce que si c'était le cas, elle se serait fait un plaisir de me le balancer à la figure.

— Non. Elle m'a posé des questions sur Tasha, mais ça ne regarde personne. Écoute, je ne prétends pas être parfait. Et au cas où tu te poserais la question, oui, j'ai bien cassé le nez de ce mec. Je l'ai mis KO. Est-ce que je voulais le frapper aussi fort ? J'en sais rien, peut-être. Il a dit des saloperies sur mon père et j'ai pété un plomb. J'en suis pas fier. C'était une erreur. Tout le monde en fait, tu sais. (Il pivote vers la fenêtre, les bras croisés.) Si tu t'en rendais compte, tu serais peut-être plus heureuse.

Mes joues me brûlent tandis que je contemple son beau profil viril. Il a raison sur toute la ligne et je déteste ça.

— Là ! s'exclame Jasper en tendant le doigt vers la fenêtre.

Je me redresse d'un bond, assez rapidement pour voir – quelque chose ou quelqu'un dans l'ombre du grand chalet qui nous fait face. Puis une lampe torche s'allume et le faisceau lumineux rebondit sur l'herbe devant nous. L'officier Kendall. Du moins, il me semble – même lampe, même taille. Il revient vers nous, peut-être ? Il est possible qu'il soit sorti pour enquêter et que la porte se soit refermée derrière lui. Elle est peut-être juste coincée, pas fermée. Notre situation ne serait toujours pas géniale – parce qu'on n'a pas retrouvé Cassie – mais pas désespérée.

Cependant, au lieu de se diriger vers nous, la lumière pivote en direction de la voiture. Ce n'est peut-être pas Kendall ? Mais une seconde plus tard, lorsque le rayon de la lampe torche ne se dirige plus vers notre chalet, on distingue la silhouette qui marche derrière. Et c'est bien Kendall. Qui regagne son véhicule. Loin de nous.

Je ferme les yeux. J'espère que c'est une hallucination. C'est obligé. Mais quand je les rouvre, c'est bien lui, qui marche tranquillement vers sa voiture.

Jasper frappe à la vitre.

— Hé ! crie-t-il. Vous allez où ?

Si Kendall nous entend, il n'en montre rien.

— Il nous abandonne ici, je murmure, à peine capable de parler.

Le sang bat violemment à mes tempes.

— Hé ! répète Jasper tandis que le flic monte dans sa bagnole.

Cette fois-ci, il cogne sur la vitre avec le poing, si fort que j'ai peur qu'il se blesse si le verre devait se briser.

— Jasper, arrête, dis-je en posant la main sur son bras.

Il laisse son poing sur la vitre. Kendall fait marche arrière et s'éloigne. On reste debout, silencieux, à regarder ses feux arrière disparaître au bout du chemin.

— Eh merde, commente Jasper à voix basse.

Il se rassied sur le sol. Je le contemple un instant. Il a l'air complètement abattu. S'il a perdu espoir, alors on est vraiment foutus. Mais il va se ressaisir. C'est sûr. Il suffit que je lui laisse une minute. Je détourne le regard vers la fenêtre.

Et je vois un visage. Juste là. Juste de l'autre côté de la vitre, à quelques centimètres du mien. Un homme avec des yeux insondables rivés aux miens.

— Putain de merde !

Jasper saute sur ses pieds.

— Qu'est-ce qu'il y a ?

Un bonhomme terrifiant, barbu et maigre avec une peau tavelée plonge son regard dans celui de Jasper et lève un doigt crasseux. *Chuuuuut* : ce serait le son qu'il ferait si on pouvait l'entendre. Mon cœur bat la chamade lorsque je le vois brandir quelque chose devant lui. Il me faut un instant pour comprendre de quoi il s'agit : un fusil. Il le rabaisse et son sourire se transforme en une affreuse grimace avant de disparaître de notre vue.

— Merde, jure Jasper, les yeux écarquillés de terreur toujours fixés sur la fenêtre. Il faut qu'on se barre d'ici. Tout de suite.

On divise le chalet en sections, à la recherche d'une sortie. Au bout d'un moment, Jasper déplace des cartons, ce qui crée une petite barrière autour des affaires de Cassie et je lui en suis reconnaissante, parce que j'ai peur de découvrir quelque chose de terrible dessus si je regarde de trop près, comme du sang.

Je fais méthodiquement le tour des fenêtres, mais elles sont bien clouées et toutes sont grillagées. Jasper tâte les murs à la recherche d'une planche mal fixée ou d'une fissure. On frappe le sol au cas où il dissimulerait une faiblesse, un coin où commencer à creuser. Je ne trouve que le trou mentionné par l'officier Kendall et il est trop petit pour servir à quoi que ce soit.

On fait tout ça en silence, sans élaborer de théorie sur l'identité de ces gens ou les raisons pour lesquelles ils nous ont enfermés là, ni chercher à expliquer pourquoi Kendall s'est barré. Parce que toutes les explications possibles ne font qu'empirer gravement notre situation – et celle de Cassie.

— Tu crois qu'elle va bien ? finit par demander Jasper et je comprends qu'il se demande si elle est *en vie.*

Je ne veux pas qu'il me pose cette question. Je veux qu'il soit persuadé qu'elle va bien, qu'elle ira bien, comme il le pensait plus tôt.

— Elle va bien, finis-je par dire, exactement comme il l'a fait avec moi quelques heures plus tôt. Obligé.

Je déplace une chaise pour inspecter une bouche d'aération près du plafond, qui est de toute façon trop petite pour espérer se faufiler dedans.

— Hé, j'ai l'impression qu'il y a quelque chose là derrière, s'exclame Jasper du fond de la pièce. Aide-moi à déplacer ce bureau.

Ce dernier est tellement lourd qu'il doit être en béton. Même avec toute la force de Jasper, on ne parvient pas à l'éloigner de plus de quelques centimètres du mur. Mais c'est suffisant pour voir qu'il y a quelque chose derrière. Un morceau de contreplaqué – soixante centimètres sur quatre-vingt-dix – est fixé au mur comme s'il dissimulait un trou. Un trou juste assez large pour nous permettre de nous échapper. Jasper s'accroupit pour examiner les bords de la plaque. Ils sont vissés : une vis à chaque coin et quelques-unes sur les côtés.

— Il faut les enlever.

Il fait un geste en direction de la pièce. *Trouve un outil.* Il a raison, on doit faire le moins de bruit possible afin de ne pas attirer l'attention de l'homme armé qui garde la porte.

Doucement, prudemment, on ouvre les tiroirs les uns après les autres. Je trouve un stylo cassé et quatre pièces de monnaie dans l'un, quelques dossiers en papier kraft salis dans l'autre. Jasper s'occupe du meuble de rangement métallique en prenant bien garde de ne pas faire de bruit en faisant coulisser les tiroirs. Il a l'air dégoûté par ce qu'il voit dans le deuxième et se penche dessus pour mieux voir. Un instant plus tard, il en extirpe une gigantesque chouette empaillée qu'il pose sur le meuble, face à moi.

— C'est pour toi, dit-il avec un petit sourire et je suis contente de voir qu'au moins l'un de nous deux est encore capable de plaisanter. Hé, murmure-t-il juste après.

Je me tourne vers lui, m'attendant à une autre découverte absurde. Mais il tient une règle métallique à la main. Exactement ce qui pourrait nous permettre d'ôter les vis.

Jasper essaie la règle et je suis sidérée quand la première vis commence à céder. Il lève les yeux vers moi et j'y lis un espoir renouvelé. Je prie pour qu'il ait raison et qu'on soit presque libres.

Dix minutes plus tard, il est pourtant évident que ça va être plus long que prévu. Il a réussi à enlever trois des vis des coins et à en défaire un peu certaines autres, mais il en reste une bonne dizaine.

— Laisse-moi faire, dis-je quand je constate qu'il commence à fatiguer.

Même à la faible lueur de l'ampoule qui pend dans les toilettes de fortune, je vois que ses paumes sont écarlates.

— Je me débrouille très bien, rétorque-t-il en me repoussant, alors que la règle lui glisse des mains.

Je le laisse s'escrimer encore pendant quelques minutes jusqu'à ce qu'il ralentisse. On ne peut pas se permettre de perdre de temps. Ni pour nous, ni pour Cassie. Où qu'elle soit.

Je pose ma main sur la sienne.

— Allez. Repose-toi une minute.

Jasper finit par hocher la tête et me laisser la place. Je commence à dévisser à mon tour et je trouve ça encore plus difficile que ce que j'imaginais. Mais ça fonctionne quand même. J'en ôte une et m'attaque à la deuxième. Une pensée me traverse l'esprit : pour des gens qui se sont donnés tant de mal – des vitres neuves et grillagées, des toilettes de fortune, un trou scellé – oublier une règle métallique dans un tiroir, c'est plutôt idiot.

— On a eu de la chance de trouver ça, non ? je demande.

Mon pressentiment est peut-être sans fondement. Mes angoisses le sont toujours. Mais quand on se fait du souci en permanence, on a raison de temps en temps.

— Plutôt, oui, répond Jasper, mais je sais qu'il ne m'écoute pas vraiment.

Il ne se dit pas qu'on a trop de chance. Il a les yeux rivés sur mes mains, comme s'il s'apprêtait à me reprendre la règle.

— Tu ne trouves pas ça carrément suspect ?

J'arrête de dévisser et lève les yeux vers lui.

Jasper hoche la tête, hausse les épaules et contemple le panneau de contreplaqué. Il tend la main et je pense qu'il est d'accord pour qu'on réfléchisse deux minutes avant de continuer. Mais au lieu de ça, il se saisit de l'outil et se met à dévisser encore plus vite qu'avant.

Comme il a repris des forces, il enlève les deux suivantes rapidement. Maintenant qu'on les a toutes ôtées sur un côté, il parvient à arracher un coin de la plaque, pas grand-chose, peut-être dix ou quinze centimètres. Il fait un geste du menton vers le mur.

— Regarde ce qu'il y a derrière, murmure-t-il, ce qui signifie qu'il veut que je passe la main au travers.

Je ne veux pas faire ça. Pour tout un tas de raisons. La première, c'est que je suis convaincue que quelque chose de terrible va se produire. Dans le meilleur des cas, quelque chose va m'attraper. Mais Jasper attend. Et il a bossé dur pour qu'on en arrive là. Le moins que je puisse faire, c'est de lui donner un coup de main. Il tire sur le contreplaqué. J'essaie de m'encourager : *Tu peux le faire, Wylie. Vas-y.*

Je finis par acquiescer en silence et m'avancer. Je prends une profonde inspiration et glisse ma main dans le trou. Je retiens mon souffle. Je m'attends à ce que quelque chose me morde ou me tranche la main. Mais je ne sens que le froid, l'humidité et un truc filandreux qui se prend dans mes doigts. Il me faut un instant pour comprendre que c'est probablement l'herbe haute qui pousse le long du mur du chalet.

— Il n'y a rien derrière, dis-je, soulagée.

C'est alors qu'un bruit nous parvient en provenance de la porte – le verrou glisse et la porte s'ouvre. Je retire mon bras le plus vite possible, mais ma manche se coince juste au moment où Jasper lâche le contreplaqué. Le panneau de bois se rabat avec force, me cinglant l'avant-bras au passage, puis Jasper et moi nous précipitons vers le centre de la pièce, aussi loin du trou que possible.

J'ai le bras en feu et tellement mal que les larmes me montent aux yeux. Ils sont tellement embués que j'ai du mal à distinguer ce qui se passe autour de moi et à croire ce que je vois quand quelqu'un pénètre dans la pièce. Je cille à plusieurs reprises en priant que ce ne soit pas une hallucination.

Parce qu'elle est là. En un seul morceau. Vivante. Cassie.

17

À PEINE CASSIE EST-ELLE ENTRÉE DANS LE CHALET que la porte se referme derrière elle.

Elle a très mauvaise mine. Elle est blanche comme un linge et ses cheveux bruns et bouclés sont emmêlés et pleins de brindilles et de feuilles. On dirait qu'elle a été traînée sur le sol. Ses mains sont sales, de même que ses genoux nus sous sa jupe courte. Mais le pire, c'est qu'elle semble en état de choc. Elle se déplace de manière raide et maladroite, comme si elle avait été brûlée.

Mais elle est en vie. En vie. Et ce n'est qu'alors que je me rends compte que j'étais terrifiée à l'idée qu'elle soit morte.

— Cassie ! (Jasper se précipite vers elle et la prend dans ses bras.) Dieu merci, tu n'as rien.

Elle ne résiste pas, ne crie pas lorsqu'il la touche. Mais elle reste rigide, les bras en croix. Je repense à son boxer rose sur le sol, à la raison qui explique sa présence. Il n'y a aucune bonne raison pour qu'une fille ne porte plus de culotte dans un endroit comme celui-ci.

— Ça va ? demande Jasper en reculant un peu pour la regarder dans les yeux.

Je m'approche à mon tour. Cassie n'a ni bleus ni blessures apparents. Mais j'aimerais bien qu'elle dise quelque chose. N'importe quoi. Au lieu de ça, elle se contente de secouer la tête. Non, ça ne va pas ? Ou non, elle n'a rien ? Elle pivote soudain et se cramponne à moi.

— Chuuuut. (Je lui caresse les cheveux et elle sanglote si fort qu'on dirait un animal en train d'agoniser.) Tout va bien. Tout va s'arranger.

J'ai honte d'affirmer une chose pareille, alors que je sais bien que c'est un mensonge.

— Cassie, qu'est-ce qui s'est passé ? demande Jasper quand les sanglots de mon amie se transforment en reniflements. C'est quoi tout ce cirque ?

— J'en sais rien, répond-elle en me lâchant.

Elle se laisse tomber sur le canapé. Jasper et moi échangeons un regard. Comment ça, elle ne sait pas ? On l'a peut-être droguée dans une fête ou dans un bar dans lequel elle n'aurait jamais dû entrer. Elle s'est peut-être évanouie et réveillée ici.

Je me dirige vers les cartons que je déplace afin que le boxer de Cassie soit parfaitement visible.

— Tu es blessée ? je demande en faisant un geste vers sa culotte lorsqu'elle lève les yeux vers moi. On t'a fait quelque chose ?

— Non, non. (Elle renifle encore et s'essuie le visage d'un revers de main.) Ils ne m'ont rien fait, juste empêchée de partir.

Ils. Je n'aime pas sa façon de dire ça, comme s'ils étaient beaucoup plus nombreux que nous. Je m'assieds à côté d'elle.

— Karen est venue sonner chez nous. Elle a dit que vous vous êtes disputées juste avant que tu partes au lycée. Comment tu t'es retrouvée ici ?

Cassie hoche la tête en contemplant ses mains.

— Elle a reparlé de m'envoyer dans cet internat spécialisé – cette prison, quoi – et j'ai pété un plomb. Je l'ai insultée en utilisant le mot qui commence par un P. (Cassie hoche de nouveau la tête.) Et là, c'est elle qui a pété un plomb. Elle m'a hurlé dessus. Et ça a été la goutte d'eau... J'ai pris le bus pour le lycée, mais j'ai séché. Je suis descendue en ville. J'étais assise sur un banc, peinarde, quand ce mec a surgi de nulle part en disant que c'était ma mère qui l'avait envoyé. Il n'était pas habillé comme un flic, mais il m'a montré un genre d'insigne et je me suis dit que c'était un officier en civil qui s'occupait des élèves qui sèchent. (Elle a jeté un regard à Jasper.) Quoi qu'il en soit, il fallait bien que je le suive, parce que je ne voulais pas risquer, tu sais bien...

Son regard va de Jasper à moi et il signifie clairement : *Tu sais bien que j'ai déjà eu maille à partir avec la police, Jasper.*

— J'ai raconté à Wylie que tu avais été arrêtée, explique Jasper en croisant les bras. (Il le dit rapidement et sur un ton neutre, comme s'il enlevait un pansement.) Désolé, mais vu les circonstances... je devais le lui dire.

— Oh. (Cassie lève brièvement les yeux vers moi avant de les baisser de nouveau.) Une fois dans sa voiture, il a dit qu'il faisait partie du pensionnat dans lequel ma mère m'avait inscrite et que je devais le suivre sinon il me livrerait à la police. (Les larmes lui montent de nouveau aux yeux. Elle les refoule et regarde le plafond.) C'est pas comme si on pouvait dire non à ce genre de personne. Sinon, ils vous mettent un sac sur la tête. J'ai envisagé de m'échapper, mais je me suis dit que ça ne ferait qu'empirer les choses.

— Et donc, c'est ça ? demande Jasper en regardant autour de lui, sceptique. Un camp de redressement ?

Je n'y crois pas un instant, moi non plus.

— Oui, c'est ce que j'ai cru jusqu'à ce qu'on arrive ici et qu'ils m'enferment dans un de ces chalets pourris. (Elle a l'air plus en colère que triste et j'en éprouve du soulagement.) C'est pas une école, même pas pour toxicos. Alors j'ai commencé à flipper et à crier.

Toxicos. Drôle de coïncidence après toutes ces salades sur le crack. J'ai l'impression que Cassie ne nous dit pas la vérité. Elle ment par omission. Elle n'était peut-être pas assise tranquillement sur un banc quand ce mec est arrivé.

— Tout ça n'a donc aucun rapport avec la drogue ?

Je ne peux pas m'empêcher de poser la question.

— La drogue ? (Cassie lance un regard à Jasper qui veut clairement dire *Tu vois comme elle me juge ?*) Pourquoi cette remarque ? Parce que j'ai fumé de l'herbe une fois ?

— Non, c'est pas pour ça, réplique Jasper en prenant ma défense, de manière plutôt réticente. Les flics nous ont dit que seuls les accros au crack montaient jusqu'ici.

— Au crack ? répète Cassie avec un rire furieux tout en nous regardant alternativement Jasper et moi. Donc vous pensez tous les deux que je...

— La police le pense, réponds-je, mais, contrairement à Jasper, je suis sur la défensive. Et tu ne nous as rien expliqué. Qu'est-ce qu'on était censés croire ?

— Pourquoi la pire chose possible ? répond Cassie d'une voix qui se brise. Parfois, Wylie, tu es exactement comme ma mère.

Bam, dans les dents. Et le pire ? C'est qu'elle n'a pas tout à fait tort. Est-ce que je préfère vraiment croire qu'elle se drogue plutôt que son histoire de camp de redressement ?

— C'est tout ? demande Jasper. Ils ne t'ont rien dit de plus ?

— Il y a un autre mec, pas celui qui m'a amenée ici ni le monstre qui garde la porte, répond Cassie. Il était plutôt sympa. Il m'a dit de ne pas m'inquiéter. Que je suis là parce que je suis en danger, mais pas à cause d'eux, à cause de quelqu'un d'autre. Je ne comprends pas le rapport avec cette pension… (Elle voit bien que tout ça est absurde.) Mais on dirait qu'ils me protègent.

— Te protéger ? je répète. Mais de qui ?

— De moi-même, peut-être ? C'est la seule réponse possible, non ? (Elle hausse les épaules.) J'en ai aucune idée. Il a ajouté qu'il ne pouvait rien me dire d'autre.

— Pourquoi est-ce que ta mère ne nous aurait rien dit ?

— Je suis certaine qu'elle se sent hyper coupable. Elle ne pensait sans doute pas que cet endroit ressemblerait à ça. J'ai vu les prospectus.

Si tout cela est la faute de Karen, elle nous a effectivement peut-être menti quand elle est venue nous demander de l'aide. C'est plus que probable.

— Et pourquoi tu ne m'as rien dit par texto ?

— J'avais peur que tu ne viennes pas.

J'aimerais lui répondre que ce n'est pas vrai, mais ce serait un mensonge.

— Et puis je n'avais pas le temps de rédiger de longs messages. Ils ne s'étaient pas rendu compte que j'avais toujours mon portable.

Cassie désigne son soutif. Elle y planque toujours trois milliards de trucs – du fric, du maquillage, son téléphone – ce que moi et ma poitrine plate ne pourrons jamais faire.

— J'ai dû monter sur une chaise pour trouver du réseau, poursuit-elle. Je ne voulais pas que tu me balances à ma mère. Si elle savait vraiment à quoi ressemblait cet endroit, il y avait un risque pour qu'elle les prévienne que j'avais mon portable. Tu la connais, elle n'admet jamais qu'elle s'est trompée. De toute façon, ils ont fini par me surprendre. Ils ont dit que je me mettais en danger, ainsi que ceux à qui j'avais écrit. Et ils m'ont confisqué mon téléphone.

— Est-ce qu'ils ont vraiment menacé de te tuer ? je demande en pensant au texto que j'ai reçu pendant qu'on était à la supérette.

— Comment ça ? répond-elle, perplexe.

— Ton SMS. Tu disais de ne pas appeler la police, sinon ils te tueraient.

Cassie secoue la tête et baisse les yeux.

— Ils ont dû l'envoyer après m'avoir pris mon portable.

— Tu ne nous as pas dit d'aller à Seneca ni au commissariat ?

Elle secoue de nouveau la tête.

— Non.

— Tu dis tout le temps, « ils », intervient Jasper. Ils sont combien, exactement ?

Cassie lève les yeux comme si elle réfléchissait puis compte sur ses doigts.

— Une dizaine, je dirais.

— Une dizaine ?

Jasper lance un regard nerveux en direction de la porte. Ils sont trop nombreux, même pour lui.

— Peut-être davantage. Je ne les ai vus que par la fenêtre. Il y a deux femmes. Ils ont tous l'air parfaitement normaux, ce qui est encore plus flippant.

On reste silencieux pendant un moment qui me semble durer une éternité désespérée.

— Bon. (Jasper frappe dans ses mains comme s'il voulait mobiliser ses troupes.) On se barre d'ici. Tout de suite.

Il se dirige vers le canapé et tend la main à Cassie. Quand elle finit par la prendre, elle a l'air triste et désolée.

— Allez, affirme-t-il à voix basse. Tout va s'arranger. On va s'en sortir.

Cassie finit par se détendre un peu, et par sourire faiblement. Je suis émerveillée par la façon de procéder de Jasper : il arrange les choses – il lui remonte le moral – sans rien faire de concret. Je suppose que c'est ça, l'amour. C'est un sentiment que je ne connais pas.

Une minute plus tard, Cassie et moi sommes debout derrière Jasper, qui s'est remis à la tâche avec une vigueur renouvelée.

— C'est quoi, ça ? demande Cassie.

— Une sortie.

Jasper a l'air si sûr de lui à présent que je suis presque convaincue.

— Et après ?

Cassie jette un coup d'œil inquiet en direction de la fenêtre.

— On court, répond Jasper.

— Et s'ils nous attrapent ? demande Cassie, qui a l'air effrayée à présent. Il y a un mec armé d'un fusil dehors, vous vous rappelez ? Et s'ils disent la vérité et qu'ils cherchent vraiment à me protéger ? On est peut-être plus en sécurité ici.

— Te protéger de quoi ? Tu avais l'air de penser qu'ils mentaient.

— Je n'en suis pas certaine, réplique-t-elle sans quitter la fenêtre des yeux. Et s'il y a quelqu'un ou quelque chose dehors ? Ces gens ne m'ont rien fait. Ils ne sont peut-être pas si mauvais, après tout.

Mon ventre se noue quand je regarde par la vitre sombre. C'est flippant dehors, elle a raison.

— Qui que soient ces gens, la police est de leur côté, ou du moins un policier, intervient Jasper. Ils t'ont enlevée et nous ont enfermés tous les trois ici. Ça me suffit pour savoir qu'on doit se tirer d'ici.

Cassie me regarde longuement, comme si elle pesait le pour et le contre. Elle baisse les yeux et saisit mon poignet de ses doigts gelés.

— Qu'est-ce qui t'est arrivé, Wylie ?

Du sang a coulé des trois coupures profondes sur mon avant-bras, juste sous ma manche roulée, au creux de mon coude et j'ai aussi quelques égratignures. J'ai eu mal en dégageant mon bras du panneau de contreplaqué mais après ça, plus rien. J'entoure mon bras de mes doigts, comme un garrot et la douleur se réveille brutalement.

— C'est le bois, dis-je en désignant le mur. J'ai retiré mon bras trop vite. Rien de grave.

Cassie ne quitte pas mes blessures des yeux.

— Merci d'être venue, dit-elle. Surtout après notre… (Elle prend ma main dans la sienne et entrelace nos doigts.) Après tout ce qui s'est passé.

— Y a pas de quoi, réponds-je en me tournant vers Jasper, qui continue à dévisser. Ça sert à ça les meilleures amies, non ?

Cassie et moi étions allongées sur le canapé, pieds contre pieds, et, affalées contre les coussins, on faisait nos devoirs comme tous les jours depuis l'enterrement, deux mois plus tôt. J'avais envie de lui dire tous les jours qu'elle n'était pas obligée de venir et de faire semblant d'être toujours mon amie. Mais une partie de moi avait peur de ce qui se passerait si elle m'obéissait.

La première fois, on a fait comme si on n'avait pas entendu la sonnette. Hors de question que j'ouvre, même si on sonnait un millier de fois, même si c'était encore des fleurs ou un petit plat gentiment déposé par un voisin. Parce qu'il y avait un risque pour que ce soit encore un journaliste. Je ne sais pas pourquoi ils s'obstinaient. Était-ce parce que, de manière cruellement ironique, maman était nommée pour le prix Pulitzer à titre posthume ? parce qu'elle avait survécu à d'innombrables dangers sur le terrain pour mourir à deux kilomètres de chez elle ? ou parce qu'elle était sublime ? Quoi qu'il en soit, les journalistes faisaient le siège de la maison sans relâche malgré toutes nos tentatives – polies et moins polies – pour les décourager.

Cassie le savait. Lorsque la sonnette a retenti pour la troisième fois, elle en a eu assez. Les gens qui voulaient nous offrir de la nourriture n'étaient jamais aussi insistants.

— Je vais m'en débarrasser, a-t-elle affirmé en se levant.

Une minute plus tard, j'ai entendu la porte d'entrée s'ouvrir, suivie par le marmonnement de Cassie :

— C'est quoi ce bordel ?

Puis j'ai entendu ses pieds marteler le sol de la véranda et les marches du perron.

— Hé ! Reviens par là, espèce de connard !

Je me suis forcée à me lever pour aller voir ce qui se passait. La porte d'entrée était grande ouverte et Cassie n'était nulle part en vue. Je me suis avancée sur le seuil, et mes yeux se sont mis à larmoyer au contact de l'air froid de mai. J'ai fini par apercevoir Cassie : elle était dans la rue, devant une berline gris foncé, facilement reconnaissable à son pull, sa jupe courts et ses collants à losanges. Sous l'effet du vent, ses cheveux sombres et bouclés se dressaient autour de sa tête, lui donnant des faux airs de Méduse furieuse. Elle avait posé une main sur le capot de la voiture et levé l'autre. Je n'ai pas compris tout de suite qu'elle tenait une poupée en plastique. Nous en avions reçu une demi-douzaine en tout, mais plus aucune depuis la mort de ma mère.

— Mais elle est morte, ai-je murmuré dans l'entrée vide. Vous avez eu ce que vous vouliez.

Cassie agitait le poupon au-dessus de sa tête à présent.

— Descends de la bagnole, abruti ! a-t-elle crié. Tu crois que tu peux leur faire subir ça ?

J'avais presque oublié cette histoire de poupons. Je voulais juste que maman surgisse à mes côtés, qu'elle hausse les épaules et secoue la tête : *Tu ne peux pas contrôler le monde.* J'en avais tellement envie que j'avais l'impression que mon cœur allait exploser. En réalité, je l'espérais. J'avais beau être au fond du trou, je n'avais pas songé sérieusement à me suicider. Mais est-ce que je voulais mourir ? Chaque seconde.

Quelle que soit la personne dans la voiture – je visualisais un homme, mais je n'en avais aucune idée –, elle avait dû dire quelque chose d'horrible, parce que Cassie a pété un plomb.

— Sors de là ! Espèce de sale merdeux ! a-t-elle hurlé en grimpant sur le capot de la voiture et en fracassant le poupon sur cette dernière.

Et ça m'a fait plaisir. Je voulais qu'elle explose son pare-brise et qu'elle l'attrape par le cou. J'ai soudain eu l'impression que le mec dans la bagnole – qui n'était qu'un idiot qui détestait ce qu'il croyait avoir compris des photos de ma mère – était responsable de sa mort. Et en voyant Cassie agiter la poupée au-dessus de sa tête comme une folle, j'ai senti naître un très léger espoir, celui qu'un jour, la tristesse qui me submergeait se transformerait en un infini brasier.

Mon père est arrivé alors que Cassie était toujours sur le capot. Il a freiné brutalement et est descendu à toute allure de son véhicule et j'ai pensé pendant un instant qu'il allait rouer de coups le poseur de poupon. Et Dieu sait que j'en avais envie. Mais il n'a même pas regardé dans la direction du conducteur. Au lieu de ça, il a demandé tranquillement à Cassie de descendre. Dès qu'elle a obtempéré, la voiture a démarré en trombe. Mon père a balancé le poupon sur le trottoir où il est resté jusqu'à ce que quelqu'un – l'éboueur, un voisin, un passant – le ramasse et l'emporte.

— Qu'est-ce qu'il a dit ? ai-je demandé à Cassie quand on a repris notre place sur le canapé.

— Ton père a raison, ça n'a aucune importance, a-t-elle répondu avec un geste désinvolte de la main. Ce mec était complètement timbré.

— Si, ça a de l'importance, ai-je répliqué en la regardant droit dans les yeux.

— Bon, d'accord, a-t-elle fini par capituler. Il a dit : « Attention aux faux prophètes. » (Elle a levé les yeux au ciel.) Je ne sais pas comment ta mère supportait ces gens-là. Mais crois-moi, ce mec à la gueule de tortue n'est pas près de se repointer. Quand j'ai escaladé son capot, je pense qu'il s'est fait dessus.

Je savais que papa et Cassie avaient raison. Cet homme – quelle que soit son identité – n'avait aucune importance. Comme tous ceux qui haïssaient ma mère et ses photos. J'aurais peut-être même dû éprouver de la reconnaissance à leur égard. Parce que, au final, leur haine la maintenait en vie.

— On y est presque, chuchote Jasper. (Il attaque les dernières vis, une dans un coin et quelques-unes sur un côté.) Tenez le panneau pour qu'il ne fasse pas de bruit en tombant. Il faudra se dépêcher. Dans cette direction, je pense. (Il tend la main vers l'autre côté du chalet, derrière lequel se dressent les bois.) On ne s'arrête pas, quoi qu'il arrive. Même si on se retrouve séparés. On continue à courir.

On va vraiment faire ça ? Mon cœur bat à tout rompre. Je suis tendue, prête à bondir. Oui. Oui, on va le faire. Et je sais que j'en suis capable. Jasper et moi avons déjà fui pour notre vie un peu plus tôt dans la soirée. Je hoche la tête, prête à avancer et saisir le panneau. Mais Cassie ne bouge pas et secoue la tête.

— Je ne suis pas sûre que…, et sa voix s'étrangle.

— Cassie, allez, l'encourage Jasper. Tu as juste peur, c'est tout. Du coup, tu ne raisonnes pas comme il faut.

C'est alors qu'on entend un bruit sonore en provenance de la porte du chalet. De nouveau, le verrou glisse et la porte s'entrouvre.

— On bouge, ordonne Jasper.

On se disperse dans des directions opposées, loin du mur et du panneau en contreplaqué. Notre porte de sortie. Au moins, la plaque est toujours en place. Comme ça personne ne peut se rendre compte qu'on a trouvé une façon de s'échapper.

Je retiens mon souffle en attendant de découvrir qui va pénétrer dans le chalet. Je prie pour que ce ne soit pas l'affreux bonhomme que j'ai aperçu derrière la fenêtre. Je n'ai aucune envie de le voir de près. Mais ce n'est pas lui qui finit par entrer, d'un pas hésitant. C'est un homme plus jeune et d'allure banale. Je lui donne deux ans de plus que nous environ. Il a des cheveux bruns en bataille et derrière ses lunettes à monture noire et carrée, son regard est chaleureux. Il porte un jean noir, des boots à lacets et un blouson orange sans manches sur une chemise à carreaux, mais même attifé de la sorte, il a l'air d'un citadin plus que d'un habitant du Maine profond.

— Salut, dit-il. (Il est mal à l'aise, un peu nerveux, voire conscient que la situation est hallucinante. C'est peut-être bon signe.) Je m'appelle Quentin.

Il porte des bouteilles d'eau et des barres de céréales au creux de ses bras. Quand il les pose sur la table, les bouteilles tombent en roulant sur le sol. Il se précipite maladroitement pour les ramasser.

— Tu sais, quoi que la mère de Cassie ait accepté, ce n'était certainement pas ça, dit Jasper en s'avançant vers lui. (Il garde les bras le long du corps mais serre les poings.) Quant à mes parents et ceux de Wylie, ils n'ont rien signé du tout. Vous nous retenez contre notre volonté.

Jasper fera un excellent avocat un jour. Son discours est assez convaincant. Mais ce n'est pas comme si nous étions en position de menacer qui que ce soit. Le type lève les mains, les yeux écarquillés.

— Vous savez plus où vous en êtes, et c'est normal. J'allais justement… (La lumière des toilettes s'éteint, ce qui nous fait tous sursauter.) Le générateur a encore sauté. Attendez une seconde. (Il passe la tête par l'entrebâillement de la porte, qui est restée ouverte, et revient avec deux lampes à pétrole, qui diffusent une chaude lumière jaune.) Bon, c'est mieux. Être prisonnier dans le noir n'arrange pas les choses. Écoutez, on vous garde ici pour votre propre sécurité. Si vous pouviez juste nous faire confiance…

— Tu te fous de nous, c'est ça ? (Jasper fait un pas en avant et hausse le ton. Il est beaucoup plus baraqué que ce Quentin.) On ne sait même pas qui tu es. Pourquoi on te ferait confiance ?

— Tout va bien là-dedans, Quentin ?

Une voix nasillarde prononce son nom comme une brute de cour de récré. C'est sans aucun doute le mec édenté qui nous rappelle son existence. Et celle de son fusil.

Quentin secoue la tête et lève les yeux au ciel.

— Oui, Stuart, tout va bien.

— Tu ne fais pas partie d'une pension pour délinquants, pas vrai ? je demande.

— Non, répond Quentin à voix basse, puis il pince les lèvres et secoue de nouveau la tête. Tout le monde culpabilise de vous avoir trompés comme ça. On espérait vraiment qu'il serait déjà là, comme ça il pourrait tout vous expliquer.

— *Il*, qui ça, il ? je demande. De qui tu parles ?

— Oh. (Quentin a l'air soudain perplexe et il nous regarde tous les trois alternativement.) De ton père, Wylie.

18

— Mon père, je m'entends répéter.

Ce n'est même pas une question. Juste un mot qui n'a pas de sens.

— Ne t'inquiète pas. Il va bien, s'empresse d'ajouter Quentin. Je ne voulais pas que tu penses qu'il y avait un problème. Je suppose qu'il a fait un détour pour venir jusqu'ici.

— Mais pourquoi est-ce que mon père vient ici ? (Je sens le sang battre de nouveau dans mes tempes.) Comment tu le connais ?

— Oh, répète Quentin, qui a l'air de plus en plus embarrassé. Tu ne vois pas de quoi je parle, c'est ça ?

— Qu'est-ce qui se passe ? je crie, si fort que je m'effraie presque moi-même.

— D'accord, d'accord, répond Quentin en levant les mains. Ton père aurait préféré que tu restes chez toi. Mais une fois que Cassie – il fait un geste vers elle en souriant, gêné – je veux dire qu'une fois qu'on savait que tu étais déjà… ton père nous a demandé de te guider jusqu'ici afin que tu sois en sécurité. C'est l'essentiel.

— Non. Il n'a pas pu faire ça, dis-je d'une voix basse et tremblante.

Les mots ont du mal à franchir mes lèvres. Ça ne peut pas être vrai. Parce que sinon, ça voudrait dire que mon père savait depuis le début ce qui était arrivé à Cassie. Et qu'il est resté sans rien dire pendant que Karen flippait dans notre salon. Pendant que *je* flippais. Et il a prétendu n'être au courant de rien. Il a même fait semblant d'aider alors qu'il était pour quelque chose dans sa disparition. Quel genre de monstre agit comme ça ? Et pourquoi ?

Je sens néanmoins une pièce de l'affreux puzzle se mettre en place. Et je suis terrifiée à l'idée de ce qui se produira lorsque quelqu'un y apportera la touche finale.

— Tu as pris une décision, Ben ? a demandé maman ce soir-là, pendant le dîner. Son *dernier* dîner.

Je ne savais pas de quoi elle parlait, si ce n'est qu'elle entamait une de leur énième querelle – celles qu'ils avaient devant nous sans qu'on comprenne jamais quel en était le motif. Mais à en juger par l'expression de mon père, il avait parfaitement compris de quoi elle parlait. Et il n'était pas content.

— À quel propos ? ai-je demandé. (Ça ne pouvait pas concerner les recherches de papa. Elles étaient enfin terminées et il s'apprêtait à publier les résultats.) Qu'est-ce qui s'est passé ?

Mon père a dévisagé ma mère : *Voilà, tu es contente ?*

— Il y a eu des défaillances dans le système de sécurité informatique de la fac, a-t-il répondu en me jetant un coup d'œil. Mais le docteur Simons a fait appel à un collègue du labo informatique de Stanford pour qu'il m'aide à sécuriser mes données jusqu'à ce que l'université ait réglé le problème.

Ma mère a croisé les bras.

— Et c'est tout ? a-t-elle demandé. Tu n'as rien d'autre à dire ?

— Oui, Hope, c'est tout.

Il lui a lancé un regard noir. J'avais arrêté de manger. Je devinais que le sujet de leur dispute ne concernait pas la sécurité informatique. J'ai jeté un coup d'œil à Gideon, mais il avait le nez plongé dans ses devoirs de chimie. Avec lui, difficile de savoir s'il ne remarquait jamais quand nos parents s'engueulaient ou s'il s'en fichait royalement.

— Donc, je suppose que tu n'as pas encore parlé des Anomalies au docteur Simons ? a insisté maman. Tu avais dit que tu aborderais le sujet dès que vous vous verriez.

Mon père a pris une profonde inspiration et posé ses couverts sans la quitter des yeux.

— C'est quoi les Anomalies ? ai-je demandé en espérant que son explication apaiserait mes craintes sur leur éventuel divorce.

— Ceux qui peuvent passer le test de papa les yeux bandés et avec le casque, a répondu Gideon sans lever les yeux de ses exercices.

Il maîtrisait les recherches de papa sur le bout des doigts, avait lu tous ses travaux et le mitraillait de questions sans arrêt. C'était en partie parce que Gideon était un fondu de science et en partie parce qu'il voulait que papa s'intéresse davantage à lui.

— Tu sais, ceux qui ont une perception extrasensorielle, a poursuivi Gideon.

— Ce n'est pas une perception extrasensorielle, Gideon ! s'est exclamé papa.

Gideon a sursauté et rougi violemment. J'ai cru pendant un instant qu'il allait se mettre à pleurer.

Papa a fermé les yeux et inspiré.

— Je suis désolé, Gideon, mais tu sais que je déteste cette comparaison. Elle est racoleuse et elle dégrade le potentiel réel de mes travaux de recherche. (Il a tendu la main, mais sans toucher Gideon.) Je n'aurais pas dû m'emporter. Je suis navré.

À la décharge de mon père, même moi je savais qu'il ne fallait pas utiliser cette expression devant lui. Je l'avais entendu expliquer un nombre incalculable de fois que ses recherches ne portaient *pas* sur la perception extrasensorielle. Et chaque fois qu'il le faisait, j'entendais de la défaite dans sa voix.

— Qui sont les Anomalies, alors ? ai-je demandé de nouveau.

J'avais besoin d'avoir une réponse.

— Les Anomalies sont les sujets dont les résultats ne sont pas dans la norme. C'est tout. Il y a des anomalies dans toutes les études.

— Mais toutes les Anomalies ne sont pas identiques, a dit maman. N'est-ce pas, Ben ?

Elle prononçait son prénom d'une drôle de façon, comme si le terme d'anomalie était un code pour « maîtresse » ou « prostituée ».

— Et la perception extrasensorielle est de la télépathie, Gideon, a poursuivi papa sans prêter attention à ma mère. Dans les anciens tests, on demandait aux sujets de se concentrer intensément sur le dessin d'une forme et de ne penser qu'à lui – triangle bleu, triangle bleu, encore et encore. Et ensuite, on demandait au deuxième sujet à quoi pensait le premier. Personne n'est capable de ça. Ce test n'a rien à voir avec l'intelligence émotionnelle. D'un certain côté, la télépathie et l'aspect de l'intelligence émotionnelle qui traite des perceptions sont liés : il s'agit de « lire » les gens. Les sujets de mon étude ont démontré un éventail de capacités dans la perception des émotions, qui sont plus élevées quand ils écoutent des conversations réelles que lorsqu'ils observent des photos. Les Anomalies ont des capacités exceptionnelles sans relation avec l'objet de mon étude – ils perçoivent des émotions alors qu'ils ont les yeux bandés et un casque sur les oreilles. Ça justifie en tout cas d'autres recherches.

— Tu vas continuer à chercher, chercher et chercher encore sans rien dire à personne, c'est ça, hein, Ben ?

Mon père a continué à l'ignorer. Mais son expression s'est tendue.

— Si j'étais toi, je voudrais n'étudier que les Anomalies, a affirmé Gideon, toujours inconscient de la tension qui régnait entre mes parents. Je voudrais savoir comment ils font ça pour pouvoir apprendre à le faire à mon tour. Et après, je serais le maître du monde.

Il a pris une grosse bouchée de nourriture et souri jusqu'aux oreilles.

— Ça ne s'apprend pas, Gideon. C'est comme avec le QI : tu peux améliorer ta capacité à percevoir les émotions, mais très peu, a poursuivi papa sur un ton plus calme, presque triste. Et se prendre pour sujet de sa propre recherche va à l'encontre de toutes les règles scientifiques et éthiques. J'ai viré le docteur Caton pour ça. Ce que *veut* un scientifique n'a aucune espèce d'importance. La seule chose qui compte, c'est la vérité.

— C'est bon, a répondu Gideon en jouant avec ses pâtes. Je plaisantais.

— La seule chose qui compte, c'est la vérité ? a demandé sèchement ma mère. (Elle s'est levée pour remplir son verre d'eau et a continué à parler le dos tourné.) C'est plutôt ironique venant de toi, pas vrai, Ben ?

— Attends, le père de Wylie nous a fait venir ici parce qu'on est en danger ? (La question de Jasper me parvient de très loin.) En danger de quoi ?

Concentre-toi. Je dois me ressaisir. Cette réponse est importante. Je serai la seule à savoir si elle n'est pas absurde.

Quentin a l'air encore plus embarrassé.

— Il y a des gens dans une compagnie, je crois qu'il s'agit d'une entreprise qui fournit des services à l'armée ? (Il hausse la voix comme s'il s'agissait d'une question plus que d'une affirmation.) Franchement, je ne connais pas trop les détails. Mais je sais qu'ils veulent mettre la main sur les recherches de ton père ou l'embaucher, ou un truc du genre. Et je pense qu'ils sont prêts à tout, même au pire, pour parvenir à leurs fins. Même à faire du mal aux gens, *de leurs propres mains.* (Il baisse les yeux sur les siennes comme s'il n'arrivait pas à imaginer ce genre de chose.) Ou avec des armes, peut-être. Des gens qui travaillent pour l'armée doivent en posséder, pas vrai ? Comme je vous ai dit, je suis pas vraiment un expert en la matière.

Est-ce que ma mère était au courant de tout ça ? Est-ce que c'était à cause de *ça* qu'ils se disputaient ? C'est bizarre de penser qu'on veut juste une réponse, mais qu'une fois qu'on a commencé à creuser, on se rend compte que ce qui s'est passé est bien pire que ce qu'on avait imaginé.

— Mais il a dit qu'il voulait que je rentre à la maison.

— Il le voulait vraiment. Ce n'était pas le plan de vous faire venir ici. Enfin, pas tous du moins, précise-t-il avec un regard en coin en direction de Cassie. Mais voilà que Jasper et toi vous êtes mis en route. Et vous n'étiez pas en sécurité tout seuls.

— Attends une seconde, a dit Jasper. Comment ça « pas tous » ? Et pourquoi tu as juste regardé Cassie ?

Je suis contente de ne pas avoir imaginé ce regard, même si la réponse m'effraie. Je tourne la tête vers elle : elle a l'air bizarre, impassible.

— Écoutez, c'est compliqué et ça me dépasse largement. Je ne suis personne, moi, affirme Quentin en agitant les mains et ça semble lui retirer un poids que de pouvoir nous l'avouer. C'est le docteur Simons qui...

— Il est ici ? je demande.

— Oui. Dans le bâtiment principal.

Quentin a l'air plus que soulagé de me donner cette information. Mais pas moi. Parce que la présence du docteur Simons prouve que tout ça n'est pas un malentendu et que mon père est bien impliqué là-dedans.

— Tu le connais ? demande Jasper sur un ton soupçonneux. Ce docteur Simons ?

J'acquiesce.

— C'est l'ami de mon père.

— Alors conduis-nous à lui pour qu'il puisse nous expliquer ce qui se trame, ordonne Jasper en se dirigeant vers la porte.

— Oui, bien sûr, répond Quentin, qui a soudain l'air gêné. Je sais que ça va vous paraître ridicule, mais comme il n'y a plus d'électricité... je ne suis pas censé vous emmener tous à la fois. Les gens de la compagnie dont je vous ai parlé – eh bien, si on est trop nombreux en terrain découvert, on devient des cibles plus faciles ?

Ce mec termine toutes ses phrases par des points d'interrogation.

— Des cibles ? demande Jasper, sur un ton qui contient plus de colère que de peur. Tu rigoles ?

Quentin secoue la tête.

— On ne sait pas s'ils sont déjà là, mais ils nous cherchent. Ça on en est sûrs. Wylie, tu peux venir avec moi pour parler au docteur Simons. Puis je reviendrai chercher les autres ?

Je secoue déjà la tête. *Non, non, non.* Je ne peux pas m'arrêter, même si je sens que tout le monde me regarde. Mais je ne veux pas discuter avec le docteur Simons. J'ai trop peur de ce qu'il va m'apprendre sur mon père.

— Non ? répète Jasper comme s'il ne comprenait pas ma réaction.

Ce qui est parfaitement compréhensible.

— Non, finis-je par articuler.

Une partie de moi espère que j'aurai réussi à m'enfuir avant de savoir ce qui se trame vraiment ici.

— Alors, j'y vais, propose Jasper.

— Non, proteste fermement Cassie. C'est à moi d'y aller. C'est moi qui ai été emmenée jusqu'ici. C'est à moi de parler au docteur Simons.

— Je devrais y aller en premier, insiste Jasper en reculant un peu pour presser la main de Cassie dans la sienne avant de gagner la porte. (Je comprends pourquoi : au cas où il serait attaqué en traversant la pelouse. Ou au cas où ce serait un piège.) Ne t'inquiète pas, il ne m'arrivera rien.

Cassie et moi contemplons la porte fermée pendant un long moment.

— Les recherches de mon père ? je finis par dire. Personne n'a jamais prêté aucune attention à ses travaux de toute ma vie. Est-ce que tu as vu comment il a évité la question ? C'est toi qu'ils voulaient vraiment. Mais pourquoi ?

Cassie hausse les épaules et secoue la tête.

— Ne me regarde pas, répond-elle.

Mais elle n'a pas l'air en colère contre mon père. Pas comme je voudrais qu'elle le soit.

Parce que moi, je suis furieuse. *Ton état.* Comment ose-t-il ? Surtout quand on sait que ses putain de recherches sont la cause de tout. Je n'ai qu'une envie : lui téléphoner pour lui redire à quel point j'aurais *vraiment* aimé que ce soit lui qui prenne la voiture ce soir-là. Pourquoi est-ce que c'est le parent qui me reste ? Un menteur tellement obsédé par son job qu'il en oublie de nous prévenir qu'on risque de se retrouver embringués là-dedans.

— Tu sais que ta mère était en panique totale quand elle est venue nous trouver ? Et mon père a joué la comédie tout le temps !

Je dis ça au cas où Cassie ne comprendrait pas pourquoi c'est un tel monstre.

— M'en fous. Ma mère mérite de se faire du souci. Tu ne crois pas que tu devrais attendre de connaître le fin mot de l'histoire ? Ton père pourra peut-être tout expliquer.

— C'est terriblement généreux de ta part, réponds-je, parce qu'elle a choisi de faire dévier la conversation sur un terrain glissant.

Cassie ne pardonnera jamais rien à sa mère.

— Je veux juste que tu ne t'inquiètes pas, d'accord ?

Et dans sa bouche, « s'inquiéter » a un sens fort. Elle sait de quoi je suis capable. Elle pose les yeux sur mes cheveux comme si ça lui donnait raison. Et évidemment, c'est un peu le cas.

— Pourquoi t'as fait ça ? demande-t-elle.

— Je lui ressemblais. (Je suis soulagée de pouvoir dire enfin la vérité à quelqu'un.) Quand je me regardais dans le miroir, je voyais son visage. Et c'était… c'était insupportable.

Cassie hoche la tête tout en continuant à observer mes cheveux, de manière plus pragmatique que véritablement soucieuse.

— Attends, j'ai une idée, dit-elle en se dirigeant vers son sac, qui est toujours sur le sol.

Elle ramasse sa culotte et la range discrètement dedans. Quand elle se redresse, souriante, elle tient deux élastiques dans les mains.

— Voici ton seul espoir. Assieds-toi.

J'obéis. Les mains de Cassie s'affairent dans mes mèches inégales à la recherche d'une prise.

— Qu'est-ce que ton boxer rose faisait sur ton sac ?

Je suis obligée de poser la question : je ne peux pas balayer cette image de mon esprit. Est-ce qu'elle est sans culotte au moment même où nous parlons ?

Et même si tout ça a à voir avec les recherches de mon père, il y a toujours ce mec affreux qui monte la garde devant la porte. Est-ce qu'il a fouillé dans ses affaires ? Lesquelles incluaient, pour une raison qui m'échappe, une culotte de rechange ? Le fait que Cassie ne réponde pas à ma question m'angoisse. Elle garde le silence et s'occupe de mes cheveux. Je lève les yeux vers elle et emprisonne ses mains dans les miennes.

— Cassie ? Sérieusement ?

Elle se mord les lèvres. Quand son regard finit par croiser le mien, elle a les yeux humides.

— Je n'étais pas en ville pour fuir ma mère quand ils m'ont enlevée. J'étais là-bas pour voir un mec. Un autre. Je voulais rester chez lui pendant quelques jours pour la faire flipper. J'avais pris des vêtements de rechange. Ma culotte a dû tomber quand j'ai cherché mon sweat-shirt.

— Oh.

J'essaie de ne pas lui montrer que je suis déçue qu'elle ait trompé Jasper.

— Ça fait pas longtemps qu'on couche ensemble, poursuit-elle. Quelques mois, tout au plus. (Quelques mois ? Mais elle ne sort pas avec Jasper depuis beaucoup plus longtemps que ça.) Tu veux savoir le pire dans cette histoire ?

Non.

— Vas-y, dis-je, comme si j'étais une meilleure amie super géniale qui ne lui faisait jamais la morale et qui comprenait tout.

— Je pense que j'ai fait ça *parce que* Jasper est extra. Au début, je le prenais pour un connard, exactement comme toi. Et c'est tout ce que je mérite, un connard.

— Mais il n'en est pas un.

S'il y a bien une chose dont je suis certaine à présent, c'est ça.

— Non. C'est un garçon foncièrement *bon*. Avec des principes. (Cassie s'essuie les yeux.) Est-ce que tu sais qu'il envoie toujours tout l'argent qu'il gagne en faisant la plonge au mec que son père a failli tuer ? Tu imagines faire ce job de merde et ne pas garder l'argent ?

— Non. J'ai du mal à y croire.

— Ouais, moi aussi. (Cassie s'interrompt de nouveau, les yeux baissés.) Et qu'est-ce qu'un type comme lui, vraiment chouette, peut voir en moi ? Hormis, tu sais… (Elle fait un geste en direction de son corps.) Mais je l'ai pratiquement forcé pour qu'on couche ensemble. Il était du genre : « pas de pression, on a le temps ». C'était trop… trop parfait. Alors, j'ai fait quoi ?

Elle mime une explosion avec les mains.

— Tout le monde commet des erreurs, dis-je.

Ça me rappelle Jasper. Et je me sens encore plus mal pour lui.

— Je n'ai pas cherché quelqu'un d'autre, cela dit, explique-t-elle comme si ça rendait les choses moins pires. Je bossais chez Holy Cow, le glacier, un après-midi, quand ce gars est entré.

— Ce n'est pas ta faute si tu as rencontré quelqu'un que tu aimes plus que Jasper, dis-je, ce qui est vrai, même si ça aurait quand même été *beaucoup mieux* si elle avait rompu avec Jasper avant de sortir avec l'autre.

Elle secoue la tête, les yeux rivés sur ses poings serrés.

— C'est fini de toute façon, maintenant. Je me suis complètement trompée sur son compte. (Elle pleure à chaudes larmes à présent.) C'est un mec vraiment épouvantable. Je m'en rends compte à présent.

Un sourire triste étire ses lèvres puis elle secoue la tête, dégoûtée d'elle-même.

— Tout va bien ? (Je demande ça parce que ça a l'air terrible, même en prenant en compte le fait que Cassie a tendance à l'exagération. Elle ne fait pas semblant d'être bouleversée.) Qu'est-ce qui s'est passé ?

Ses yeux plongent dans les miens, à la recherche de quelque chose qu'elle ne semble pas y trouver. Elle pince la bouche et contemple le sol.

— Je te raconterai tout, mais… je ne peux pas le faire maintenant, répond-elle avec un geste englobant le chalet et qui semble dire *pas avec tout ce qui se passe en ce moment.*

Et son ton est bizarre, comme si j'avais dit ce qu'il ne fallait pas ou que quelque chose m'échappait. Elle frotte ses joues humides.

— Je t'aurais bien parlé de lui quand ça a commencé, mais on était fâchées. Et je suppose qu'une partie de moi était contente de ne pas avoir à subir ta déception.

— Je n'aurais pas…

— Oh, allez, c'est exactement comme ça que tu me regardes en ce moment.

Elle a raison. Je le sens. Je ne peux pas m'en empêcher.

— Qu'est-ce qu'on en a à foutre de ce que je pense ? Regarde-moi : je suis une ratée. Qu'est-ce que je sais de la vie ?

— Plus que ce que tu crois, Wylie, répond-elle à mi-voix. Puis elle ajoute avec un sourire forcé : Sauf en coupe de cheveux.

Elle se remet à s'occuper de ma coiffure, et ça me rappelle quand elle m'a natté les cheveux juste après la mort de maman. Je ne sais pas pourquoi, mais j'ai envie de pleurer.

— Parfait, finit-elle par dire en reculant un peu pour admirer son œuvre. Viens voir.

Elle me fait signe de m'approcher de la fenêtre et elle soulève la lampe pour que je puisse contempler mon reflet. Malgré le peu de cheveux à tresser cette fois-ci, elle y est parvenue. Ils sont toujours *super* courts et inégaux, mais Cassie m'a fait une petite natte en diagonale sur le sommet du crâne et elle a réussi à attraper les mèches les plus massacrées. Ça me donne un air bohème chic presque flatteur. Peut-être plus que lorsque j'avais les cheveux longs.

— Pas mal, commente Cassie sur un ton triste.

— Merci.

Je me sens mieux d'avoir l'air normale. Même si je sais que je ne le serai jamais pour de bon. Rien ne changera jamais ça.

— Non. Merci *à toi*, répond Cassie en m'enlaçant par derrière. De toujours voler à mon secours.

19

CASSIE A TOUJOURS LE VISAGE PRESSÉ contre le mien lorsque la porte s'ouvre. Quentin a l'air gêné de nous avoir interrompues.

— Oh, désolé, je…

C'est à ce moment-là que la lumière revient dans les toilettes. Le soulagement se lit sur le visage de Quentin.

— Super, comme ça vous pouvez venir avec moi toutes les deux. Vous êtes prêtes ?

Je sens la bile m'obstruer la gorge tandis que j'essaie d'inspirer profondément. *Non, je ne suis pas prête.*

— Oui, répond Cassie.

Qui sait ? Elle a peut-être raison. Il faut peut-être que je réserve mon jugement avant de condamner mon père. Je me glisse à ses côtés.

— On est prêtes.

On suit Quentin en silence. C'est toujours le milieu de la nuit – sans aucun doute après minuit, voire plus tard – mais le chalet principal brille chaleureusement devant nous. J'ai cependant le sentiment désagréable que quelqu'un nous observe tandis que nous traversons la pelouse. La présence de gens dangereux appartenant à une organisation paramilitaire perchés dans les arbres me paraît à la fois complètement ridicule et absolument vraisemblable. Ça explique peut-être Doug et Lexi. Doug avait tout du professionnel. S'il y en a d'autres comme lui, je ne vois pas comment le docteur Simons et ses acolytes peuvent lui tenir tête.

Mais quand je jette un coup d'œil par-dessus mon épaule pour voir si une armée se dirige vers nous, je ne vois que Stuart, le barbu au fusil, qui fait les cent pas devant le chalet qu'on vient de quitter.

— Je suis désolé pour Stuart, dit Quentin, qui a suivi mon regard. Nos mesures de sécurité ont été… disons qu'il n'y a pas beaucoup de choix, par ici. Ton père n'approuvera pas quand il le verra.

Papa n'est pas au courant de l'existence du mec édenté et armé ? Il y a peut-être d'autres choses qu'il ne sait pas. Comme par exemple que ses amis avaient déjà enlevé Cassie quand Karen est venue sonner chez nous. Ou peut-être que je cherche désespérément à me convaincre que ce n'est pas un menteur.

— Et le flic ? je demande.

— L'officier Kendall ? Il a un pote parmi nous. Je ne sais pas qui exactement. Mais c'est un mec bien. Il nous a aidés à vider le camp et il a promis de tenir les gens à distance pendant quelques jours. On avait besoin d'un endroit isolé. Jusqu'à ce qu'on décide de la suite.

— Et pourquoi il ne nous a pas dit ça quand on est montés dans sa voiture ?

Nous sommes quasiment parvenus en haut des marches du perron du chalet principal. Mais avant que Quentin ait eu le temps de répondre, la porte s'ouvre à la volée et deux jeunes en jean taille basse sortent sur le seuil. Le premier est petit avec des cheveux très blonds presque ras, un nez busqué et les yeux cernés. Un tatouage orne son avant-bras, un petit quadrillage carré avec quelques cercles à l'intérieur, comme un échiquier. Le deuxième est beaucoup plus grand, il a de grosses joues et le même tatouage, mais sur le côté du cou. Ils portent tous les deux un ordinateur portable sous le bras. Ils sont jeunes mais plus vieux que Cassie et moi. Plus âgés que Quentin, aussi.

— Oh, salut, dit ce dernier, surpris et un peu nerveux. Il essaie de la jouer cool mais il n'est pas très fort pour ça. Merci encore d'être venus jusqu'ici, les gars. Je sais que ce n'est pas le genre de mission que vous acceptez d'habitude.

— Mmmm, putain, ouais, grommelle le blond sans ralentir. On fait tout le contraire, normalement.

— À plus, marmonne l'autre et ses joues tremblotent quand il dévale les marches.

On les regarde s'éloigner. Ils allument une clope et disparaissent sur le sentier, toujours à pied.

— C'est qui ? je demande.

— Des hacktivistes ? répond Quentin sur un ton encore plus interrogateur que d'habitude. Mais je crois qu'ils n'aiment pas qu'on les appelle comme ça. Il y a plein de trucs qu'ils n'aiment pas.

— Des hacktivistes ? répète Cassie, incrédule.

Même si je ne comprends pas pourquoi, de toutes les choses hallucinantes qu'on nous a racontées, c'est celle-ci qu'elle trouve la plus absurde.

— Niveau99, poursuit Quentin. Mais ils ne l'admettront jamais. Ils sont comme la CIA, tatouage en plus. Ils ont accepté de venir ici pour découvrir qui a hacké le système informatique de ton père – les choses ont pris une telle ampleur qu'on ne pouvait pas se permettre de le faire à distance – et pour sécuriser nos smartphones. Pour le moment, les SMS et le reste sont bloqués. C'est pour ça, pour répondre à ta question, que Kendall ne pouvait pas nous contacter pour savoir ce qu'il avait le droit de vous dire quand vous êtes arrivés ici. Et comme le générateur ne fonctionnait plus, on ne savait même pas que c'était lui jusqu'à ce qu'il parvienne au chalet principal, là où on se planque. Au cas où.

— Mon père a dit que quelqu'un avait piraté ses données. (Je suis soulagée de pouvoir relier deux points, même si du coup, mon père est plus impliqué que jamais.) Mais il a prétendu que c'était tout le système informatique de la fac qui avait été attaqué.

— Possible, répond Quentin, même s'il n'a pas l'air de le croire. Il y a encore pas mal de choses qui nous échappent.

À l'intérieur, le chalet principal ne ressemble en rien à celui dans lequel nous étions prisonniers. Les meubles sont abîmés mais la pièce est brillamment éclairée et très propre. Une dizaine de tables de pique-nique avec leurs bancs assortis forment deux rangées parfaites. Les fenêtres ont l'air neuves mais plusieurs sont ouvertes et les voilages aux couleurs passées s'agitent dans la brise froide. Aucun grillage en vue. Au fond de la pièce, sur une table plus grande recouverte par une nappe verte sont posés deux thermos de café en acier et une pile de mugs blancs. Tout semble prêt pour accueillir une foule, sauf qu'il n'y a strictement personne dans la pièce.

Quentin, Cassie et moi sommes toujours près de la porte quand une vieille femme, frêle mais déterminée, entre par la porte du fond, une pile de serviettes pliées dans ses bras veinés de bleu.

— Salut, Miriam, dit Quentin à voix basse, comme s'il craignait de l'effrayer.

— Oh ! (Elle sursaute violemment et presse une main contre sa poitrine osseuse.) Je ne vous avais pas vus.

— Désolé, je ne voulais pas te surprendre. Tu as vu le docteur Simons ? Avec un ado ?

— Ils étaient là à l'instant, répond-elle en regardant autour d'elle, sourcils froncés. (Quand elle se rend compte que la salle est déserte, elle regarde sous la table la plus proche comme s'ils pouvaient être cachés là.) Oh, attends, je me souviens. Le docteur Simons a dit au garçon qu'il voulait lui montrer quelque chose sur l'un des ordinateurs du bureau du fond.

— Merci, Miriam, répond Quentin avec un sourire doux tout en la regardant se diriger vers la porte. Elle a été infirmière pendant la guerre du Vietnam. Elle a tout un tas d'histoires hallucinantes à raconter.

— Elle connaît mon père ?

Parce que papa n'a pas d'amis. Mais c'est encore peut-être un de ses mensonges.

— Lui ou le docteur Simons, je ne suis pas sûr. Tout le monde ici en connaît un des deux ou connaît quelqu'un qui les connaît. Miriam est actuellement documentaliste à la bibliothèque universitaire. C'est peut-être comme ça qu'elle connaît ton père. (La bibliothèque. L'endroit préféré de mon père à la fac.) Presque tout le monde ici est prof ou chercheur, sauf justement Miriam et moi. Le docteur Simons était mon prof à Stanford avant que je sois viré.

— Oh, dis-je en essayant de ne pas montrer ma désapprobation.

— Oui, apparemment, il est préférable d'assister aux cours. Mais le docteur Simons s'est arrangé pour que je puisse plutôt démissionner. Je me suis inscrit à l'Université du Massachusetts. C'est moins prestigieux mais je décrocherai quand même un diplôme.

Cassie, qui était restée près de la porte, finit par nous rejoindre.

— Est-ce qu'on peut aller retrouver Jasper tout de suite ? demande-t-elle, impatiente. Il faut que je lui parle.

Elle ne compte quand même pas lui avouer qu'elle l'a trompé maintenant ? Tout me raconter est une chose, mais le faire auprès de Jasper est bien différent.

— Tu devrais peut-être attendre qu'on soit rentrés à la maison *avant*, non ?

— Pas de problème, intervient Quentin, qui ne comprend évidemment pas le contexte. Venez, on va les rejoindre dans le bureau du fond.

C'est alors qu'un vieux bonhomme, assez petit et avec une couronne de cheveux bouclés poivre et sel, fait irruption par la porte du fond. Il porte un pantalon en toile beige et un pull irlandais bordeaux qui moule son ventre proéminent. Docteur Simons. Les photos que j'ai vues de lui ne sont pas récentes mais il a toujours les mêmes cheveux et le même ventre.

— Docteur Simons, voici Wylie, dit Quentin en me présentant comme si j'étais un véritable cadeau.

— Wylie ! s'écrie le docteur Simons en se dirigeant vers moi, ravi. Ton père m'avait bien dit que tu étais grande mais tu me dépasses !

Mon père adore se vanter de ma taille, alors que je suis juste un peu plus grande que la moyenne : puisque je grandis normalement, ça veut dire que je vais bien.

La poignée de main du docteur Simons est ferme et chaleureuse.

— Assieds-toi, dit-il en se dirigeant vers la table la plus proche. Je suis vraiment désolé pour toutes ces précautions ridicules. Ton père et moi avons fait de notre mieux pour gérer cette, euh… (il prend une profonde inspiration et jette un coup d'œil en direction de la porte) cette situation fondamentalement ingérable.

— Est-ce que Jasper est dans le bureau ? demande Quentin. Cassie voudrait le voir.

— Oh, oui, bien sûr, répond le docteur Simons après une seconde d'hésitation, comme s'il ne se rappelait plus de l'endroit où il avait laissé Jasper. (Je me suis demandé s'il était un peu sénile, comme Miriam.) Adam lui montre l'équipement.

— Viens, je vais t'y conduire, suggère Quentin.

Cassie me dévisage, le regard humide et inquiet.

— À moins que tu préfères que je reste avec toi, Wylie. Je peux si tu veux.

— Non, c'est bon. Vas-y, réponds-je, même si j'aimerais mille fois mieux qu'elle reste à mes côtés. (Pour mon bien et pour le sien. Jasper ne va pas bien le prendre quand il découvrira qu'elle le trompait vraiment.) Mais réfléchis bien avant de lui dire quoi que ce soit, Cassie. La vérité sera toujours là en rentrant.

— D'accord, réplique-t-elle en me pressant la main, les yeux brillants de larmes. Je vais réfléchir.

Elle se dirige vers le fond de la pièce et se mordillant la lèvre inférieure : elle n'écoutera pas un mot de ce que je viens de dire.

— Je viens de parler à ton père. Il est encore loin, explique le docteur Simons en s'asseyant.

Il jette un coup d'œil à sa montre. S'il essaie de dissimuler son inquiétude, il s'y prend mal. Je lève les yeux vers l'horloge murale : il est plus de trois heures trente du matin. Je ne pensais pas qu'il était si tard. J'ai peur de demander à quelle heure mon père était censé arriver au camp.

— Il a été obligé de faire un détour, pour des raisons évidentes.

— Non, ça n'a rien d'évident, réponds-je en m'asseyant sur le banc en face de lui. Écoutez, je ne veux pas vous paraître grossière, mais je ne comprends rien à ce qui se passe.

— Non, bien sûr que non. Tu peux l'appeler si tu veux, propose-t-il en regardant autour de lui comme s'il cherchait un téléphone. Il y a du réseau ici. Il fonctionne. Tu dois comprendre qu'il se sent vraiment coupable de vous avoir menti à Karen et à toi. La chronologie des événements l'a pris par surprise. Et ensuite, ses SMS avaient pour but de te tenir à l'écart de tout ça.

— Il vous a donc demandé de vous faire passer pour Cassie et de me dire qu'elle pensait être en *danger de mort* ?

— À la décharge de ton père, ce n'est pas lui le responsable de ce message-là, mais moi. (Il prend une profonde inspiration et se masse le front.) Je comprends à présent que c'était inutilement inquiétant. Mais à ce moment-là, tu étais déjà partie et on devait te faire venir ici – et te mettre en sécurité – le plus vite possible. J'aurais pu m'y prendre autrement, je m'en rends compte. Tu devrais en discuter avec ton père. Quand il a su que je t'avais envoyé ce message, il était furieux.

Je sors mon portable de ma poche. Il y a effectivement du réseau et un nouveau texto de mon père s'affiche.

Je suis désolé. Pour tout.

Je sens mon stupide cœur se serrer. Est-il possible que je ne le déteste pas toute ma vie ? Peut-être. Je l'espère en tout cas. Plus que ce que je croyais.

T'es où ?

Je préfère envoyer un SMS plutôt que de lui téléphoner. J'ai peur de m'énerver à nouveau si je lui parle et que toutes les excuses que le docteur Simons vient de lui trouver s'effondrent.

Tu seras là quand ?

La réponse arrive très vite.

Encore deux heures. J'ai dû m'arrêter. Je t'expliquerai tout à mon arrivée, promis. Pose toutes les questions que tu veux au docteur Simons. Tu peux lui faire confiance. Je te recontacte vite. Suis soulagé que tu ailles bien. Je t'aime, Scat. Bisous, papa.

Scat. Un surnom emprunté à un livre que j'adorais gamine et qui racontait l'histoire d'un chat terrifié qui surmontait ses angoisses grâce à de l'audace et une bande d'amis loyaux. Mon père ne m'a pas appelée comme ça depuis des années. Il doit se sentir *vraiment* coupable.

OK.

Je me contente de répondre ça. Parce qu'il aura beau me donner les surnoms les plus mignons du monde, je ne suis pas près de lui pardonner.

— Tu as pu le joindre ? demande le docteur Simons.

Je hoche la tête.

— Ça fait deux semaines que ton père se demande s'il ne devrait pas tout vous raconter, à ton frère et à toi, sur ces gens de North Point. Mais il n'avait aucune raison de penser que la menace qu'ils représentaient – du moins pour vous deux – était crédible ou imminente. Et dans ton état, il ne voulait pas que tu t'inquiètes inutilement.

Dans ton état. Exactement les mots de mon père. Apparemment, c'est comme ça qu'il parle de moi à ses amis. Au moment où je pense que je pourrais peut-être lui pardonner un jour, il me prouve qu'il n'est qu'un gigantesque connard.

Je croise les bras en essayant de contrôler ma colère. J'en veux à mon père, pas au docteur Simons. Et si je m'énerve contre lui, il ne me donnera pas ce que je veux : des infos.

— C'est quoi North Point ?

— Une entreprise privée spécialisée dans la défense militaire. Ils ont des liens avec l'armée et beaucoup, beaucoup d'argent. Sans compter une détermination sans faille. Ils veulent avoir un accès illimité à certaines parties des recherches de ton père.

— C'est eux, la « menace » dont tout le monde parle ?

— Oui. Mais pour être honnête, on n'a aucune raison de penser qu'ils nous ont déjà localisés. On fait tout ça par précaution.

Le visage rougeaud de Doug me revient en mémoire de même que le regard meurtrier qu'il m'a lancé au restaurant et la façon dont il nous a poursuivis avec tant de facilité dans les bois malgré sa blessure. Savoir que s'ils nous trouvent, on aura le docteur Simons et Quentin de notre côté ne me soulage pas des masses. Ils nous ont déjà localisés une fois, qui dit qu'ils ne le feront pas une deuxième ?

— Mmmm. J'ai bien peur qu'ils soient plus près que ce que vous croyez.

— Comment ça ? demande le docteur Simons, les yeux écarquillés.

— On a eu un problème de voiture, alors on a demandé à un couple de nous faire faire un bout de chemin. (Il faut que je parle vite si je veux tout lui raconter.) Ils ont fait semblant d'avoir un bébé, et quand on a compris que c'était faux, on a essayé de s'enfuir. Le mec, qui a prétendu s'appeler Doug, a sauté à la gorge de Jasper, alors j'ai dû… on a réussi à s'enfuir, mais de justesse.

Je n'arrive pas à raconter la partie où je l'ai poignardé. Surtout si le docteur Simons pense que je souffre d'un « état ».

— Voilà qui leur ressemble tout à fait. Étant donné les circonstances, on savait qu'il y avait un risque qu'ils essaient de t'enlever pour obtenir la coopération de ton père. C'est pour ça qu'il était impératif de te faire venir ici, répond doucement le docteur Simons avant de poser son regard brun et triste sur moi. Je ne suis pas certain que leur demander de l'aide ait été entièrement volontaire de votre part. Ces gens sont très intelligents et très bien entraînés.

Je ferme les yeux, soudain assaillie par un souvenir.

— On a passé deux minutes à la supérette avec Jasper, et ils étaient dehors près de notre Jeep. (C'est clair qu'ils auraient pu facilement trafiquer le moteur pour l'empêcher de démarrer.) Mais ils étaient déjà à la station-service quand on est arrivés. Comment ils savaient qu'on allait s'arrêter ?

— Ils devaient intercepter les SMS de Cassie. Grâce à Niveau99, ça n'arrivera plus. Ses instructions leur ont peut-être donné suffisamment d'informations pour deviner où vous alliez vous arrêter. Ils avaient peut-être des collègues positionnés à d'autres points de passage possibles.

Ils avaient eu raison de confisquer son téléphone à Cassie. Elle mettait bel et bien quelqu'un en danger : *nous*.

— Mais pourquoi vous avez conduit Cassie ici ? Et pourquoi mon père a prétendu ne pas être au courant qu'elle était là quand je l'ai eu au téléphone ? Il a fait comme si j'étais la seule à le savoir et qu'il fallait que je le lui dise.

— Je peux te promettre que tout ce que ton père a fait n'avait qu'un but : te protéger et te tenir à l'écart de ce qui est potentiellement une situation très dangereuse. Il a dû soupçonner que les SMS n'émanaient pas de Cassie. Souviens-toi : on ne s'était même pas rendu compte qu'elle avait son portable sur elle. On ne pouvait pas imaginer qu'elle communiquait avec toi. Et je suis certain qu'il avait peur de trop en dire par téléphone. Nous savions que nos communications avaient été piratées. Elles n'étaient pas sécurisées jusqu'à présent. Ton père ne pouvait pas se permettre de te donner trop d'informations sur une ligne non sécurisée.

— Tout ça reste complètement absurde. (Ou disons que certaines pièces s'emboîtent, mais pas l'intégralité du puzzle.) Et que viennent faire les recherches de mon père là-dedans ? Elles n'ont jamais intéressé personne avant.

Le docteur Simons fronce les sourcils.

— Est-ce que ton père t'a parlé des Anomalies ?

— Oui. Enfin, pas vraiment. (Parce qu'en réalité, c'est Gideon qui s'en est chargé. Pourquoi attribuer à mon père une honnêteté dont il n'a pas fait preuve ?) Ce sont ceux qui ne sont pas dans la norme.

— C'est une bonne description. Les Anomalies représentent une poignée de sujets qui ont fait preuve simultanément de capacités émotionnelles sans le support de la vue ni de l'ouïe. En d'autres termes, ils sont capables de déchiffrer les émotions des autres alors qu'ils ont les yeux bandés et qu'ils portent un casque. Ils ne sont pas nombreux. C'était plutôt un épiphénomène sans importance – un dommage collatéral, si tu préfères – des recherches de ton père. La partie du test que l'on fait les yeux bandés et les oreilles bouchées était censée permettre d'établir un point de comparaison de contrôle. L'étude de ton père portait sur les implications de la conversation réelle sur la perception émotionnelle. Il n'aurait jamais pensé que certains individus étaient capables de perception sans aucun support. Mais cette découverte peut avoir des implications majeures.

— C'est-à-dire ?

Je déglutis pour tenter de contrôler l'angoisse qui me noue le ventre.

— Eh bien, par exemple, les Renseignements de la Marine essaient depuis des années d'introduire l'intuition dans les techniques de combat, et une découverte de ce genre serait primordiale. Je subodore que l'intérêt que porte North Point aux Anomalies est du même ordre. Leur but ultime serait d'utiliser leurs capacités pour mettre au point une technologie militaire toute nouvelle.

— Mais alors pourquoi ces gens ne refont-ils pas l'étude eux-mêmes pour trouver leurs propres Anomalies ?

— Ils n'y sont pas parvenus. Comme les Anomalies étaient peu nombreuses et que le sujet de recherche de ton père ne portait pas sur elles, elles n'étaient qu'une note dans ses données.

— C'est-à-dire ?

— Les Anomalies sont un accident. Pour l'instant, on n'en a identifié que trois. Toutes plus jeunes que la moyenne des sujets de l'étude. Moins de dix-huit ans. Deux d'entre elles ont été soumises au test parce que l'assistant de ton père n'a pas appliqué correctement les paramètres de l'étude.

Tout ça c'est de la faute du docteur Caton ? Parce qu'il a commis une erreur ? Ça expliquerait pourquoi mon père lui en veut autant.

— Le docteur Caton ?

— Oui. (Le docteur Simons inspire en posant ses mains bien à plat sur la table comme pour appuyer ce qu'il va dire.) Et comme North Point s'est montré incapable de reproduire les recherches de ton père, ils pensent que leur seule option est ton père lui-même. Il sait que l'âge est le facteur clé qu'ont en commun les Anomalies – nous sommes plusieurs à le savoir en dehors de lui et moi – mais ton père est le seul à connaître leur identité.

Je devine à son expression que c'est là le point essentiel qu'il voulait me révéler. C'est *ça* le détail crucial.

— Si je comprends bien, ils veulent mon père, genre *littéralement* ?

— C'est ce que nous pensons. Mais comme je te le disais, on prend le plus de précautions possible. On a compris ça il y a peu et on s'est mis en mouvement tout de suite.

— Génial, je marmonne, sarcastique. Le moins qu'on puisse dire, c'est que je ne me sens pas réconfortée du tout. Et Gideon, alors ? S'ils veulent enlever mon père et qu'ils s'en sont pris à moi – il est tout seul à la maison ?

— Grâce à Niveau99 qui a réussi à interrompre les communications de North Point, nous n'avons aucune raison de croire que quiconque soit en route pour chez toi, répond le docteur Simons. Mais pour ne rien négliger, un ami de l'officier Kendall qui fait partie de la police de Boston y monte la garde en l'absence de ton père.

— Oh.

Je me sens encore plus mal d'être partie. Mon père avait raison de vouloir que je reste à la maison.

— Tu sais, on s'est déjà rencontrés tous les deux, poursuit le docteur Simons en changeant de sujet, sans doute parce que j'ai l'air flippé. Ton frère et toi aviez à peine cinq ans. Tes parents sont venus me rendre visite en Californie et je pense qu'ils vous ont emmenés à Disneyland après. (Quand je lève les yeux, il me sourit avec bienveillance.) Même si je suppose que tu te souviens mieux de Mickey que de moi.

Je ne me rappelle pas avoir jamais vu le docteur Simons auparavant. Mais la photo de ma mère que je préfère a été prise au cours de ce voyage : elle est jeune et heureuse, ses cheveux sont divisés en deux nattes et elle a les mains dans les poches de sa salopette. J'ai un vrai souvenir de ce séjour, cela dit – ma mère et moi près des falaises de Carmel, perdues dans une mer de chiens de prairie. Ma mère, qui était d'ordinaire si calme et décontractée, s'était mise à courir en couinant lorsque les petits rongeurs avaient sorti le museau de leurs dizaines de terriers. Mais moi, j'étais restée paralysée, incapable de bouger.

— Tu vois Wylie, avait commenté ma mère un peu plus tard, essoufflée et écroulée de rire. Il y a plein de formes de courage.

Est-ce que je me rappelle vraiment de ça ? Ou est-ce que je lui ai demandé de me raconter cette histoire tant de fois que ses mots sont devenus les miens ? Ces derniers temps, tout ce qui est important concernant ma mère me donne l'impression d'être un souvenir dans un souvenir, prêt à s'effondrer sur lui-même avant de disparaître.

— Je ne me souviens même pas de Disneyland, dis-je quand je me rends compte que le docteur Simons semble attendre une réponse de ma part.

— C'était il y a très longtemps, tu étais très jeune.

Il a néanmoins l'air un peu déçu. Il prend une profonde inspiration avant d'exhaler longuement, puis il repose les mains sur la table. Ses doigts sont boudinés comme de petites saucisses.

— Je veux m'assurer que tu as compris que tu es *réellement* en sécurité ici, Wylie. Je ne veux pas que tu te fasses de souci. (Et par là, je suis certaine qu'il veut dire : « Ne t'angoisse pas, n'hyperventile pas, ne vomis pas, ne t'évanouis pas. ») Comme je te l'ai dit, on a pris beaucoup de précautions. Cassie est en sécurité elle aussi.

Cassie. Tiens, je l'avais oubliée l'espace d'un instant. Ils l'ont conduite ici exprès.

— Comment ça, Cassie est en sécurité ?

Il a bien dit qu'il y avait *trois* Anomalies, n'est-ce pas ? Il a expliqué que deux d'entre elles étaient le résultat des tests du docteur Caton. Mais la troisième ?

— Qui est la troisième ? je demande, le cœur battant.

Ce test idiot dans le labo en sous-sol de papa. La façon dont mon père nous avait dit trop vite qu'on avait tous des résultats en dessous de la moyenne, son irritation lorsque Cassie avait insisté pour qu'il lui donne des détails, espérant contre tout espoir obtenir encore sa pantoufle de vair.

— Oui, Cassie est l'autre Anomalie. Mais étant donné les circonstances, nous devons lui expliquer tout ça avec prudence, Wylie, affirme le docteur Simons et il est clair qu'il redoute le moment où il devra le faire. Je ne veux pas l'effrayer. C'était déjà assez affreux de la conduire ici de force. Ça aurait été beaucoup plus simple que ton père l'amène mais on savait qu'il était sous surveillance et le portable de Cassie sur écoute. J'appréhende sa réaction quand elle l'apprendra. La nouvelle n'est pas seulement surprenante, elle est aussi dangereuse… Cette révélation risque d'être extrêmement perturbante.

— Dangereuse ? je murmure. Je croyais qu'ils en avaient après mon père.

— Oui, mais s'ils parviennent à isoler directement une Anomalie, ce serait préférable. (Isoler. Comme en quarantaine. Ou comme l'animal le plus vulnérable d'un troupeau.) Wylie, je vois bien que tu es bouleversée, et tu as toutes les raisons de l'être… Ça fait beaucoup d'informations à digérer à la fois, poursuit le docteur Simons en me regardant droit dans les yeux. Mais tu es en sécurité. Cassie aussi. De même que ton père. Je peux te jurer que personne ne prend de risques, pas après ce qui est arrivé à ta mère.

Après ce qui est arrivé à ta mère. Je sens la chaleur se répandre sur mes joues. Et une sueur froide couler le long de mon dos. *Boum, boum, boum,* fait mon cœur.

— Ma mère ?

Nous. Y. Voilà. Toutes les sirènes se mettent à retentir dans ma tête, si fort que je me couvre les oreilles.

— Wylie, assieds-toi, ordonne le docteur Simons. Tout va bien se passer. Mais tu dois rester calme.

Quand est-ce que je me suis levée ? Parce que je l'ai fait. Je baisse les yeux pour découvrir que je suis de l'autre côté du banc. Quentin et Cassie ont surgi à mes côtés. Cassie n'est qu'à quelques pas, les bras croisés. On dirait qu'elle a encore perdu trois kilos. Elle va disparaître. Elle ne sera bientôt plus que de la vapeur, qu'un souvenir. Comme ma mère.

— Qu'est-ce qui est arrivé à ma mère ?

Ma voix tremble. À moins que ce ne soit moi. Mes pieds sont toujours plantés dans le sol, mais j'ai commencé à me balancer au rythme de mon cœur.

— Ces gens paieront pour ce qu'ils lui ont fait, Wylie, affirme le docteur Simons. Ton père s'en assurera.

20

Ce qu'ils lui ont fait. Ce qu'ils lui ont fait. Ce qu'ils lui ont fait. Un hurlement strident dans mon crâne. Je suis déjà en mouvement pour essayer d'y échapper.

De l'air. J'ai besoin d'air. Et de m'éloigner de ces gens-là. De ces mots dans ma tête. De ces mots que personne n'a prononcés mais qui sont vrais, je le sais déjà. *La mort de ma mère n'est pas un accident.*

Un instant plus tard, je suis dehors, dans l'obscurité. Je traverse la pelouse humide en courant en direction des bois.

— Hé ! hurle Stuart sur ma gauche lorsque je dépasse le chalet où on est restés enfermés. Tu vas où comme ça ?

Stuart. Stuart et son fusil. Mais il ne m'arrêtera pas. Il ne me tirera pas dessus. Je le sais à présent. Parce que je suis la fille de mon père. Et même si je le déteste en ce moment, ces gens sont ses amis. Ils me protègeront. Ils y sont obligés. Ils me protègeront du bordel qu'il a créé. *Ce qu'ils lui ont fait.* Ce qu'*il* lui a fait. C'est ça la vérité. Parce que si ce qui est arrivé à ma mère a un rapport avec tout ça – avec ses recherches – alors mon père est responsable de sa mort.

Mes pieds bougent si vite qu'ils touchent à peine le sol. Si vite que j'ai l'impression de voler.

— Hé ! hurle de nouveau Stuart, mais sa voix n'est plus qu'un écho porté par le vent.

Même si personne ne m'arrête, où vais-je aller ? Je ne peux pas abandonner Cassie, ni Jasper. Je ne serai en sécurité nulle part de toute façon. Les mensonges sont partout. *Pas un accident. Pas un accident.*

Mais quand je finis par atteindre le sous-bois, je ne pense plus à ça. Je ne veux penser à rien d'autre qu'à ma fuite, qui est la seule chose qui me paraît censée. *Pas un accident.* Je me le répète encore et encore tandis que mes pieds martèlent le tapis de feuilles mortes et de branchages épars. Mais j'entends toujours la voix de mon père : *Parfois, des choses tragiques arrivent aux gens beaux.* Il a dit ça une fois, assis sur le bord de mon lit, deux semaines après la mort de maman. Comme si rien ni personne n'était responsable. Sauf qu'en fait, il y avait bien un responsable : lui. Lui et ses maudites recherches.

Je m'enfonce plus profondément dans le bois, mes pieds glissent sur les cailloux et trébuchent sur des racines. Exactement comme lorsque Jasper et moi avons échappé à Doug. Mais c'est pire à présent, plus désespéré. Parce que où que j'aille, la vérité me rattrapera toujours.

Ça ne m'empêche pas de continuer à courir, pour tenter de distancer les images de la voiture de ma mère en train de déraper sur la plaque de verglas. Mais était-ce vraiment du verglas ? Ou a-t-elle été poussée contre la glissière par une autre voiture ? Est-ce que son véhicule s'est réellement embrasé spontanément sous l'effet du choc ou est-ce que quelqu'un y a mis le feu pour achever le travail ? Est-ce qu'elle a compris ce qui se passait ? Est-ce qu'elle a eu peur ?

Je voudrais voler comme elle. Je voudrais tomber et me fracasser le crâne pour chasser les souvenirs. Je voudrais n'être plus rien, pour ne plus me repasser le film seconde par seconde en sachant à présent qu'elle aurait pu être sauvée.

— C'est ridicule, a dit ma mère. (Elle se tenait sur les marches de l'escalier, à mi-chemin entre le labo en sous-sol de papa et le rez-de-chaussée, ce dernier soir.) Tu ne peux pas faire l'autruche, Ben, pas cette fois.

Il était vingt-et-une heures et ça ne faisait qu'une heure qu'ils avaient cessé de se disputer. Après le repas, ils s'étaient retirés chacun dans leurs quartiers. Mais voilà que ça repartait de plus belle. Et de manière encore plus violente que d'habitude. Comme si ce qui bouillonnait sous la surface depuis des semaines entrait enfin en éruption.

Gideon et moi étions dans la cuisine, mais comme d'habitude, il ne leur prêtait aucune attention. Alors que moi, je me suis immobilisée en retenant mon souffle, un cookie au chocolat dans une main – maman en faisait systématiquement quand elle rentrait de voyage – et une bouteille de lait dans l'autre. J'avais très peur que cette fois-ci, les parents se séparent. Il y a eu un silence, puis une réponse de mon père que je n'ai pas entendue : il était trop loin.

— Avec toutes les précautions ? a répondu ma mère du haut des marches. Tu t'entends un peu, Ben ? Tu sais à quoi tu ressembles ? Tu n'as rien d'un scientifique, tu es un robot. (Un autre long silence.) Non, ce n'est pas si simple, ou du moins ça ne l'est plus. Et j'en ai rien à foutre si c'est ton étude et que tu es le seul en possession des infos. Ce que je pense compte encore.

Lorsque j'ai entendu ma mère gravir les dernières marches d'un pas furieux, je me suis servi du lait, histoire d'avoir l'air détaché. Une toute petite flaque s'est étalée au fond de ma tasse : la bouteille était quasiment vide.

— Oh zut alors, a commenté Gideon en surgissant à côté de moi près du plan de travail, un verre plein de lait dans une main, un cookie dans l'autre. Il faut aller acheter du lait.

— J'y vais, a dit maman en entrant dans la cuisine avec un sourire forcé.

Elle était furieuse contre mon père ; je le lisais dans ses yeux.

— C'est pas la peine, ai-je répondu. Je n'ai même pas envie de lait.

— Pas de problème, a répliqué maman en posant une main sur mon bras, le sourire toujours plaqué sur ses lèvres. J'ai besoin de prendre l'air. Et d'être un peu seule.

Une heure plus tard, elle était seule pour l'éternité.

— Wylie !

Je cours toujours mais quelqu'un m'appelle. Une voix me parvient non loin. En laissant mon esprit vagabonder, j'ai ralenti l'allure. J'ai laissé quelqu'un me rattraper.

J'essaie de courir plus vite, plus fort. Mais au moment où j'accélère, mon pied se prend dans quelque chose – une racine ? une branche ? Il s'arrête net alors que le reste de mon corps est emporté par mon élan. Un instant plus tard, une douleur intense m'irradie la paume des mains et j'ai le genou gauche en feu.

— Wylie ! Est-ce que ça va ?

Je prends mon genou à deux mains, pliée en deux par la souffrance. Merde. C'est tellement bête. Je suis immobilisée. Toujours en vie. Toujours éveillée. Toujours ici. Je ne rattraperai jamais les réponses après lesquelles je courais. Je ne rattraperai jamais ma mère.

— Ça va ?

C'est Quentin. Il s'accroupit près de moi.

— Oui, réponds-je en serrant les dents.

Heureusement, il n'y a pas de sang, juste des égratignures et plein de terre. Et mon humiliation. Comment est-il possible que mon père me mente autant ?

— J'avais besoin de prendre l'air.

— Et de courir, répond-il tranquillement. (Il n'a pas l'air d'être sur le point de me demander de m'expliquer.) Est-ce que tu es blessée ?

Mes mains me brûlent et mon genou me fait un mal de chien, mais toujours pas de trace de sang.

— Non, réponds-je, même si j'ai mal partout et que je me sens embarrassée.

— Je t'ai appelée, poursuit Quentin, toujours accroupi à mes côtés, l'air perplexe. Ces bois sont dangereux. On y envoie des gens faire une ronde toutes les deux heures… mais on n'est pas vraiment des experts en surveillance de périmètre. (Il regarde autour de lui.) Ces gens sont des pros.

— Ouais, je sais tout ça, crois-moi. Ce n'était pas la peine de me courir après.

Même si Quentin a l'air sympa, je ne lui ai rien demandé. Une partie de moi aurait eu envie que North Point mette fin à mes souffrances. Je n'ai qu'à moitié survécu à l'accident de ma mère, mais si c'est la faute de mon père, je ne vais pas survivre.

— Je suis désolé, dit Quentin en regardant une dernière fois autour de lui avant de se redresser. Pour ta mère. Pour tout ça. Rien n'est de ta faute et ça craint.

— *Ça craint.* C'est une façon de voir les choses, je rétorque sur un ton trop sarcastique.

Quentin n'est pour rien dans tout ça. Mais je n'ai pas l'énergie de faire comme si ses paroles me remontaient le moral.

— Ouais, je suppose que c'est un euphémisme. Écoute, mon père est mort quand j'avais dix ans et ça a tout tué autour de moi. Ou du moins, j'aurais préféré. Encore maintenant, j'ai l'impression que les couleurs du monde sont délavées.

Il me jette un coup d'œil avant de le reporter sur les feuilles. Je comprends très exactement ce qu'il entend par là : le monde ne tourne plus sur son axe. Pour toujours.

— Je suis pas en train de te dire que je sais ce que tu ressens, parce que je déteste quand les gens font ça. Mais je comprends peut-être mieux que la plupart.

Un claquement sonore résonne soudain au plus profond de la forêt.

— C'était quoi, ça ? je demande, le cœur battant sourdement.

Ça ressemblait à un coup de feu.

— Hum, je sais pas. Des chasseurs, peut-être ? répond Quentin, nerveux. Partons d'ici, au cas où. (Un autre claquement, plus fort cette fois.) Viens.

Quentin se penche pour m'aider à me relever. Je le suis à travers bois vers le chalet principal, m'attendant à entendre un autre « pan », mais seul me parvient le craquement des feuilles sous nos semelles.

— Ce n'était pas North Point, constate Quentin quand on finit par émerger du bois.

— Comment tu le sais ?

— Je doute qu'ils ratent leur cible, répond-il avec un petit sourire. Et je te remercie, parce que cette petite excursion m'a appris quelque chose d'important sur moi-même.

— Quoi ?

Il pivote pour me regarder.

— Le danger, c'est vraiment pas ma came.

— Qu'est-ce qui est arrivé à ton père ? je demande pendant qu'on traverse le terrain découvert entre les chalets.

Parce que je sais déjà que tous les orphelins ne se ressemblent pas – une maladie, une overdose, des années sans se voir avant ça. La souffrance peut être une bombe ou une lente brûlure. Ou, dans mon cas, un hiver nucléaire.

Il n'y a pas de douleur plus difficile à supporter qu'une autre. Non, en fait, je mens. Je suis polie. Je pense vraiment que ce qui m'est arrivé – de manière inattendue, sans avoir eu le temps de lui dire au revoir ni de me préparer – est pire. Et maintenant on dirait bien que je vais avoir le plaisir de voir ma mère mourir deux fois : d'abord dans un mensonge, et maintenant dans la vérité.

— Il était à l'épicerie à deux pas de chez nous, explique Quentin. Un mec est entré pour braquer la caisse et a commencé à frapper le vieil employé. Mon père s'est interposé et a pris une balle dans le cou. (Quentin secoue la tête en baissant les yeux.) Tu veux savoir le pire ?

— Oui, réponds-je sur un ton bien trop enthousiaste quand on sait qu'il y a encore pire.

— Il était allé acheter du jus d'orange *pour moi.*

La chair de poule me hérisse les bras.

— Qu'est-ce que tu viens de dire ?

Il lève les yeux.

— Il était allé m'acheter du jus d'orange ?

— Ma mère est morte en allant chercher une bouteille de lait pour moi.

— Non ? Sérieux ?

Il a l'air de ne pas me croire.

— Tu ne le savais pas ? je demande, soupçonneuse. Le docteur Simons ne t'a rien dit ?

— Non. (Maintenant j'ai l'impression que c'est lui qui pense que j'ai inventé cette histoire de bouteille de lait.) De toute façon, il n'est pas au courant pour le jus d'orange. C'est quelque chose dont je ne parle jamais.

On continue à marcher en silence en essayant de digérer cette coïncidence, moitié flippante moitié réconfortante.

— Je suis désolée pour ton père, dis-je quand on finit par atteindre le grand chalet. Même si ça ne t'aide en rien. Je suis bien placée pour le savoir.

— Ce serait le cas en temps normal. (Quentin me dévisage comme si c'était nouveau pour lui aussi.) Mais cette fois-ci, ça m'aide un peu.

21

Le chalet bourdonne d'activité et de gens quand on y pénètre, même s'il est plus de quatre heures du matin. En les regardant, je me sens soudain très fatiguée, comme si ma fuite avait brûlé la carapace de panique qui recouvrait mon épuisement.

Mais les gens qui sont là n'ont pas l'air d'avoir sommeil du tout, ce qui est une preuve supplémentaire que tout ceci est extrêmement grave. Des hommes et des femmes entre vingt et soixante ans forment de petits groupes – des binômes pour la plupart – qui discutent, le nez plongé dans des dossiers. Un mec grand et mince qui porte un sweat-shirt bordeaux de l'université de Harvard est assis près d'une jolie jeune femme dont les cheveux lisses coupés au carré sont coiffés d'un béret en fourrure mauve. Plus au fond, adossés contre le mur, j'aperçois deux femmes de l'âge de ma mère en pantalon de yoga et vestes polaires. À la table d'à-côté sont installés un homme et une femme aux cheveux grisonnants. Et Miriam gère la distribution de café dans un coin. En tout, je compte dix personnes, en incluant Quentin et Stuart. Je suis soulagée de voir que le docteur Simons n'est nulle part en vue. Je ne suis pas prête à lui parler, surtout s'il évoque ma mère.

— Ça fait longtemps que vous préparez tout ça ? je demande.

Si c'est le cas, mon père est encore plus doué pour mentir que ce que je pensais.

— Le docteur Simons m'a appelé il y a deux jours pour me demander si je pouvais m'absenter quelque temps. Pour les autres, je ne sais pas. (Quentin montre du doigt le gars au sweat-shirt bordeaux et la jeune femme au béret.) Je pense qu'Adam a grandi ici et que c'est lui qui connaît l'officier Kendall. Il prépare un doctorat en sciences cognitives à Harvard. Sa petite amie avec le chapeau violet s'appelle Fiona. Je suis presque certain qu'ils sont arrivés ici il y a une semaine.

— Et ces deux-là ?

Je désigne les deux femmes en polaire.

— Beatrice et Gladys viennent respectivement des universités Smith et Williams, dans le Massachusetts. Je me demande si Beatrice n'est pas une ex du docteur Simons. Quant à eux (Quentin reporte son attention sur le vieux couple assis), je crois, poursuit-il un peu hésitant comme s'il avait du mal à se souvenir, qu'ils s'appellent Robert et Hillary. Lui est prof de psycho à… (il s'interrompt de nouveau pour réfléchir) à l'université de Boston, il me semble, et elle je ne sais plus. Ça fait beaucoup à retenir.

— Ils font quoi, tous ?

Tout le monde a l'air hyper-concentré sur son travail : prise de notes, analyse de diagrammes, et j'en passe. Un ordinateur portable est ouvert devant Adam et Fiona, pareil pour Robert et Hillary.

— Ils mettent au point un protocole de recherche pour la prochaine phase des travaux de ton père, je suppose. Je sais en tout cas que c'est une partie de leur boulot. Si ton père peut comprendre pourquoi il existe des Anomalies et rendre ses découvertes publiques, alors des compagnies dans le genre de North Point n'auront plus aucune raison de le poursuivre.

— Donc, vous étiez tous d'accord pour venir jusqu'ici bosser avec des inconnus et mettre votre vie en danger ?

Le ton sur lequel je pose ma question n'est pas très sympa. Pour une raison qui m'échappe, tous ces gens me tapent sur les nerfs, d'un seul coup. Certainement parce que ce sont des complices. Sans leur aide, mon père aurait peut-être été obligé de dire la vérité.

— J'avais des doutes, ne va pas croire, répond Quentin, sur la défensive. Mais à la façon dont le docteur Simons m'a présenté les choses, ça avait l'air super important de protéger ton père et ses recherches. Surtout de ces connards qui font leur beurre en vendant des armes.

— Tu es là parce que tu es antimilitariste, alors ?

Maintenant, j'ai vraiment l'air d'une sale conne. Ce que je suis peut-être. Il n'y a jamais eu assez de place pour la moindre cause dans ma tête pleine de bruit.

Il croise les bras.

— Tu es militariste, toi ?

— Non, bien sûr que non, réponds-je en secouant la tête. (J'ai vraiment l'air d'une morveuse égoïste.) C'est juste que ça fait beaucoup de risques pour une simple idée.

Quentin hausse les épaules.

— Il faut bien qu'il y ait des choses qui comptent. Ou alors rien n'a d'importance.

Je réprime un frisson.

— Mon père dit ça tout le temps.

C'est vrai, non ? Ou alors tout commence à me donner une impression de déjà-vu.

— Vraiment ? demande Quentin en souriant. Je parie que si je me mets à parler comme lui, tu ne vas pas m'apprécier davantage.

Je hausse les épaules.

— Pas vraiment, mais…

— Tu vas bien ?

Je pivote en direction de la voix. C'est Cassie et pendant un instant, je me sens soulagée. Mais elle est de nouveau blanche comme un linge, comme un peu plus tôt dans le chalet. Une Anomalie. C'est possible, je suppose. Je n'aurais jamais cru que Cassie ait beaucoup d'empathie pour les gens, mais ça explique peut-être pourquoi elle va si mal depuis si longtemps.

— Je devrais aller prévenir le docteur Simons qu'on a entendu des coups de feu, dit Quentin. Vous voulez manger quelque chose ? On n'a rien de sophistiqué, des bretzels, des barres de céréales, ce genre de trucs.

— Avec plaisir, merci.

À ma grande surprise, je découvre que j'ai un peu faim.

— Super, répond Quentin, comme s'il était soulagé d'avoir quelque chose à faire. Je reviens tout de suite.

— Je me suis fait tellement de souci quand tu t'es enfuie, dit Cassie en m'attirant à elle dès que Quentin a disparu. Je suis désolée pour tout.

— Ne le sois pas. Tout ça, c'est la faute de mon père, dis-je quand elle relâche enfin son étreinte.

— C'est moi qui ai insisté pour passer ce test débile, rétorque Cassie comme si elle s'en voulait. (Je suppose que le docteur Simons lui a révélé qu'elle était une Anomalie, sans doute pendant que je courais dans les bois.) Rien de tout ça ne serait arrivé si je n'avais pas convaincu ton père.

— D'accord. Faire le test est bien de ta faute. (Je souris en lui pressant le bras.) Mais mon père aurait dû te donner les résultats. Il aurait dû expliquer… (Je fais un geste englobant la pièce au lieu de verbaliser l'évidence, à savoir que des tarés en ont après elle.)… tout ça.

— Ouais, répond Cassie. Jc suppose.

— Attends, où est Jasper ?

Je me rends soudain compte que je ne l'ai pas vu depuis un bail. Le menton de Cassie tremble et ses yeux se remplissent de larmes. Elle lui a avoué qu'elle l'a trompé. Et ça ne s'est pas bien passé. Évidemment.

— Qu'est-ce qui s'est passé ?

— Tu avais raison, parvient-elle à dire et elle a l'air dévasté. Je n'aurais jamais dû le lui dire. Il était tellement furieux. (Elle prend une profonde inspiration et lève les yeux vers le plafond.) Et puis il s'est barré.

— Comment ça, il s'est barré ?

Et le plus idiot dans l'histoire, c'est que je me sens abandonnée.

— Il est parti, explique-t-elle avec un geste en direction des bois.

— Sérieux ?

Est-ce que j'ai vraiment l'impression qu'il aurait dû me dire au revoir ou quelque chose ?

— Oui.

Et elle me regarde comme si elle pensait : « C'était *mon* petit ami, c'est à moi d'être bouleversée », et elle a raison.

Je tourne les yeux vers les fenêtres. La nuit est encore noire.

— À pied ? Il est parti comme ça, paf ?

— Je suppose, rétorque sèchement Cassie en croisant les bras. (Elle est à la fois sur la défensive, en colère et contrariée.) Il n'avait pas vraiment envie de me donner des explications.

Il y a peu, Quentin ne voulait même pas qu'on traverse la pelouse entre les chalets sans prendre de « précautions » et voilà que Jasper s'est barré dans la forêt où on a entendu ce qui ressemblait fort à des coups de feu ?

— Mais c'est dangereux, dis-je même si je vois bien que Cassie est déjà à fleur de peau.

— Est-ce que Jasper pourrait ne pas devenir une énième obsession, Wylie ? demande-t-elle sur un ton tranchant. Laisse tomber. Il est parti, et ça n'a rien à voir avec toi.

— D'accord.

Je rougis. Elle a raison, je suis obsessionnelle. Et Jasper est son petit ami, pas le mien.

— C'était sympa de sa part de te courir après, remarque-t-elle sur un ton détaché en faisant un geste du menton en direction de Quentin.

Il est en train d'aider Miriam à plier des serviettes à présent, tout en hochant la tête avec bienveillance quand elle lui donne des ordres. Il s'est éloigné pour me permettre de bavarder avec Cassie, je suppose.

— Oui. Tu sais que son père a été assassiné, lui aussi ?

— Ah bon ?

Elle a l'air agacée. Est-elle jalouse ? C'est un peu bizarre. Mais avec tout ce qui vient de lui arriver – elle a été enlevée, on lui a appris qu'elle avait un pouvoir spécial, des dingues l'ont pourchassée pour ça, et pour finir Jasper l'a larguée – elle a certainement le droit de ressentir tout ce qu'elle veut.

Je voudrais vraiment lui remonter le moral, mais je ne sais pas comment m'y prendre.

— Jasper reviendra, j'affirme, même si je n'en suis pas certaine à cent pour cent. Il est très amoureux de toi.

Mais l'amour que lui porte Jasper a un revers. La perfection ne plie pas. Elle rompt.

Elle hoche la tête comme si elle n'en croyait pas un mot.

— Ouais. Peut-être.

— Hé, faut voir le bon côté des choses. Tu avais raison à ton propos. Tu es médium.

J'emploie ce mot même si je sais que mon père le déteste. *Exprès.*

Cassie acquiesce avec un sourire forcé.

— Yep. C'est tout moi. Je suis voyante. Dommage que je n'ai pas prédit ça.

— Donc, tu ne... je sais pas moi... tu ne ressens rien de particulier ?

— Rien du tout. (Elle hausse les épaules tout en suivant Quentin des yeux.) Mais bon, qui sait ? Je suis complètement larguée en ce moment.

— Tout va bien ? demande Quentin quand il parvient à notre hauteur.

Il me tend un petit sachet qui contient un mélange de noix et de fruits secs que j'ouvre immédiatement. Une fois que j'en ai avalé une bouchée, je me rends compte que je suis affamée.

— Oui, tout va bien, répond froidement Cassie sans le regarder dans les yeux. Merci.

— Oui, enfin, sauf que Jasper est parti.

Cassie me lance un regard noir. Ça va sans dire que je ne suis pas censée envoyer quelqu'un à ses trousses. Mais je suis suffisamment inquiète pour Jasper pour oser dire quelque chose même si Cassie m'en veut.

— Est-ce que quelqu'un peut partir à sa recherche ? Vérifier qu'il va bien ?

— Il ne veut pas de ça, Wylie, réplique Cassie, dont la colère semble monter. Il voulait mettre les voiles, point.

— Peut-être que quelqu'un pourrait le conduire en ville, au moins ? C'est dangereux dans les bois, n'est-ce pas ?

Je cherche du soutien du côté de Quentin.

— On peut partir à sa recherche, explique-t-il. Mais on ne peut le conduire nulle part. On n'a pas de voiture.

— Comment ça ?

Ça me paraît impensable.

— Adresse-toi au docteur Simons, dit-il avec un geste de la main en direction de la porte du fond. C'est une mesure de sécurité, en lien avec la surveillance aérienne. Mais ne t'inquiète pas, on peut quand même retrouver Jasper. Stuart n'a pas beaucoup de talents, mais il peut suivre n'importe quoi à la trace, animaux et humains. Je reviens le plus vite possible.

Il s'éloigne vers la porte et je reporte mon attention sur Cassie. Je m'attends à ce qu'elle continue à le dévisager, furieuse, mais elle a le regard dans le vague, dans la direction de la porte.

— Je sais que Jasper et toi vous êtes disputés, mais je me fais du souci pour…

— Pas grave. T'inquiète, répond-elle une fois que Quentin a disparu. Je comprends. (Elle pose enfin les yeux sur moi et hoche la tête comme si elle était d'accord avec moi à présent.) Tout va bien, promis.

Mon portable vibre dans ma poche. C'est certainement mon père. *Va bien, s'il te plaît, va bien.* C'est la première pensée qui me traverse l'esprit. La deuxième ? *Espèce de connard.* C'est bien le numéro de mon père qui s'affiche sur l'écran.

Je suis suivi. J'ai changé d'itinéraire. J'arrive dès que je peux. Dis au docteur Simons que ce sera peut-être trop tard. Ils sont déjà en route.

— Ton père ? demande Cassie en lisant par-dessus mon épaule.

J'acquiesce en tapant ma réponse :

Tu vas bien ?

Et on attend. On attend. En vain.

— Il vient quand même, n'est-ce pas ? (Cassie se rapproche davantage de moi, comme si elle s'apprêtait à me prendre le téléphone des mains.) Tu dois le lui dire. Il *faut* qu'il vienne.

— Je suis sûre qu'il sait…

— Tout va bien ? intervient le docteur Simons.

Je brandis mon téléphone.

— Mon père me dit de vous dire qu'ils sont déjà en route, réponds-je sèchement. (Je n'y peux rien, c'est comme ça.) Je pense que ce n'est pas une bonne nouvelle.

Le docteur Simons inspire profondément et exhale lentement.

— Ce n'est pas l'idéal, non, répond-il sans se départir de son calme. Mais on savait que c'était une possibilité. Nous avons donc un plan. J'espérais qu'on n'aurait pas besoin de le mettre en action, mais nous y sommes bien préparés.

Cassie se laisse soudain tomber sur l'un des bancs, épaules voûtées, tête baissée. Je me précipite vers elle.

— Cassie ? Qu'est-ce qu'il y a ?

Elle s'agrippe à moi sans un mot, m'attire sur le banc à côté de moi et enfouit son visage dans mon cou.

— Tout va bien se passer, dis-je en lui caressant les cheveux parce que je ne sais pas quoi faire d'autre. Tous ces gens sont là pour nous aider. Et mon père ne va plus tarder. On va s'en sortir. Tu vas t'en sortir.

— J'ai peur, murmure-t-elle. Vraiment très très peur.

Le contraire serait incompréhensible. Qui sait ce que North Point lui fera s'ils mettent la main sur elle ? Et à nous ?

— Assure-toi que ton père rapplique *maintenant*, d'accord ? Jure-le moi, dit-elle avant de me relâcher.

— Je te le promets, réponds-je même si papa vient juste de me dire qu'en réalité il n'est pas près d'arriver.

Cassie se redresse tout en séchant ses larmes d'un revers de main. Puis elle contemple le sol, pensive, avant de hocher la tête pour elle-même. J'ai peur de lui demander quelle décision elle a prise.

— Je reviens tout de suite, explique-t-elle en faisant un geste en direction de son visage marbré de larmes. Je vais me rafraîchir.

— Ça va aller pour elle ? demande le docteur Simons une fois que Cassie s'est éloignée.

— Je l'espère. Elle n'allait déjà pas super bien avant toute cette histoire. Vous auriez dû attendre que je sois là pour lui révéler qu'elle était une Anomalie.

— Oui, tu as raison, tout à fait, répond-il trop vite, comme s'il n'en pensait pas un mot. Je voulais éclaircir la situation. Il y a encore tant de choses à comprendre, tant de facteurs et de factions à prendre en compte.

— Des factions ? Comment ça ?

À l'entendre, on dirait qu'une guerre se déroule. Même si je ne suis pas vraiment étonnée qu'il y ait encore des choses qu'on m'a cachées.

— Je pensais qu'il n'y avait qu'une compagnie paramilitaire, poursuis-je.

— North Point est notre inquiétude immédiate, oui. Mais il y a d'autres éléments en jeu.

— Quels « éléments » ?

Ma voix est devenue plus aiguë. Je n'y peux rien.

— Wylie, tu dois impérativement garder ton calme, ordonne-t-il comme si je venais de craquer.

Est-ce le cas ? Je regarde autour de moi et j'ai l'impression que tout le monde s'est arrêté de travailler – Adam,

Fiona, Beatrice, Gladys – pour m'observer. Est-ce que j'ai hurlé sans m'en rendre compte ?

— Comme je te l'ai déjà dit, continue le docteur Simons, le gouvernement s'intéresse aussi aux travaux de recherche de ton père.

— Le gouvernement ? (Je réprime un rire. Est-ce que le docteur Simons a vraiment mentionné ça un peu plus tôt ? Je n'en ai pas l'impression, mais bon, qui sait ?)

Mais, pire, l'évocation du gouvernement fait resurgir un souvenir.

Un mois après l'enterrement, je n'étais toujours pas en état d'ouvrir quand on sonnait à la porte. Je ne l'aurais pas fait cette fois-là non plus, sauf que l'homme qui se tenait sur le perron m'a vue regarder par la fenêtre. Il a exhibé un insigne : *Homeland Security*, le département de la Sécurité nationale. Il était très imposant : son torse, semblable à une grosse caisse, tendait les coutures de son costume gris bon marché et ses lunettes banales à monture dorée ne lui allaient pas.

— Tu peux vérifier mes références, a-t-il aboyé en voyant que je n'ouvrais toujours pas la porte.

Il a alors fait glisser son badge dans la fente de la boîte aux lettres et ce dernier est tombé au sol avec un bruit sourd. Je m'en suis emparée pour l'examiner. Il avait l'air vrai – un peu usé et avec une photo pas très récente. Et puis *Homeland Security*, c'est un ministère spécifique et pas très connu. Qui se ferait faire ce genre de badge pour arnaquer les gens ? Une plaque de flic aurait été plus simple.

— Je souhaiterais parler au docteur Benjamin Lang, a-t-il dit quand j'ai fini par ouvrir la porte.

Il s'exprimait comme un sergent instructeur.

— Il n'est pas là.

J'ai aussitôt regretté ma réponse. J'aurais dû mentir et prétendre que mon père était sous la douche ou un truc du genre.

— Quand doit-il être de nouveau présent ?

« Être de nouveau présent » ? Cette formulation était étrange, trop alambiquée dans la bouche d'un agent fédéral.

— Je, euh… *Dis-lui que ça va être long, pour qu'il ne l'attende pas ici.* Pas avant un bail, j'en ai peur. *Mais ne lui fais pas croire que tu es seule et vulnérable.* Mais mon frère sera là d'une minute à l'autre.

Il a eu l'air perplexe – pourquoi se soucierait-il de mon frère ? – puis a hoché sèchement la tête comme un salut militaire avant de me tendre une carte de visite : Dr Frederick Mitchell, Institut national de la santé. Mais sur son insigne, il y avait marqué *Homeland Security*. Il ne ressemblait pas à un médecin. Mais pas à un officier non plus. Plutôt à un géant qui essaierait de se faire passer pour un homme normal.

— J'attendrai dans ma voiture.

J'ai jeté un coup d'œil derrière le rideau quelques minutes plus tard, et le docteur Frederick Mitchell était bien assis dans sa voiture – il ne lisait pas, ne regardait pas son smartphone. Il était juste assis là, les yeux fixés droit devant lui comme un robot.

J'ai envoyé un texto à mon père.

Un docteur flippant de la sécurité nationale ou de l'institut national de la santé est là. Il est chelou.

Ah oui. J'avais oublié notre rendez-vous. Désolé. J'arrive.

Et mon père a fait rentrer ce mec bizarre et l'a conduit au sous-sol, comme si tout était normal. Je me suis postée en haut des marches pour essayer d'espionner leur conversation, mais ses échos étaient étouffés par l'escalier. Je savais déjà que mon père ne m'expliquerait rien. Depuis l'accident, il ne me racontait plus rien qui pouvait potentiellement m'angoisser, ce qui évidemment ne faisait que m'angoisser davantage.

— Qu'est-ce qu'il voulait ? ai-je quand même demandé quand le mec au buste en forme de tonneau a franchi la porte.

— Visite de routine pour l'attribution des fonds de recherche, a répondu papa avec un haussement d'épaules déçu, comme si l'entretien avait été moins fructueux qu'escompté. C'est la bureaucratie qui fait tourner le monde.

J'envisage un instant de raconter cette anecdote au docteur Simons, mais en réalité je n'en ai pas envie. Je ne veux pas multiplier les menaces et étendre le cercle du danger.

— Wylie, je suis vraiment navré que tu aies appris la vérité sur ta mère de cette manière, poursuit le docteur Simons. J'avais eu la fausse impression que ton père t'avait déjà tout expliqué. Mais même si je ne l'ai pas fait exprès, j'ai commis une erreur impardonnable. J'espère que tu accepteras mes excuses les plus sincères.

Je hausse les épaules.

— Y a pas de mal, réponds-je alors que je pense tout l'inverse.

J'ai très mal au contraire. Mais bon, au moins, tout le monde a repris ses occupations dans le chalet. Je suis contente de ne plus être le centre de l'attention.

— Il faut que tu saches aussi que ton père n'a commencé que très récemment à penser que la mort de ta mère n'était peut-être pas accidentelle. Ce n'est pas comme s'il te l'avait caché.

— Caché pendant longtemps, vous voulez dire, je réplique en détournant le regard.

Ai-je envie de presser le docteur Simons de questions sur ce qui lui est vraiment arrivé ? Je n'ai pas le temps de prendre une décision à ce sujet que la porte du chalet s'ouvre. Quentin est déjà de retour ? Est-ce qu'ils ont vraiment cherché Jasper ? Il se dirige rapidement vers nous. Il porte quelque chose sur le bras. Je me sens mal quand je comprends que c'est le manteau de mon père.

— Jasper portait cette parka, dis-je quand il parvient à notre hauteur.

Quentin fronce les sourcils et lève un peu le manteau pour l'examiner. Il est plein de terre et constellé de feuilles mortes. Mais le pire, c'est qu'une des manches est entièrement déchirée. Je me lève d'un bond.

— Où tu as trouvé ça ?

— Stuart l'a ramassé dans les bois, pas très loin du sentier. (Il pose les yeux sur moi.) Il ne fait plus si froid dehors. Jasper a peut-être décidé qu'il n'en avait pas besoin.

Mais ce n'est pas vrai, et puis de toute façon, ça n'explique pas l'état de la manche. Je vois bien que Quentin n'y croit pas non plus.

Je me rappelle la façon dont Doug a épinglé Jasper contre le mur et mon rythme cardiaque s'accélère.

— On doit le retrouver. Si ces gens sur qui on est tombés à la station-service lui mettent la main dessus, ils le tueront.

Je regarde alternativement le docteur Simons et Quentin. Ils me dévisagent comme si j'exagérais. Mais ils n'ont pas vu l'expression de Doug après que je l'ai poignardé.

— Je suis sérieuse, poursuis-je. Ils le tueront.

— Wylie, calme-toi, ordonne le docteur Simons comme si j'avais perdu les pédales. Jasper a dit à Cassie qu'il partait. Le fait qu'il ne soit plus là n'est donc pas une preuve qu'il lui est arrivé quelque chose. Et grâce à Niveau99 et au travail acharné de tout le monde, nous savons des choses qui m'incitent à ne pas paniquer. En premier lieu, si on en croit leur propre protocole, North Point ne s'attaque jamais à ses cibles en plein jour, or l'aube pointe. (Mais le docteur Simons sait aussi bien que moi que le soleil est encore loin de se lever.) Deuxièmement, pourquoi North Point nous alerterait de sa présence en enlevant Jasper pour ensuite ne pas s'attaquer directement à nous ?

— Je sais pas, pour nous effrayer, peut-être ? Le SMS de papa disait qu'ils étaient en route. On sait qu'ils arrivent ! je m'exclame, ce qui me fait définitivement passer pour une folle, mais je m'en fous. Et Cassie ? C'est elle qu'ils veulent. On ne va pas rester assis à attendre qu'ils viennent s'emparer d'elle, non ? On devrait partir. Tous. Maintenant.

— On peut demander à Stuart de garder un œil sur elle, propose le docteur Simons avant de se rendre compte de ce que sa suggestion sous-entend. De loin, bien sûr. Mais on ne peut pas prendre le risque de nous exposer en quittant le camp. Les véhicules sont garés à plus d'un kilomètre d'ici.

Qui a eu cette idée débile ? ai-je envie de demander, mais je me retiens.

— On prend un risque en restant ici, dis-je en essayant de prendre le ton le plus mesuré possible.

Je me fiche des diplômes du docteur Simons et de ce qu'il sait sur North Point. J'ai plongé les yeux dans ceux de Doug. Attendre quelque part qu'il se pointe pour terminer ce qu'il a commencé est la pire idée du monde.

— Wylie a peut-être raison, intervient Quentin. Je ne suis pas un expert, mais il est plus difficile de tirer sur une cible en mouvement.

— Ou alors, si vous voulez tous rester ici, Cassie et moi on peut partir toutes les deux. Je me débrouille bien dans les bois. Si on est que toutes les deux, on peut facilement leur échapper, même en plein jour.

J'ai l'air tellement sûre de moi que je parviens presque à me convaincre moi-même.

— Comme je l'ai déjà dit, on a un plan pour que tout le monde soit en sécurité ici. Je ne peux pas te laisser partir, Wylie. Pas sans la permission de ton père. (Le docteur Simons a l'air embarrassé, mais résolu.) En son absence, je suis ton tuteur.

Je soutiens son regard pendant un instant. Il ne me menacera pas une deuxième fois, pas si je ne l'y contrains pas. Je ne suis même pas certaine que ce qu'il vient de dire soit vrai. Mais je ne suis pas sûre que ça ait de l'importance. Pas quand il pourrait dire aussi : *Essaie de fuir et on t'arrêtera de force.*

— Demandons à mon père, alors.

Il y a une chance pour qu'il me laisse partir. Il me doit bien ça.

Je lui envoie un texto.

Cassie et moi devons partir. T'as dit que t'arrivais. Elle est pas en sécurité ici. On peut fuir à pied. Tout se passera bien.

Non, répond-il immédiatement.

Il est encore stationné ? Il a dit un peu plus tôt qu'il avait été obligé de s'arrêter, mais je suis soudain angoissée à l'idée qu'il textote en conduisant. J'ai beau être furieuse après lui, je ne veux pas qu'il ait un accident à cause de moi.

Tu es en sécurité ici. Tu mettras la vie de Cassie en danger si tu quittes le camp Colestah. On a un plan. Écoute-moi cette fois ci je t'en supplie. Obéis au dr Simons.

Je contemple la réponse de mon père pendant un long moment. J'ai désespérément envie de lui dire d'aller se faire foutre. Mais la dernière fois que j'ai ignoré ses mises en garde, Doug a essayé de tuer Jasper.

— Wylie ? demande gentiment le docteur Simons quand mon silence s'éternise. Qu'est-ce qu'il a dit ?

Il connaît déjà la réponse.

— Qu'on est plus en sécurité ici.

Je fais de mon mieux pour avoir l'air convaincue. Quentin pose la parka de papa sur la table puis s'approche de moi, comme pour me faire comprendre qu'il est toujours de mon côté. Le docteur Simons se rembrunit, mais il fait de son mieux pour masquer son agacement.

— Si tu veux toujours partir, je viens avec toi, affirme Quentin, et je lui en suis très reconnaissante.

— Et si on appelait la police ? je suggère.

Je ne comprends pas pourquoi je n'y ai pas pensé plus tôt. Je me fiche même d'être internée.

Mais le docteur Simons secoue de nouveau la tête.

— Comme tu l'as vu de tes yeux, l'officier Kendall est le seul en qui on puisse avoir confiance. Si on alerte les autres, on sera expulsés du camp. Techniquement on est dans une propriété privée. Et ça nous exposerait encore davantage.

— Et si on prévenait le FBI ?

— Ah, les fédéraux, répond-il comme à regret. Ils ne sont pas désintéressés non plus. (Donc malgré ce que mon père avait prétendu à l'époque, la visite du mec de l'Institut national de la santé n'était pas une simple visite de routine.) Bien évidemment, le gouvernement dans son ensemble n'est pas impliqué, mais nous ne savons pas quelles agences le sont. Donner notre position à quiconque est trop risqué. Sans parler des ressources illimitées de North Point. Pourquoi crois-tu que personne n'est venu enquêter au restaurant après que tu as poignardé cet homme ? Une compagnie comme North Point peut acheter sa version de la vérité sans aucun problème.

Mon cœur bat plus vite et le rouge me monte aux joues.

— Vous savez que j'ai agressé quelqu'un ?

Mais je ne sais pas pourquoi je suis surprise. Si mon père le sait, alors le docteur Simons aussi. Mais je me sens quand même mise à nu. Et honteuse. Je jette un coup d'œil autour de moi pour voir si les autres me regardent. Je ne croise que le regard de Miriam qui me sourit chaleureusement, comme à son habitude.

— Bien sûr que nous le savons, Wylie. Il n'y a pas de secrets dans ce monde.

22

Il est un petit peu plus de huit heures du matin quand on finit par sortir. Je me tiens sur la véranda du chalet principal. Le soleil s'est levé, mais le ciel est gris, encombré de nuages bas. Il fait humide et beaucoup plus chaud. Il s'est finalement avéré qu'il y avait bien un plan d'action d'urgence déjà en place et que le « Ils arrivent » de mon père a suffi à enclencher la machine, ce que la veste de Jasper n'avait pas réussi à faire.

Tout le monde se disperse sans avoir besoin de recevoir d'ordres. J'envisage de poser quelques questions, mais pour l'instant je n'ai parlé à personne, me contentant de les saluer. Je juge finalement préférable de m'en tenir là et d'attirer le moins possible l'attention. Surtout maintenant, alors que je ronge mon frein en attendant de me barrer.

Parce que j'ai décidé que ces gens peuvent faire ce qu'ils veulent, mais Cassie et moi, on met les voiles.

Adam et Fiona transportent des pelles le long du chemin. De l'autre côté, Gladys, Beatrice, Robert et Hillary vont et viennent dans les bois derrière les chalets pour ramasser des branches qu'ils entassent au milieu de la pelouse. Ils sont tous les quatre calmes, déterminés, prêts et résignés. Confiants. Ils n'ont l'air ni paniqués ni effrayés, pas comme s'ils cherchaient une façon de s'enfuir. Ils savaient quels étaient les risques en venant jusqu'ici pour aider mon père et ils sont prêts à en payer le prix, quel qu'il soit.

— Pourquoi ces branchages ? je demande au docteur Simons quand ce dernier me rejoint sur le porche.

— Rien de bien sophistiqué, hélas. Des feux contrôlés qui nous permettront de fuir par l'arrière, *si* quelqu'un finit par nous localiser, ce qui – soyons clair – n'est pas encore certain.

L'expression du docteur Simons change lorsqu'il regarde dans la direction du chalet où Jasper et moi avons été enfermés au début de la nuit. Je pivote à mon tour : Cassie traverse la pelouse dans notre direction. Elle s'est changée. Elle porte un jean à présent, un pull et un long manteau en laine. Rien de tout de ça n'est vraiment assorti mais sur elle, ça fait *casual chic.* Enfin, sauf l'étrange bonnet en laine orange fluo qu'elle a sur le crâne. Il ressemble à un bonnet de chasseur et paraît bizarrement déplacé sur elle. Ce truc ne lui appartient certainement pas.

— Je croyais que Cassie dormait, dis-je.

Le docteur Simons m'avait convaincue de ne pas la rejoindre une fois que tout le monde était retourné à son poste.

— Eh bien, c'est ce que Stuart m'avait dit.

Il a l'air perplexe lui aussi.

Lorsque Cassie s'approche, je remarque qu'elle fait une drôle de tête et qu'elle a une cigarette à la main. Pour une fois, je ne la juge pas. Si quelqu'un m'avait annoncé que je suis une Anomalie, je me serais sans doute mise à fumer moi aussi. Mais elle la laisse tomber de manière bizarre, comme si elle ne s'était pas rendu compte qu'elle la tenait. Et, derrière elle, j'aperçois Stuart. Il est devant le chalet. Il prend une longue bouffée de sa propre cigarette et exhale au-dessus de sa tête. Il est loin de nous, certes, mais j'ai l'impression qu'il est sorti pour nous faire comprendre qu'ils ont parlé tous les deux.

Que Cassie soit bouleversée et paumée est compréhensible. Mais qu'elle le soit au point de faire la causette avec Stuart pour obtenir une cigarette ? C'est encore pire que ce que je croyais.

— Tu vas bien ? je demande quand elle parvient à ma hauteur. (J'aurais aimé que mon ton soit moins accusateur.) T'étais où ?

— Je suis allée me balader, répond-elle en croisant les bras et en évitant soigneusement mon regard.

Un peu plus tôt, elle semblait contrariée d'être une Anomalie et par tout ce qui s'était passé avec Jasper, mais à présent, elle a l'air nerveuse et en colère en plus.

— Tu dois être plus prudente, Cassie, lui intime le docteur Simons et je lui suis reconnaissante de le dire à ma place. Tu n'es pas en sécurité toute seule dehors.

Cassie lui lance un regard noir et pendant un bref instant, je pense qu'elle va lui dire d'aller se faire voir. J'aimerais bien qu'elle le fasse. Mais elle se contente de se mordre la lèvre et de détourner le regard.

— Wylie, aide Cassie à transporter ces branchages le long du sentier, tu veux ? Vous allez trouver Fiona dans les bois. On va utiliser ces branches comme combustible. Il n'y a pas assez de petit bois par ici. Il faut aller en chercher derrière les chalets. Ça nous rendrait service si vous pouviez nous donner un coup de main toutes les deux. Et puis, je pense que c'est pas mal que tout le monde soit occupé.

Il me fait un signe du menton. Son regard signifie clairement : *prends soin d'elle.* Puis il me tapote paternellement l'épaule avant de rentrer dans le chalet. *T'inquiète,* je pense. *Je vais m'occuper d'elle en l'emmenant le plus loin possible de vous.*

— Génial, marmonne Cassie en se dirigeant vers le tas de branches qui se dresse au milieu de la pelouse sans même me regarder.

— Tout va s'arranger, promets-je dès que je suis parvenue à sa hauteur.

Est-ce que j'ai l'air convaincue ? Je l'espère. Je jette un coup d'œil par-dessus mon épaule pour vérifier que le docteur Simons n'est nulle part en vue, puis je me penche vers elle en murmurant :

— Il faut qu'on se barre, Cassie. Par les bois. C'est dangereux d'attendre.

J'ai envie d'ajouter : *c'est dangereux pour toi,* mais je ne veux pas l'inquiéter.

— Ramasse des branches, Wylie, dit Cassie. T'as entendu ce qu'il a dit. Il faut qu'on s'occupe.

— Est-ce que tu as entendu ce que je viens de te dire, *moi* ? (Elle est contrariée, ce que je comprends. Mais il va falloir qu'elle se ressaisisse et se concentre.) On doit se barrer d'ici. Si on est très prudentes, je suis certaine qu'on peut fuir sans qu'ils parviennent à nous arrêter.

Elle s'immobilise et pivote pour me faire face. Je lis dans ses yeux un mélange malsain de peur, de fureur et de tristesse.

— Non, répond-elle sans desserrer les dents.

Puis elle tourne les talons, branches en main et s'éloigne.

— Cassie !

Je me sens plus blessée qu'irritée. Je reste plantée là à la regarder partir. Est-ce qu'elle ne me fait pas suffisamment confiance pour nous guider ?

Je finis par ramasser une brassée de bois. Lorsque je les tiens tout contre moi, ça me rappelle tout cet équipement de camping inutile que j'ai pris dans mon garage. Du coup, je pense à Jasper. Si seulement Cassie ne lui avait rien dit. Parce qu'il aurait été capable de la convaincre, lui, j'en suis certaine.

Quand j'emprunte le sentier, je sens que quelqu'un m'observe. Je me retourne, prête à affronter le regard du docteur Simons, ou, pire encore les yeux de fouine de Stuart. Mais c'est Quentin, sur la véranda, un outil en main, qui me suit des yeux. Mon ventre se noue lorsque nos regards se croisent et il lève une main en signe de salut – et une voix sonore me parvient soudain de l'autre côté de la cour.

— Je sais bien ! crie Stuart à l'intention du docteur Simons, qui secoue la tête en contemplant ses pieds. Vous croyez que je suis aussi con que ça ?

Est-ce que le docteur Simons le réprimande pour avoir donné une cigarette à Cassie ? On dirait que c'est plus grave que ça. Et j'ai définitivement l'impression que Cassie me cache quelque chose. Et il n'est pas impossible que les deux soient liés.

Je reporte mon attention sur Quentin. Il ne m'a pas quittée des yeux. Je m'éloigne, mal à l'aise, sans savoir si c'est parce qu'il y a quelque chose entre nous ou parce que c'est mon état normal. Je ne suis même pas certaine d'être capable de faire la différence.

Lorsque j'ai parcouru la moitié du chemin, j'ai perdu Cassie de vue. Je scrute les bois à plusieurs reprises avant d'apercevoir une tache orange sur ma droite. C'est le bonnet zarbi de Cassie.

— Ah, te voilà.

Miriam surgit à mes côtés. Elle a l'air surprise de me voir, tout en donnant l'air de m'avoir cherchée. Bizarre. D'où elle sort, d'ailleurs ? Un instant plus tôt, elle était en train d'organiser la nourriture au sommet de la colline. Non ?

— Vous me cherchiez ?

Elle m'adresse un sourire et ses yeux brillent d'un éclat mi-gentil mi-fou.

— Oh non, ma chère, répond-elle en posant une main parcheminée sur mon coude, qu'elle presse un peu. Mais est-ce que tu te sens bien ?

— Euh oui, pourquoi ?

Est-ce que Miriam sait quelque chose que j'ignore ? Est-ce qu'elle voit directement mes entrailles et leur lente déliquescence ? Après tout, elle a été infirmière.

— Tu as l'air fatiguée, ma chère, explique-t-elle en souriant. Et tu es importante. On a besoin que tu gardes tes forces.

— Importante ? Pourquoi ?

Parce que tu dois t'occuper de Cassie, je songe.

— Tout va changer sous peu, et on va avoir besoin d'aide pour la transition.

Elle parle des Anomalies. Du moins, c'est ce que je crois. Je devrais me contenter d'acquiescer en souriant et la laisser avec son cerveau peut-être un peu dérangé et toute cette joie qui rayonne d'elle. Mais je n'aime pas vraiment la façon qu'elle a de parler de tout ça comme si c'était la Résurrection. Parce que je suis certaine que pour qu'il y ait Résurrection, il faut que tout le monde meure d'abord.

— La transition ? je ne peux m'empêcher de répéter.

— Oh, oui, répond Miriam comme si elle était surprise que personne ne m'ait prévenue. Une fois que Cassie aura partagé son don avec nous afin que nous puissions le transmettre aux autres. Ce sera une résurrection. Et tout ça grâce à ton père.

Qui sait ? Cassie est peut-être le Messie et mon père un roi. Voilà qui ferait de moi une princesse, je suppose. Dommage que je n'aie jamais eu envie d'en être une. Et ça ne change rien au fait qu'il faut vraiment qu'on fiche le camp d'ici.

— Oui, tout à fait, réponds-je parce que je sens bien que c'est ce qu'elle attend.

Sur ces mots, Miriam me sourit de nouveau puis s'éloigne. Quand je baisse les yeux, je m'aperçois que le fagot tremble dans mes bras. Cette conversation ne m'a en rien remonté le moral. Elle m'a persuadée au contraire qu'il fallait vraiment qu'on se barre tout de suite. Je dois juste réussir à convaincre Cassie.

Je suis le petit point orange du bonnet de Cassie à travers bois jusqu'à ce que je finisse par les rejoindre, Fiona et elle. Un jerrycan d'essence rouge est posé sur le sol entre elles et Cassie se frotte les jambes et le manteau. Ils ont l'air humide et ça sent l'essence de loin.

— Je suis désolée, dit Fiona, et je soupçonne que ce n'est pas la première fois.

Elle agrippe son béret des deux mains, comme si sa tête était une cocotte-minute sur le point d'exploser.

De près, elle est beaucoup plus jolie que ce que je croyais, avec des yeux noisette lumineux et des taches de rousseur sur le nez. C'est la première fois que je m'approche de quelqu'un du groupe en dehors de Miriam et de Quentin. Tous les binômes sont restés entre eux, comme des îles dans un archipel.

Fiona avance et ôte son béret comme si elle s'apprêtait à s'en servir pour éponger le manteau et le jean de Cassie.

— Je ne sais pas comment j'ai fait ça, Cassie. Je suis complètement débile.

— C'est pas grave, t'en fais pas, répond Cassie avec un geste décontracté de la main, mais j'ai l'impression qu'elle va se mettre à pleurer.

— Qu'est-ce qui s'est passé ? je demande, mes branchages toujours en main.

— J'ai trébuché sur ce caillou et j'ai lâché le jerrycan, explique Fiona. C'est tellement bête.

— Je vais aller… me sécher, dit Cassie.

— Tu peux m'emprunter des fringues, propose Fiona. J'ai une veste en trop. Ils sont dans le sac de voyage rouge dans mon chalet.

— Merci, dit Cassie en se dirigeant vers le sentier.

— Je t'accompagne. (Je dépose mes branches avec un sourire.) Ne t'inquiète pas, c'était un accident, dis-je à Fiona.

— Mais elle avait l'air déjà tellement bouleversée, répond Fiona, blessée. Elle doit être accablée. Excitée, mais accablée.

— Je pense qu'elle est plus accablée qu'excitée.

Fiona acquiesce puis un sourire éclaire ses traits. C'est un sourire magnifique et serein. Un peu trop serein, étant donné les circonstances.

— Mais une fois qu'on sera partis d'ici et qu'on en aura terminé avec tout ça, elle comprendra à quel point c'est incroyable. Ça va être un nouveau départ pour tout le monde.

— Cassie, attends !

Je l'appelle dès que j'atteins le sentier, mais elle ne se retourne pas. Elle ne ralentit même pas. J'ai même l'impression qu'elle accélère le pas.

— Cassie, allez, attends !

Elle finit par s'arrêter. Elle me tourne le dos, les épaules voûtées dans la brume grisâtre du matin. Je trottine pour la rattraper et quand je parviens à sa hauteur, je pose la main sur son bras afin qu'elle ne puisse plus m'échapper.

— On doit partir tout de suite, Cassie, je murmure à son profil, puisqu'elle ne me regarde toujours pas. Je pense que ces gens de North Point ont déjà mis la main sur Jasper. Quentin a trouvé sa parka dans les bois. (J'ai peur que cette information ajoute de la culpabilité au tourbillon de sentiments qui la ronge – après tout, c'est à cause d'elle que Jasper est parti. Mais je crains encore davantage ce qui se produira si Cassie ne se réveille pas et ne comprend pas qu'elle est en danger.) Tu es la suivante sur leur liste.

Elle tourne le visage dans ma direction ; elle n'a pas l'air sous le choc de ce que je viens de lui apprendre. Plutôt vaincue. Comme si elle avait déjà capitulé.

— Il faut traverser les bois, mais ça vaut mieux que de rester là, poursuis-je en voyant qu'elle ne parle toujours pas. (Au moins m'écoute-t-elle et je dois saisir cette chance de la persuader.) Je sais me débrouiller en forêt. Ma mère m'emmenait tout le temps camper, tu te souviens ? Et je suis plutôt efficace en cas d'urgence. Plus qu'en temps normal.

— Ce n'est pas que je ne veux pas partir avec toi, répond Cassie, avec un regard vide. Je ne veux pas… Je ne fuirai pas, Wylie. Point. Ils ont raison. C'est trop dangereux.

— Cassie, je ne pense pas qu'on devrait écouter…

— Wylie, tu as entendu ce que je viens de dire ? s'écrie-t-elle en se rapprochant de moi, et je lis de nouveau de la colère dans ses yeux. *Tu* dois m'écouter. On ne va nulle part, affirme-t-elle avant de tourner les talons. Et ne remets plus le sujet sur le tapis. Débrouille-toi juste pour que ton père arrive jusqu'ici. Je vais me changer. Je reviens.

Cassie s'éloigne vers l'un des chalets, sans doute celui de Fiona. En la regardant marcher, je sens monter une crise d'angoisse qui balaye ma déception. Quoi encore ?

Quentin est toujours en train de bricoler devant le chalet principal. Je traverse la pelouse pour le rejoindre.

— Ça va ? demande-t-il quand je suis à sa hauteur. Votre conversation avait l'air… tendue.

— Cassie est complètement flippée. Difficile de lui en vouloir.

— Ah, c'est sûr que ça craint pour elle, répond Quentin en examinant un câble dans la boîte en plastique noire sur laquelle il travaille. Être une Anomalie serait cool si le monde tournait plus rond.

Le monde mériterait de repartir de zéro, c'est pas faux. Ça me rappelle Fiona et Miriam et leur blabla à deux balles sur la Résurrection.

— Est-ce que Fiona est prof ?

Sa façon de s'exprimer ne m'a pas parue très scientifique.

— Il me semble. Aïe. (Quentin agite son index et le porte à la bouche comme s'il s'était piqué.) Je pense qu'elle enseigne l'art ou un truc du genre comme le dessin figuratif. Pourquoi ?

Il me jette un coup d'œil interrogateur en remontant ses lunettes sur l'arête de son nez. Il a sans aucun doute un petit aspect geek, mais pas dans le mauvais sens du terme.

Je hausse les épaules.

— Comme ça. (Je trouve soudain ridicule d'accorder de l'importance aux propos de Fiona et de Miriam.) J'ai vraiment du mal à croire que mon père ait fait tout ça sans nous prévenir.

— Il ne devait pas se douter que les choses allaient prendre cette tournure, répond Quentin et c'est à son tour de hausser les épaules. Comment aurait-il pu le deviner ? C'est comme s'il avait découvert ce micro-trou dans le tissu du monde, qui, si on le regarde de plus près, n'est peut-être même pas un trou. Moi non plus je n'en aurais pas parlé avant de comprendre de quoi il s'agissait vraiment. Regarde ces tarés qui veulent déjà s'en emparer. Alors qu'on ne sait même pas encore de quoi il s'agit vraiment.

— Il aurait quand même dû dire la vérité à Cassie à propos du test. Elle aurait eu le temps de se faire à l'idée avant d'être obligée de fuir pour sauver sa peau.

— C'est vrai, renchérit Quentin en levant les mains. Que ce soit clair : je suis de ton côté, pas de celui de ton père. Et si j'étais à la place de Cassie, je ne resterais pas assise là sans rien faire. Qu'importe ce que disent les autres.

Je suis soulagée qu'il évoque de nouveau l'idée d'une évasion.

— C'est exactement ce que je viens de dire à Cassie, réponds-je en lui jetant un coup d'œil à la dérobée. Mais ne le dis pas au docteur Simons, d'accord ?

Il lève les yeux au ciel.

— C'est mon prof, pas mon prêtre, OK ? Je n'ai rien à lui confesser.

— Désolée, je... je sais qu'il pense que c'est trop dangereux pour nous de partir mais rester là me paraît...

— Insensé ? acquiesce Quentin. Ne t'inquiète pas, je ne lui dirai rien.

Je me sens un peu ridicule, du coup. Comme si j'étais une gamine qui attend qu'on lui donne la permission. J'ai seize ans, pas six. Et que va faire le docteur Simons ? Nous ligoter ? D'un autre côté, il nous a bien fait enfermer dans un chalet. Mais il doit quand même y avoir une limite à ce qu'il est prêt à accomplir.

— Ça n'a aucune importance de toute façon, poursuis-je avec un geste dans la direction où Cassie a disparu. Elle refuse de partir.

— Ah bon ? répond Quentin, perplexe. Est-ce que c'est parce qu'elle ne veut pas abandonner Jasper ? Il s'en est bien tiré pourtant.

— Comment tu le sais ?

Mon ventre se noue, et pas sous l'effet du soulagement.

— L'officier Kendall a appelé le docteur Simons pour lui dire que votre pick-up avait disparu. (Quentin se frotte le front.) Maintenant que j'y pense, c'est vrai que ce n'est pas une *preuve* que Jasper va bien. Mais c'est un bon signe.

— Oui, j'acquiesce, même si je ne suis pas rassurée pour autant. Je vais annoncer ça à Cassie. Mais je ne suis pas certaine que sa décision ait quelque chose à voir avec Jasper.

— Si tu arrives à la convaincre de partir, je viens avec vous. Enfin, si tu veux bien.

— Merci. (Et j'apprécie vraiment sa proposition.) Je vais lui laisser le temps de se calmer avant d'essayer de lui parler de nouveau. C'est quoi ce truc ? je demande en désignant la petite boîte carrée sur laquelle Quentin s'escrime.

— Une batterie de voiture que j'essaie de transformer en chargeur électrique portatif au cas où ils couperaient notre générateur déjà à moitié mort.

— Impressionnant.

— Très, répond-il en souriant, si seulement ça fonctionnait. J'ai eu un accident l'été qui a suivi la mort de mon père et je suis resté alité pendant des semaines. J'ai appris tout seul tout un tas de trucs de mécanique. (Il se passe la main dans les cheveux et la laisse reposer sur sa nuque.) Bon, j'avais apparemment oublié que je n'avais que dix ans et que donc je n'ai rien appris de très compliqué. Et puis je n'étais pas très doué, faut bien le dire.

— T'as eu quel genre d'accident ?

Oui, ce genre de choses m'intéresse.

Quentin remonte son pantalon, dévoilant une cicatrice d'au moins trente centimètres, qui part de la cheville et suit la courbe du mollet.

— Les médecins pensaient que j'allais perdre le pied. Mais après trois opérations, il fonctionne parfaitement, du moins pour quelqu'un qui n'est pas sportif pour un sou.

Un accident de voiture. C'est la première chose à laquelle je pense.

— Qu'est-ce qui s'est passé ?

— Je, euh, eh bien…

Il ne veut pas me le dire. Du coup je meurs d'envie de le savoir.

— J'avais plein de phobies quand j'étais gamin, et après la mort de mon père, elles ont empiré. Mon grand-père était très vieux jeu. Un jour, au centre commercial, il a décidé de me « guérir » de ma peur des escalators, explique Quentin. (Il inspire et essaie de sourire, comme si c'était une histoire drôle, ce qui est loin d'être le cas.) Je me suis débattu. Mon pantalon s'est retrouvé coincé et ma jambe droite a été agrippée.

Je pousse un petit cri. Je ne peux pas m'en empêcher. L'image que j'ai en tête est atroce.

— Ouais. Rien de tel qu'un de tes pires cauchemars qui se réalise.

Je sursaute en entendant ça. Déjà-vu, pour la deuxième fois. Mais cette fois-ci, c'est moi qui ai prononcé cette phrase exactement – *rien de tel qu'un de tes pires cauchemars qui se réalise* – lors de ma dernière séance avec le docteur Shepard. Parce que le mien de cauchemar était de perdre ma mère et Quentin a raison, quand il se réalise, le monde prend une certaine nuance de noir. Et je suis certaine qu'il ne la perd plus jamais.

Mais là, en plein milieu de ce camp à moitié en ruines, je me sens soudain un tout petit peu mieux. Parce que pour la première fois depuis la mort de maman, il se peut que quelqu'un me comprenne de nouveau. Peut-être pas à la manière de ma mère. Et pas nécessairement Quentin, et pas aujourd'hui. Mais peut-être quelqu'un. Un jour.

— Et toi ? demande-t-il. Tu as développé en secret dans ton enfance des talents qui nous seraient plus utiles que ma capacité à construire des trucs ?

Pendant un instant, mon esprit est entièrement vide, comme si je n'avais jamais rien fait d'intéressant de toute ma vie.

— Je prenais des photos, finis-je par avouer.

— Tu n'en prends plus ?

— Ma mère était photographe, alors…

— Je comprends, acquiesce Quentin et je lui suis reconnaissante de ne pas m'obliger à expliquer que la simple idée de tenir un appareil photo m'est absolument insupportable depuis qu'elle est morte. Tu veux qu'on rentre boire quelque chose ? demande-t-il en tapotant la batterie avec ses pinces. Je prendrais bien deux minutes de pause.

— Oui. (Moi aussi, j'aimerais bien tout mettre en pause.) C'est une bonne idée.

23

UNE FOIS À L'INTÉRIEUR DU CHALET VIDE, Quentin balance sa veste sur l'une des tables avant de se diriger vers le réfrigérateur. Je farfouille dans les piles de papier posées à l'autre bout : des photocopies de séances de questions-réponses, des instructions pour faire passer le test, des programmes d'entraînement. Je parcours les pages. Certains passages me sont familiers et ressemblent au test que papa nous a fait passer, d'autres non. Mon père n'a jamais fait mention de programmes d'entraînement. Gideon a peut-être raison, au final : il doit être possible d'exercer les gens.

Quentin revient et me tend un Coca. La canette est solide et froide dans ma main et m'apporte un certain réconfort, comme un vestige d'une civilisation disparue depuis longtemps. On contemple le tas de paperasse et je sens l'angoisse me comprimer la poitrine.

— Qu'est-ce qu'ils vont faire à Cassie s'ils l'attrapent ?

— Je ne sais pas, répond Quentin sans lever les yeux. Peut-être que le docteur Sim…

— Allez, dis-moi ce que tu en penses, toi. Pas besoin d'être un vrai scientifique pour avoir de l'imagination.

Quentin me jette un coup d'œil puis se détourne en haussant les épaules.

— Ils voudront en apprendre le plus possible. Découvrir comment elle fait. Si elle ne se sert ni de ses yeux ni de ses oreilles, alors quoi ? Je suppose qu'ils lui feront des IRM, ce genre d'examens. Ils veulent apprendre à devenir des Anomalies, pas vrai ?

— Apprendre ?

— On peut apprendre n'importe quoi, tu ne crois pas ? Tout le monde ne peut pas être Yo-Yo Ma, le violoncelliste prodige, mais, en travaillant, n'importe qui peut jouer correctement du violoncelle. Peut-être qu'il y a plein de gens qui ont le potentiel de Cassie et qui ont juste besoin d'aide pour le développer.

— Peut-être. Ou alors, c'est comme le basket. T'as beau t'entraîner, la plupart des gens ne pourront jamais dunker.

— Ils veulent aussi savoir combien il y en a d'autres comme Cassie. L'étude de ton père a porté sur quoi, trois cents sujets ? S'il a trouvé trois Anomalies, ça représente 1 %. Si ce pourcentage est juste, ça voudrait dire qu'à l'échelle de la population mondiale, ça fait des dizaines de millions.

L'angoisse me noue un peu plus le ventre. Que se passera-t-il si les scanners du cerveau de Cassie ne donnent rien ? Je les imagine lui ouvrir le crâne, fixer des moniteurs à son cerveau, son corps maintenu en vie par une série de tubes. Je frissonne.

— Hé. Tout va s'arranger, dit Quentin en posant une main sur mon bras. Je te le promets.

Je m'apprête à lui rappeler que personne ne peut faire une telle promesse lorsque j'entends un vacarme derrière nous. La porte s'ouvre à la volée et un attroupement fait irruption dans le chalet. Ils portent quelque chose. Non, quelqu'un. Fiona.

— Posez-la, posez-la ! hurle Adam, paniqué.

Quelqu'un étale sur le sol une des nappes sur laquelle Fiona est ensuite allongée avec précaution.

— Doucement, doucement, dit le docteur Simons.

Il a l'air plus vieux et plus fragile d'un coup et ses cheveux poivre et sel sont ébouriffés. Il se tient un peu à l'écart comme s'il avait peur de donner un coup de main. Ce n'est pas très réconfortant.

— Je vais bien, je vous assure, dit Fiona en essayant de se redresser. Ce n'est pas si grave.

— Pas si grave ? C'est une balle, Fiona ! s'écrie Adam. Ne t'assieds pas !

— Qu'est-ce qui s'est passé ? demande Quentin en se précipitant vers la jeune femme.

— Adam, halète Fiona sur un ton essoufflé et aigu, qui prouve qu'elle souffre mais tente de le dissimuler. Je te promets que je vais bien.

— Elle a reçu une putain de balle dans la jambe ! crie Adam à Quentin, comme si ce dernier y était pour quelque chose.

Une balle. *Cassie.* Où est-elle ?

Je jette un coup d'œil autour de moi, mais je sais déjà qu'elle n'est pas là. Je n'aurais jamais dû la laisser seule, même un instant. Pas même pour lui laisser le temps de se calmer. Je me dirige vers la porte, le cœur battant. Je dois faire attention. Pas question qu'ils m'arrêtent.

On fuira par les bois qui se dressent juste derrière les chalets, à l'opposé de l'endroit où Fiona a été blessée. Et je nous conduirai. Cassie suivra. Et elle survivra.

— Où est Miriam ? demande Adam à la cantonade. Il faut qu'elle examine sa jambe.

C'est ma chance. Je le sais.

— Je l'ai vue dehors tout à l'heure, dis-je en accélérant le pas vers la porte. Je vais la chercher.

Techniquement, c'est la vérité. Je l'ai bien vue, dehors, il y a un bon moment de ça.

— Je vais vérifier au fond du chalet, annonce une autre voix.

— Installons Fiona sur le canapé du bureau, dit Adam. Comme ça, on pourra surélever sa jambe.

Mon cœur bat à tout rompre quand j'atteins la porte. Cassie doit être dans le chalet le plus éloigné, celui qui contient les affaires de Fiona. Juste de l'autre côté. Je retiens mon souffle, mais personne ne m'empêche de sortir.

Une fois à l'extérieur, je regarde à droite et à gauche en descendant les marches du perron. Les nuages ont viré au pourpre menaçant et j'ai l'horrible impression d'être observée tandis que je traverse rapidement la pelouse. Comme si des dizaines de membres de North Point étaient là, rôdant dans les bois. Attendant leur heure et la tombée de la nuit. Mais je ne vois personne. Pas même Stuart.

— Wylie ! (Je me retourne : Quentin me court après.) On a trouvé Miriam, elle était à l'intérieur.

Prise en flag. Et maintenant ?

— Oh.

Mens-lui, Wylie. Je suis certaine que je peux le faire. J'aime bien Quentin et il a proposé de nous accompagner, mais l'attaque dont Fiona a été victime l'a peut-être fait changer d'avis.

— Je veux juste ramener Cassie avec nous dans le chalet principal. Elle est allée se changer.

— Ils l'ont déjà déplacée. Remise là où vous étiez au début. C'est notre chalet le plus sécurisé. (Il désigne le chalet en question. Il n'est pas éclairé. Pas une âme en vue.) Stuart monte la garde.

Je regarde plus attentivement.

— Je ne le vois pas. Je ne vois personne.

— C'est l'idée, non ? répond Quentin. Pour que personne ne sache qu'ils sont là. Elle est plus en sécurité là-bas. Enfin, pas si on reste ici à attirer l'attention.

Je suis à court de mensonges. Je n'ai pas d'autre choix que de faire taire mes doutes et de lui faire confiance.

— Cassie et moi, on doit se barrer. Tout de suite.

— Je suis d'accord, répond Quentin sans hésiter et je suis tellement soulagée que pour un peu j'en pleurerais. Je n'ai même pas besoin de le convaincre. Mais pas toutes seules, OK ? Laisse-moi prendre ma veste et mon téléphone et je vous accompagne.

Je jette un regard en direction du chalet sombre. J'envisage un instant de courir chercher Cassie. Mais je vais avoir besoin de l'aide de Quentin pour neutraliser Stuart. Et pour dire la vérité, je suis inquiète. Que se passera-t-il si j'entraîne Cassie avec moi et si je craque dans la forêt ? Est-ce que ce n'est pas trop dans mon « état » ? Et si mon père avait raison depuis le début ?

— Est-ce que tu peux faire super vite ?

— Oui, mais à condition que tu reviennes avec moi. Parce que tu n'es pas en sécurité dehors comme ça. Et tout le monde va paniquer en se demandant où tu es. Crois-moi, ça attirera moins les soupçons.

Je hoche la tête et lui emboîte le pas. Entrer. Sortir chercher Cassie. Fuir. Une étape à la fois.

À l'intérieur, plus personne en vue : la pièce est déserte à l'exception de la nappe tachée de sang roulée en boule sur le sol à côté de quelques morceaux de gaze souillés. Mais des voix nous parviennent du fond. Une, du moins, celle d'Adam, qui hurle. Miriam fait son apparition, un plateau couvert de matériel médical entre les mains. Elle parle toute seule, comme d'habitude. Elle ne nous regarde pas et ne semble même pas s'apercevoir de notre présence. Elle a l'air contrarié. Si elle n'avait pas les mains prises, nul doute qu'elle agiterait un index réprobateur.

— C'est grave ? demande Quentin sans bouger.

— Oh, je ne vous avais pas vus ! s'écrie-t-elle en sursautant comme toujours.

— Miriam, est-ce que Fiona va s'en sortir ? s'enquiert Quentin, dont la patience, de manière tout à fait compréhensible, a ses limites.

— Oh oui, je pense, répond Miriam en agitant une main. Ce n'est qu'une égratignure, explique-t-elle d'un ton que seule une infirmière qui a fait la guerre peut employer. Quelques points de suture et il n'y paraîtra plus.

— Tu viens ?

Quelqu'un d'invisible, un homme, appelle Miriam du fond de la pièce. Je ne reconnais pas sa voix. Mais je l'ai pourtant déjà entendue. Je n'en suis pas sûre. On est assez loin.

— Ils ont vraiment besoin de toi.

La voix s'est rapprochée, mais elle est toujours assourdie par le couloir. Et un peu hésitante, comme si elle n'était pas certaine d'avoir le droit d'être là.

Mon esprit mouline à toute allure pour essayer de replacer cette voix dans un autre contexte et j'ai du mal à respirer. Lorsque l'homme finit par se montrer, j'ai la tête qui tourne tellement que ma vision se trouble. Mais pas suffisamment pour que je ne me rende pas compte qu'il est plus grand et plus baraqué que tous les autres hommes de l'équipe. Sa carrure imposante ne m'est pas étrangère, j'en suis intimement convaincue.

Non. Je ne veux pas le voir. Je ferme les yeux. Assez longtemps, je l'espère pour que ma vue s'éclaircisse et que cet homme disparaisse. Mais quand j'ouvre les yeux, il est toujours là. Et je le vois distinctement. Bien plus que je ne le voudrais.

— Hello ? (L'homme s'adresse à Miriam avec prudence, puis agite la main comme s'il craignait qu'elle soit sourde.) Ils vous attendent.

Quand il agite la main, plus aucun doute n'est permis. Je le vois. Le pansement. À l'endroit où je l'ai poignardé.

Doug.

Mon cœur se met à battre à toute allure. Je pivote en direction de Quentin, qui regarde toujours Miriam. *C'est lui. C'est le mec de North Point qui nous a attaqués,* je hurle en silence. Miriam l'a certainement laissé entrer à l'insu des autres. Dieu sait quels mensonges il a pu lui raconter. Ce n'est plus la peine de se préparer pour l'arrivée de North Point. Ils sont déjà là.

Cassie. Et s'ils ont déjà mis la main sur elle ? Je n'aurais jamais dû retourner au chalet. Je n'aurais pas dû écouter Quentin, même si ses intentions étaient bonnes. J'aurais dû… Doug va vouloir se venger. Oui. C'est ça qu'il va faire en premier.

— Voilà, voilà, répond Miriam en se dirigeant vers Doug tout en frottant ses mains osseuses l'une contre l'autre. J'ai juste besoin d'eau chaude pour me réchauffer les doigts avant de la recoudre, sinon, qui sait avec quelle cicatrice elle va se retrouver ?

— C'est lui, parviens-je enfin à murmurer. Celui que j'ai poignardé. Il faut aller chercher Cassie. Tout de suite.

Je retiens mon souffle. Je m'attends à ce que Quentin me prenne par la main et m'entraîne en courant. Mais il a les yeux rivés sur Doug. Son visage est fermé et impassible.

Est-il en colère ? Il va peut-être lui sauter dessus plutôt que de fuir. Mais je sais que Doug est encore plus fort qu'il n'en a l'air. Plus fort que Jasper. Et sans aucun doute plus que Quentin.

Quand je tourne les yeux, c'est déjà trop tard. Doug nous dévisage. Et il me reconnaît. Aucun doute là-dessus. Il fait un pas en avant et s'arrête au beau milieu de la pièce, les poings serrés comme un taureau prêt à charger.

Et dans l'instant d'éternité qui suit, tout l'oxygène de la pièce est aspiré. Les pensées fusent et s'évanouissent dans mon cerveau à la vitesse de l'éclair. Trop vite pour que je les arrête, trop rapides pour que je les comprenne.

Je suis submergée de questions. Que se passera-t-il si Quentin s'en prend à Doug ? Ce dernier cherchera-t-il à l'étrangler comme il l'a fait avec Jasper ? S'en prendra-t-il à Miriam ? Est-il armé ? Sans doute. Il travaille pour une compagnie paramilitaire, c'est un ancien militaire. N'est-ce pas ce que quelqu'un a dit ? Un revolver, voire deux. Dans ce cas-là, on n'a aucune chance de s'en sortir.

Et Cassie. Elle est trop loin pour que je la prévienne. Trop loin pour que je la sauve. Combien de temps leur faudra-t-il avant de l'enlever ? De lui faire du mal ? De disséquer son cerveau ? Enfin, s'ils ne l'ont pas déjà fait.

Je me demande quel effet ça me fera quand Doug me transpercera la main ou le cou. Parce que je garde un souvenir vivace de la haine qui brûlait dans ses yeux quand il tenait sa main ensanglantée. Il va vouloir se venger œil pour œil. Mais pour l'instant, Doug est toujours paralysé, les yeux plantés droit dans les miens. Le chasseur et sa proie. Prisonnière de cet instant où j'ai encore une chance de survie.

Fuis. Vers Cassie. Mais ma tête tourne tellement que si je fais un seul pas, je risque de m'effondrer.

Au final, c'est Miriam qui brise l'enchantement. Elle regarde attentivement Doug, à mi-chemin de la porte. Elle est perplexe, évidemment. Elle se demande pourquoi ce gentil garçon nous dévisage de la sorte, Quentin et moi. Et je suis bien placée pour savoir que Doug peut être super sympa. Il a vraiment deux facettes. Et c'est facile de tromper Miriam, qui vit dans un brouillard de souvenirs fragmentés. Je suis certaine qu'elle fait semblant de reconnaître les gens juste parce qu'ils ont l'air de la connaître.

Miriam s'avance vers Doug et l'observe avec un désarroi léger. *Éloigne-toi de lui, Miriam,* je pense. *Il n'est pas celui qu'il prétend.* Mais j'ai peur de prononcer un mot. De faire quoi que ce soit qui pousse Doug à s'emparer de Miriam. Elle est tellement vieille qu'il ne faudrait pas grand-chose pour la blesser, voire la tuer.

— Je me suis trompée. Wylie n'était pas dehors, elle était là. J'aurais juré…, Miriam tend un doigt déformé dans ma direction avant d'agiter la main. Oh, et puis, aucune importance. Wylie, je te présente Doug. Avec sa femme, Lexi, ils étaient partis faire une course. Il leur tardait vraiment de te rencontrer.

Sur ces mots, elle tapote le bras de Doug et disparaît avec son plateau.

Une course. Miriam connaît Doug. Ce n'est pas un inconnu qu'elle aurait invité à entrer par naïveté. Ce n'est pas un inconnu du tout. Le monde est tordu, ses contours sont sombres. Je me tourne vers Quentin. *Quoi ? Pourquoi ?*

Et Quentin continue à dévisager Doug pendant ces affreuses et interminables secondes.

— Wylie, finit par dire Quentin en se tournant vers moi. (Ses yeux brillent et il lève les mains comme si j'étais un animal qu'il faut maîtriser. Mais sa voix est atrocement calme.) Je peux tout expliquer.

24

QUENTIN CONNAÎT DOUG. DOUG A ESSAYÉ DE NOUS TUER.

Je n'ai pas besoin d'en savoir davantage. Sortir d'ici. Trouver Cassie. Tout de suite.

Je pivote vers la porte. Cours. Le cœur battant. Je l'atteins en une seconde. Mais ma main glisse sur la poignée. Une fois, deux fois. Je l'empoigne fermement et tire. Mais la porte ne bouge pas. J'aperçois alors une main bien au-dessus de moi qui la maintient fermée. Doug. Le bandage est bien là. À quelques centimètres de mon nez. Je ferme les yeux en m'attendant à souffrir. Son poing sur ma nuque. Un couteau dans ma chair.

Mais rien ne se produit. Rien d'autre que le martèlement de mon cœur et le sang qui me monte à la tête.

— Et si tout le monde se calmait et s'asseyait ? suggère Quentin. Avant que les autres reviennent et que tout se complique.

Sa voix est différente. Plus autoritaire. Plus âgée. À moins que ce ne soit moi qui me fasse des films. Je lâche lentement la poignée. De toute façon, ai-je vraiment le choix ? En me voyant faire, Doug ôte son bras et recule.

Quand je finis par me retourner, Quentin a l'air différent. Le garçon sympa et un peu geek a disparu, remplacé par un adulte. Il paraît même plus grand et plus musclé. Animé par une assurance folle. Qui est ce mec ?

Quentin ôte ses lunettes qui faisaient je suppose partie de son déguisement et les pose sur la table.

— Doug, je pense que tu as quelque chose à dire à Wylie.

Ce dernier me lance un regard peu amène.

— Je suis désolé, finit-il par dire en croisant les bras comme un enfant qui n'en pense pas un mot. Lexi et moi – il fait un geste en direction du fond, comme si elle se trouvait par là-bas – on était censés te ramener saine et sauve, comme Quentin nous l'avait ordonné.

— Il ne travaille pas pour North Point ? je demande à Quentin, parce qu'il est hors de question que j'adresse la parole à Doug.

— Non, non. North Point représente une menace réelle que nous devons affronter, mais Lexi et Doug sont à mon service, répond Quentin et son expression prouve qu'il devine que c'est un immense soulagement pour moi. Je les ai embauchés pour être certain que tu parviendrais ici saine et sauve. (Il jette un coup d'œil à Doug.) Il n'était pas question de t'effrayer. C'était malheureux et inacceptable. Mais à la décharge de Doug, il n'a pas beaucoup d'expérience en la matière. Ton père a toujours sous-estimé le pouvoir de l'argent. Ne le prends pas mal, poursuit Quentin avec un geste en direction de Doug dont le regard meurtrier est fixé sur Quentin à présent. L'officier Kendall a été payé, lui aussi, mais pour être tout à fait honnête, je ne suis pas certain que ses motivations aient été purement financières. J'ai toujours pensé que c'était plus compliqué que ça.

— Je veux voir le docteur Simons.

Je ne vois pas comment il peut cautionner tout ça – essayer de tuer Jasper ? Non. Je n'y crois pas. Et Doug peut raconter ce qu'il veut, c'est exactement ce qu'il a tenté de faire au restau.

Quentin prend une profonde inspiration et se masse les tempes.

— Oui, mais est-ce que tu veux bien m'écouter d'abord, Wylie, s'il te plaît ? demande-t-il en se dirigeant vers l'une des tables. Assieds-toi une minute. Plus vite je t'explique ce qui se trame, plus vite tu retrouveras Cassie.

Mes mains tremblent et mon cœur bat trop vite, mais j'obéis. Je dois leur faire croire que je coopère. Que j'écoute. Sinon, ils resteront toujours sur le qui-vive.

Je m'installe en face de Quentin et Doug se place au fond de la pièce pour monter la garde. Il jette sans arrêt des coups d'œil par-dessus son épaule pour s'assurer que personne n'arrive. Les autres ne doivent pas être au courant de cette « situation », quelle qu'elle soit. Le docteur Simons n'en sait sans doute rien, de même que mon père. D'ailleurs, est-ce qu'il est toujours en route pour le camp ? Droit dans la gueule du loup ? Qui sait ce qu'ils lui feront quand ils auront mis la main sur lui ?

— Ce sont tous des gens gentils, commence Quentin avec un mouvement en direction du fond. (Il parle des autres). Bon, j'ai dû les prendre comme ils étaient. Miriam, par exemple, est assez imprévisible, soupire-t-il. Ils forment cependant un groupe beaucoup trop crédule. Je me pointe et je leur présente le docteur Simons qui leur explique qu'il est l'ami de ton père. Trois réunions plus tard, et ça y est... (Il claque des doigts.) Les gens veulent désespérément suivre un leader. Ils veulent croire. C'est dans la nature humaine. Regarde ce qui s'est passé pour toi. Il a suffi d'un seul mot : Harvard. J'ai dit qu'Adam était prof là-bas et il portait ce sweatshirt. Deux données indépendantes et la plupart des gens acceptent une conclusion par ailleurs invérifiable.

— Adam n'enseigne pas à Harvard.

Quentin secoue la tête.

— Adam travaille au service technique chez Best Buy, mais il est très fort en informatique.

Il a raison. J'ai gobé tout ce qu'il m'a dit. Je n'ai jamais rien demandé à Adam lui-même. Et une fois que j'ai cru ça sur Adam, j'ai cru tout ce qu'il m'a raconté sur les autres.

— Qui sont ces gens ?

Ce ne sont pas des amis de mon père. Ça me saute aux yeux à présent.

— La partie « spirituelle » de leur groupe a été finalement moins pénible que ce que je craignais. J'avais besoin que le Collectif me fournisse un contexte sérieux. Mais ça te donne une idée du genre de groupes qui veulent récupérer les recherches de ton père, Wylie. Le Collectif est inoffensif, mais d'autres ne le seront pas. C'est pour ça qu'on doit se tenir prêts.

Le Collectif. Le Collectif. Le Collectif. *La Spiritualité de la science*, il était écrit sur le prospectus glissé sous notre porte. Mais j'ai fait confiance à Quentin à cause du docteur Simons. Il en savait tellement sur mon père et même sur moi – mes vacances en Californie, mes angoisses. Je sens le sol se dérober sous mes pieds. Le piratage informatique, Niveau99. Est-ce qu'ils ont découvert tout ça en lisant les e-mails de mon père ?

— Cet homme n'est pas le docteur Simons, n'est-ce pas ?

La dernière fois que je l'ai vu, j'étais une gamine. Même ses photos ne sont pas récentes. J'ai cru que c'était le docteur Simons parce qu'il lui ressemblait et qu'il savait des choses sur moi. Et parce que mon père m'a dit de lui faire confiance.

Quentin secoue la tête.

— Il s'appelle Frank Brickchurch. C'est le plus grand rôle – et le mieux payé – de sa minable carrière d'acteur. Je lui ai donné quelques informations, bien sûr, mais il a beaucoup improvisé, explique-t-il calmement. (Il lève les yeux vers moi et fronce les sourcils, comme s'il regrettait tout ça.) Je suis désolé d'avoir eu recours à ce subterfuge, Wylie. Mais je voulais que tu aies le temps d'apprendre à me connaître, sans être distraite par des idées préconçues.

Préconçues ?

— Qui êtes-vous ?

— Quelqu'un qui porte un grand intérêt aux recherches de ton père, répond-il et cette fois-ci, le regret a fait place à l'espoir, comme s'il est content d'en arriver à cette partie de la conversation. Et j'ai beaucoup d'estime pour lui, en tant que mentor et en tant qu'ami. J'aurais fait n'importe quoi pour le protéger et que ses recherches obtiennent la reconnaissance qu'elles méritent. J'ai parfois menti, mais jamais à ce propos.

Et l'expression de son visage est à la fois si sincère et si terrifiante que j'en ai la chair de poule.

— Qui êtes-vous ? je répète. Et où est Cassie ?

— Elle va bien, je te le promets. Elle est en sécurité dans le chalet, comme je te l'ai dit.

— Et mon père ? (Je ne vois pas comment il peut être au courant de tout ça – le Collectif, Quentin.) Il va venir au moins ?

— Oui, bien sûr, réplique Quentin et il a l'air heureux de pouvoir me l'affirmer. Il ne devrait plus tarder. Et quand il sera là, j'espère vraiment qu'il pourra examiner tout ça avec un esprit ouvert.

— Ça m'étonnerait.

— Je crois que si, répond Quentin avec assurance. J'ai prévenu ton père que ses données et ses e-mails n'étaient pas sécurisés, et que ses recherches tomberaient forcément entre de mauvaises mains. Mais l'aspect pragmatique de tout ça ne l'intéressait pas. Il pense que la science est pure, mais on ne vit pas dans ce genre de monde, Wylie. En tant qu'assistant, j'ai estimé qu'il était de mon devoir de le lui prouver. Mais il m'a viré avant que j'en aie eu l'opportunité.

Son assistant. Le sol se met à tanguer sur ma droite. Docteur Caton. Quentin est le docteur Caton. *Fanatique. Instable. Irrationnel.* Voilà ce que mon père a dit de lui, et plus encore.

— Il vous a viré.

Quentin fronce les sourcils tout en hochant la tête.

— Et j'ai été dévasté. Ton père avait beaucoup d'importance pour moi sur un plan personnel. Mon père n'a pas été assassiné en allant acheter une bouteille de jus d'orange pour moi, mais il est mort il y a très longtemps. J'ai vu en ton père une figure de substitution.

Comme lui avec le docteur Simons, je suppose. Et je pensais qu'il ressentait le même attachement envers moi. Il partageait des choses intimes avec moi, des anecdotes vous concernant, Gideon et toi. C'est comme ça que je sais qu'il t'appelait Scat quand tu étais enfant. On était proches, ton père et moi. C'était du moins ce que je croyais. J'admets volontiers que lorsque j'ai découvert que je n'étais qu'un *employé* pour lui, je ne l'ai pas vraiment bien pris.

Je prends une profonde inspiration et exhale, tremblante.

— Je veux voir Cassie.

Je dois me concentrer sur ça. Sur elle.

— Oui, on va te conduire à elle, répond Quentin sans faire le moindre geste pour se lever. Mais il y a autre chose que je veux que tu saches, Wylie.

Son expression est étrange, comme s'il était surexcité, mais avec quelque chose en plus que je ne parviens pas à identifier.

— Ce que je t'ai raconté, sur la mort de mon père, mes phobies et l'escalator. Tout ça est vrai… Bon, OK, pas les détails. Mais j'ai toujours eu des angoisses, comme toi. C'est quelque chose que nous avons en commun. (Et j'ai la nausée, parce qu'il a raison. On a bien un point commun.) Et ce qui nous a empoisonné l'existence peut se transformer en un don incroyable, Wylie. Si ton père refuse de m'écouter, je le prouverai moi-même en faisant mes propres recherches. Mais il est difficile de trouver des sujets sur lesquels expérimenter quand on ne fait plus partie d'une université – n'importe laquelle – et ton père a fait en sorte que ce soit le cas pour moi.

(Il serre les dents et surmonte sa colère.) Mais rien de tout ça n'aura d'importance si tu m'aides. Tu peux tout débloquer.

Je finis par comprendre. C'est ça que je lis dans ses yeux. Ça m'est destiné. Et ça me rend malade.

— Non, je murmure en mettant les mains sur mes oreilles, comme si ça pouvait arrêter le train lancé à pleine vitesse dans ma direction et empêcher Quentin de me dire ce qu'il a à me dire.

— Il y a autre chose que ton père ne t'a pas dite, Wylie, poursuit Quentin, les mains bien à plat sur la table, sans me quitter des yeux. (Comme si c'était *ça* le secret. Celui que je dois vraiment entendre.) Cassie n'est pas l'Anomalie, Wylie. L'Anomalie, c'est toi.

Tout le sang me monte à la tête d'un coup et me martèle les tempes. J'agrippe le banc des deux mains pour ne pas tomber.

— Non, je répète, plus fort.

Et je secoue la tête avec frénésie. Je ne peux pas m'en empêcher.

— C'est difficile à croire, je sais, dit Quentin d'une voix douce, presque navrée. Mais ton père essayait de te protéger, Wylie. J'en suis certain. Il ne savait pas que le prix à payer serait si élevé.

25

ÇA RÉSONNE DANS MA TÊTE tandis que je suis Doug, qui me conduit au chalet de l'autre côté de la pelouse. Ils m'ont permis de quitter le bâtiment principal quand j'ai cessé de parler, avant que les autres ne refassent leur apparition et ne se rendent compte que quelque chose n'allait pas. Avant qu'un membre du Collectif n'intervienne. Comme si j'étais en état de planifier quoi que ce soit quand mon esprit est obnubilé par une seule chose : *Anomalie, Anomalie, Anomalie.*

Je parviens quand même à franchir cette pelouse humide dans la lueur grisâtre du matin. Parce qu'ils me conduisent à Cassie. Enfin, c'est ce qu'ils prétendent. J'essaie de rester concentrée sur cette pensée. La rejoindre. Fuir. On n'est plus très loin du chalet où tout a commencé et Doug ne m'a toujours pas dit un mot sur sa blessure. Mais vu qu'il me tient fermement par le coude, il n'en a pas besoin.

— Hé !

Un murmure sonore nous parvient alors qu'on a traversé à peu près la moitié de la pelouse.

Doug me serre le bras encore plus fort, si fort que je grimace. On se retourne en direction de l'appel : Lexi s'approche de nous.

— Merde, Lexi, l'engueule Doug avec un regard alentour. (On est complètement exposés, au grand jour dans un espace découvert.) Quentin ne veut pas que les autres apprennent qu'on l'a déplacée.

— Oh, désolée, répond-elle, puis elle baisse les yeux et remarque sa façon de me tenir par le bras.

Elle a l'air mal à l'aise. Plus que ça, même. Est-ce que je « sens » ça parce que j'ai un pouvoir spécial ? Ça m'étonnerait. La seule chose que j'ai toujours eu et que les autres n'avaient pas, c'est l'angoisse.

— Je suis tellement contente que tu ailles bien, Wylie, affirme Lexi.

— Elle m'a poignardé, tu te rappelles ? rétorque Doug, furieux. Tu devrais te faire du souci pour moi, pas pour elle.

— Elle l'a fait parce qu'elle a paniqué et parce qu'elle savait probablement que quelque chose clochait.

Lexi me jette un coup d'œil comme si elle attendait confirmation. Elle pense que j'ai planté mon couteau dans la main de Doug parce que je suis une Anomalie. Il ne lui a pas dit qu'il était en train de tenter d'étrangler Jasper.

— Tu parles comme les autres, Lexi. Ressaisis-toi.

— Ce sont de braves gens, réplique Lexi, qui a l'air insultée pour eux. Et puis Quentin n'est pas comme eux et il croit en Wylie.

— Tu ne vois pas qu'il est pire qu'eux ? ricane Doug. On est venus ici pour accomplir un job, Lexi, OK ? Pour gagner du fric. Ne laisse pas toutes ces conneries te monter à la tête.

— Notre maison était sur le point d'être saisie quand Doug a rencontré Quentin dans un bar, m'explique Lexi, gênée. Il a fallu qu'on dépense toutes nos économies avant de comprendre que les gens n'ont pas besoin de barres énergétiques pour leurs chiens. On a fait n'importe quoi. Et dire qu'on n'a même pas de chien.

— Est-ce que vous avez un bébé, au moins ?

Lexi acquiesce.

— Delilah. Elle a huit mois.

Elle sourit un peu, soulagée de ne pas avoir menti sur toute la ligne. Mais elle est effrayée, aussi, elle a peur de ne jamais revoir sa fille. Et elle a peur d'autre chose. *Ça*, je le sens. Sa peur se déverse d'elle par vagues.

— Elle est chez mes parents pour le week-end. Elle ne devrait pas… ce n'est pas un endroit pour les enfants, ici.

— Pas besoin de lui raconter notre vie, Lexi, l'interrompt sèchement Doug. Finissons-en et barrons-nous avec ce qu'on nous doit.

— On a compris que tu savais que le siège auto était vide quand Jasper a appelé Cassie par un autre prénom – Victoria, il me semble.

Doug peut dire ce qu'il veut, Lexi ne peut s'empêcher de me parler. Elle veut que je lui pardonne. Elle sait que rien de tout ça n'est moral et elle aurait préféré ne jamais y être mêlée.

— Mais on a eu peur que vous fuyiez par les bois et que vous vous blessiez, poursuit-elle. C'est pour ça que Doug vous a suivi dans les toilettes. Et puis ça a dérapé.

— Dérapé ? (Peut-être que si j'arrive à élargir la brèche qui sépare Lexi et Doug, Cassie et moi allons pouvoir nous engouffrer dedans et fuir.) Doug a essayé d'étrangler Jasper. C'est pour ça que je l'ai poignardé.

Lexi se tourne vers Doug, les yeux écarquillés, en ralentissant le pas.

— Tu as prétendu qu'il t'avait attaqué.

Doug m'agrippe le coude encore plus brutalement. Mais il ne peut pas faire grand-chose d'autre. Et ça ne fait que prouver que j'ai raison.

— Lexi, ils voulaient s'enfuir, répond Doug, irrité. On devait conduire Wylie jusqu'ici, pas vrai ? Et d'ailleurs, *tu* étais censée convaincre Wylie de venir avec nous sans Jasper, tu te rappelles ? C'était ton boulot. (Il hausse le ton et Lexi détourne les yeux.) Et puis, bam, il est monté en voiture avec nous. Il fallait bien que l'un de nous deux fasse quelque chose. Je voulais juste que Wylie vienne avec nous toute seule et j'ai pris les choses en main, comme je le fais toujours.

— Oui, murmure Lexi, tête baissée.

Ils sont loin d'être sur la même longueur d'ondes. Est-ce que je le sais parce que je suis une Anomalie ? Est-il possible que ce soit *ça* l'explication du fonctionnement terrifiant de mon cerveau ? Est-ce que j'ai dans la tête le rugissement des sentiments des autres et non pas mes propres monstres ?

Non.

Oui.

Je ne sais pas.

— Bienvenue, me salue Stuart quand on parvient enfin au chalet.

Il empoigne son fusil de manière théâtrale puis déverrouille la porte et me fait signe d'entrer.

— Ils seront ravis d'avoir de la compagnie. Il y a de la tension dans l'air entre ces deux-là.

Ces deux qui ? La seule que je vois est Cassie, adossée au mur face à la porte. Je ne sais pas comment elle fait vu les circonstances, mais elle parvient à être jolie dans la pâle lueur qui filtre à travers les fenêtres. Mais ses bras sont enroulés étroitement autour de son corps maigre, comme si elle avait peur que quelqu'un la frappe.

— Je suis tellement désolée, Wylie, murmure-t-elle d'une voix tremblante.

— Rien de tout ça n'est de ta faute.

Je m'avance vers elle et la porte se referme dans mon dos. J'entends le bruit du verrou que l'on replace.

— Je n'irai pas jusque-là.

Une autre voix. Je m'arrête net et je pivote : Jasper est assis dans l'ombre du mur du fond.

— Jasper !

Un soulagement intense m'envahit et je me précipite vers lui. Comme si on était sauvés. Et puis je distingue son visage dans la demi-pénombre – il est couvert d'hématomes et gonflé et il a une arcade ouverte.

— Qu'est-ce qui t'est arrivé ?

— Doug, répond-il en désignant son visage. Il a décidé de se servir de ses poings, cette fois-ci.

— Pourquoi ils ne t'ont pas juste laissé partir ? (C'est de très mauvais augure. Pour tous les trois.) Tu ne savais rien.

— Parce que je n'avais *aucune intention de partir*, explique-t-il. Après que Cassie m'a appris... (Il s'interrompt, incapable d'achever sa phrase.) J'étais furieux et j'avais besoin de prendre l'air, mais je ne voulais pas me barrer. Au milieu de tout ça ? Et puis Doug a surgi de nulle part. Et il a fini ce qu'il avait commencé dans les chiottes du restau.

— Quelle bande d'enfoirés, je marmonne.

Il tressaille et tente de se détourner quand je tends la main vers son visage.

— C'est plus impressionnant que ça ne l'est réellement, prétend Jasper mais je n'en crois pas un mot. Tu croyais vraiment que je serais parti sans te dire au revoir ?

Je jette un coup d'œil à Cassie. Loin de moi l'idée de jouer les balances, mais c'est elle qui m'a dit ça. À plusieurs reprises. Elle espérait peut-être que Jasper était vraiment parti.

— J'ai dû... Je pense que j'ai mal compris.

— J'ai comme l'impression que les malentendus sont monnaie courante par ici, réplique Jasper avec un regard noir en direction de Cassie. Et si tu lui racontais, hein, Cassie ? Si tu expliquais à Wylie *tous* les malentendus qu'il y a entre vous.

Ça ne me plaît pas du tout. Je ne suis pas certaine de vouloir savoir.

Cassie ferme les yeux et pose la tête contre le mur avant de la balancer d'avant en arrière.

— Si j'avais su..., et sa voix se brise.

— Elle m'a bien trompé. J'avais raison, intervient Jasper quand il voit que Cassie garde le silence. Et elle a bien choisi avec qui, ah ça oui.

Bon. Je sais déjà qu'elle l'a trompé. Peut-être que je ne vais rien apprendre de nouveau. Mais l'angoisse me noue déjà les entrailles. Et ce n'est pas parce que je suis une Anomalie, non. C'est parce que je connais Cassie. Et avec elle, le pire est toujours à venir.

— De quoi il parle ? je demande.

— Je l'ai rencontré comme je te l'ai dit, commence-t-elle d'une toute petite voix. Tout ça était vrai. Il est entré chez Holy Cow pendant que je travaillais, il s'est installé au comptoir, il a commandé un milk-shake au chocolat et on a bavardé.

— On sortait déjà ensemble, au fait, l'interrompt Jasper.

Il se lève et me dépasse pour aller se planter devant la fenêtre. Éclairé par la lueur grisâtre du jour, son visage tuméfié est encore plus impressionnant. Cassie ferme les yeux et baisse la tête sans argumenter.

— Désolé, vas-y, continue, reprend Jasper, avant de se tourner vers moi. Tu vas voir, cette histoire s'améliore de minute en minute.

— Ce n'est que lorsqu'il…

— Attends, qui ça « il » ?

Parce que j'ai bien compris que c'était là l'essentiel.

Cassie ouvre les yeux et les plante dans les miens.

— Quentin, murmure-t-elle en se mettant à pleurer. J'ai rencontré Quentin.

Non, je pense. Mais aucun son ne sort de ma bouche. *Non.*

Je veux me boucher les oreilles. Je veux fuir en courant.

— Génial, pas vrai ? demande Jasper sans quitter la fenêtre des yeux.

Mais cette fois-ci, sa voix se brise un peu, elle aussi.

— Il a prétendu au début que notre rencontre était une coïncidence. Puis il a admis qu'il l'avait fait exprès. Quentin m'a dit que ton père l'avait viré parce qu'ils n'étaient pas d'accord : Quentin voulait que ton père me donne les résultats de mon test et ton père a refusé, explique-t-elle, brisée. Je suppose... je ne sais pas pourquoi je l'ai cru. Mais il avait l'air de bien connaître ton père. Et il m'a dit tout ce que j'avais besoin d'entendre, que j'étais sous-estimée et tout ça. Que j'avais un don.

— Un don, ricane Jasper, méprisant.

— Vous pouvez être furieux, poursuit Cassie. Vous pouvez me haïr tous les deux. Vous en avez plus que le droit. Je suis une sale débile égoïste et j'ai fait une connerie monumentale. Mais je vous jure que tous les textos qu'il m'a demandé de vous envoyer...

— Attends, quoi ? je demande, le cœur battant. *Non, Cassie. Non.* Tu l'as *aidé* ? Il t'a *dit* de nous envoyer des messages ? Ils ne t'avaient pas confisqué ton téléphone ?

Elle secoue la tête.

Comment a-t-elle pu faire ça ? Risquer ça – risquer *notre peau* – pour un mec qu'elle ne connaissait même pas ?

— Attends, même celui qui disait « ils me tueront » ? C'est toi qui as envoyé ça ?

Elle acquiesce en silence.

— Putain, Cassie. (Je suis tellement furieuse que j'ai la gorge qui brûle. Et elle a probablement raison. Je la déteste un peu.) Comment t'as pu faire un truc pareil ? Un mec que tu connais ni d'Ève ni d'Adam te raconte des salades et tu le crois, comme ça, paf ?

— Et toi ? (Elle me lance un regard noir avant d'inspirer profondément et de baisser de nouveau la tête.)

Il est plutôt convaincant, Quentin, pas vrai ? Et il n'a pas parlé de ton père avant qu'on soit ici. Et il ne m'a pas dit que tu étais le moyen de parvenir à ton père, du moins pas avant un moment : depuis le début, il faisait genre qu'il voulait le protéger. (Elle garde le silence un instant, comme si elle se repassait tout dans sa tête.) Il m'a fait passer un test dans la voiture, cela dit. C'est là qu'il a compris que ton père avait volontairement inversé nos résultats, que c'était toi l'Anomalie, et pas moi. Il a essayé de le cacher, mais il s'est mis à me regarder… comme si je le dégoûtais.

— Attends, tu l'as *aidé* à nous attirer jusqu'ici ? Exprès ? (Je n'arrive pas à le croire.) Tu nous as envoyé des SMS qui disaient que tu avais peur et que tu avais besoin d'aide parce qu'*il* t'a ordonné de le faire ?

— Oui, répond-elle et ses larmes font briller l'horreur qui se tapit au fond de ses yeux. (Elle fait un geste qui englobe le chalet et Jasper.) Tout ça est de ma faute. Mais je te jure, Wylie, que je ne savais pas que c'était toi qu'il voulait jusqu'à ce qu'il soit trop tard. Il a d'abord dit que tu étais un appât pour attirer ton père. Mais une fois que Jasper et toi avez été enfermés dans ce chalet, tout a changé. C'est à ce moment-là qu'il m'a dit que c'était toi l'Anomalie. Et il a affirmé qu'il vous tuerait – tous les deux – si tu ne l'aidais pas. Il a dit que je devais te convaincre.

— L'aider à faire quoi ?

— L'aider à faire ce que tu fais.

— Mais je ne sais rien faire du tout !

— Je sais, je sais, répond Cassie et je lis de l'inquiétude sur son visage. Mais il est persuadé d'être une Anomalie lui aussi. Il est convaincu qu'il n'a plus qu'à « débloquer son potentiel ». Je le sais parce qu'il me l'a avoué quand il pensait encore que c'était *moi*, l'Anomalie. Et pas juste *une* Anomalie, non, *l'*Anomalie. Un truc de malade. Et le pire dans tout ça, c'est que j'étais tellement flattée. (Je sens son chagrin fou quand elle me regarde.) Il m'a promis que si tu l'aidais, il te laisserait partir. Qu'il nous laisserait tous partir. Et je l'ai cru, ou j'ai voulu le croire. Je me suis dit que tu pourrais peut-être faire des « exercices d'entraînement » comme ceux qu'il a faits avec moi et qui ressemblaient au test de ton père et que ça suffirait. Mais quand je suis allée emprunter des fringues à Fiona, je me suis retrouvée toute seule dans l'autre chalet. Alors, j'ai décidé de fouiller dans les affaires de Quentin pour voir à quoi il jouait réellement. Et j'ai trouvé ces instruments dans ce sac sous son lit. Je ne sais pas vraiment à quoi ils servent, mais j'ai eu super peur qu'il ne te laisse jamais partir. Même si tu fais tout ce qu'il veut. Je savais qu'on aurait dû s'enfuir. Mais c'était trop tard. Stuart m'a surprise en train de fouiller et m'a enfermée de nouveau ici.

— Quel genre d'instruments ? demande Jasper.

— Des trucs chirurgicaux, répond Cassie à voix basse. Je ne sais pas ce qu'il compte faire, Wylie, mais c'est pas un simple test de questions et réponses. Ou si c'est comme ça qu'il commence, ce n'est pas comme ça qu'il finira.

— Mais comment je suis censée lui enseigner un truc que je fais sans même m'en rendre compte ?

— Tu ne peux pas, affirme Jasper. Donc il faut qu'on se barre d'ici.

— Et mon père ? Qu'est-ce qui va lui arriver quand il sera là ? Et est-ce que North Point existe vraiment ? Quelqu'un a bien tiré sur Fiona.

— Je ne sais pas, répond Cassie en se recroquevillant encore davantage sur elle-même. Quentin a arrêté de me parler dès que vous êtes arrivés ici. Il a peut-être ordonné à Stuart de tirer sur Fiona, je ne sais pas. Mais il a dit dès le début qu'il avait peur qu'on nous retrouve. Soit il jouait la comédie, soit il y a vraiment un ennemi dehors.

— Tu as été vraiment conne de lui faire confiance, Cassie, dit Jasper sur un ton froid et tranchant sans même la regarder. Mais tellement conne.

Cassie le regarde, désespérée.

— Tu as raison. Tu as complètement raison. Mais je vais réparer tout ça, affirme-t-elle d'un air soudain résolu. Je le jure.

— Génial, commente Jasper. Je vais donc rester là à attendre de voir ça.

Je me rappelle soudain le contreplaqué dans le coin. Est-ce que Jasper a oublié qu'on y était presque ? Bientôt, savoir qui a tort, qui a menti et à qui – tout ça n'aura plus aucune importance. Parce que nous serons libres.

— Attends, et…

Je me dirige vers le fond du chalet, le cœur battant à tout rompre, jusqu'à l'endroit où on a passé tant de temps à défaire les vis. Mais Jasper secoue déjà son visage tuméfié. Il a l'air désolé pour moi.

— Comment ça, non ?

Il me rejoint en silence, ôte les dernières vis et retire la plaque de bois.

Et je ne peux rien faire d'autre que regarder fixement. Il y a bien un trou dans le mur du chalet, dans lequel j'ai glissé la main. Il est aussi haut que la plaque, mais beaucoup plus étroit. Suffisamment pour que j'aie cru que c'était une issue, pas assez pour l'être réellement.

Je regarde Jasper, les yeux écarquillés.

— Je sais, dit-il. Tout ça craint à mort.

— Ils vont bien être obligés de revenir. Si Quentin pense qu'il a absolument besoin de moi, il ne va pas me laisser croupir longtemps ici.

— Ouais, et ? demande Cassie. Comment on va faire pour fuir ?

— On va trouver.

Pas besoin d'être une Anomalie pour savoir ça : si on veut survivre, on doit franchir cette porte.

Pendant les longues heures qui suivent, on examine plan après plan, mais aucun n'a la moindre chance de réussite. Enfin, on pense que des heures se sont écoulées. On nous a confisqué nos portables, et on n'a donc aucune idée de l'heure qu'il peut bien être. Et le temps est tellement couvert qu'il est impossible de deviner l'heure grâce au soleil. Mais j'ai l'impression qu'il s'est écoulé beaucoup de temps. On finit par lancer des idées en l'air afin de les voir dériver dans des cieux inutiles. On fouille de nouveau le chalet de fond en comble, à la recherche d'une sortie. Mais Jasper et moi l'avions déjà fait. On ne trouve rien. Jasper partage les barres de céréales et les bouteilles d'eau que Quentin a apportées la première fois. Je n'ai envie ni de manger ni de boire, mais Jasper a raison : il faut le faire tant qu'on le peut. Au cas où on réussirait à s'enfuir.

Et après ça, s'installent le silence, puis l'effroi.

On finit par s'endormir. En tout cas Jasper et moi, parce qu'on se réveille en sursaut quand on entend du bruit à la porte. Je devine au regard hanté de Cassie qu'elle n'a pas fermé l'œil.

La porte s'ouvre et Lexi pénètre dans la pièce, triste et penaude, des bouteilles d'eau à la main.

— Coucou, dit-elle à voix basse, presque avec espoir.

Je ne sais pas pendant combien de temps on a dormi mais il fait beaucoup plus sombre. Ce n'est pas encore le milieu de la nuit, mais presque. Je tends la main pour allumer la lampe à pétrole et Jasper fait de même avec la deuxième.

— Désolée de vous réveiller. Je me suis dit que de l'eau en plus, ça pouvait pas faire de mal.

Mais ce n'est pas pour ça qu'elle est là. Elle a des questions à poser. Elle se fait du souci pour elle et pour son bébé. Elle pense que Doug ne contrôle pas la situation.

— Quentin vous ment, dis-je. (Les sentiments qui animent Lexi sont chaotiques : j'essaie de me concentrer pour les comprendre. N'est-ce pas ce qu'une Anomalie est censée savoir faire ?) Il va nous tuer. Il faut que vous le sachiez.

— Non, répond-elle sur un ton mal assuré.

— Si. C'est son plan. Obtenir ce qu'il veut puis se débarrasser de nous. Et est-ce que tu penses vraiment qu'il vous fera suffisamment confiance pour vous laisser partir après ça ? Qu'arrivera-t-il à ton enfant si tu ne rentres pas chez toi ? Je sais ce que c'est que de grandir sans mère. Et ma mère a eu un acc... (Je m'interromps et inspire un grand coup.) Toi, tu as le choix.

Lexi secoue la tête et jette un coup d'œil prudent en direction de la porte. C'est alors que je sens une étincelle vacillante d'angoisse – la sienne, pas la mienne. Je dois m'en servir de toutes les façons possibles.

— Tu ne peux pas aider Quentin juste parce que Doug te l'a ordonné. C'est parce que tu l'as écouté une première fois que tu t'es retrouvée embarquée dans ce bordel, dis-je en espérant que ça suffira à la convaincre. (Lexi est perturbée mais Doug est objectivement mauvais.) Est-ce que tu es vraiment prête à perdre ta fille à cause de lui ?

— Oh, mon... (elle pose une main sur sa bouche et devient pâle comme la mort. On dirait qu'elle vient juste de se réveiller.) Je suis désolée, il faut que je m'en aille. Tout de suite. (Elle est déjà à mi-chemin de la porte.) Je dois retrouver mon bébé.

— Mais d'abord, tu dois nous aider. Je te demande juste de distraire Stuart pendant une minute et de t'assurer que le verrou reste ouvert.

— Non, non, je ne peux pas...

— Tu le dois. Ou tu seras responsable de ce qui nous arrivera. Et cette fois-ci, tu ne pourras pas accuser Doug. Si on meurt, ce sera ta faute. Comment tu vivras avec ce fardeau ? Comment tu pourras être une mère pour ta fille ? Nous sommes les enfants de quelqu'un, nous aussi.

— Ça ne marchera jamais, dit Cassie une fois Lexi sortie après nous avoir plus ou moins assuré qu'elle ferait ce que je lui avais demandé et détournerait l'attention de Stuart. Tu as vu comme elle était nerveuse ? Elle va craquer. Et tout balancer à son mari.

— Tu es d'une grande aide, Cassie, aboie Jasper. Tu as une meilleure idée ? Surtout si on considère que c'est à cause de toi qu'on est dans ce merdier.

Cassie ferme les yeux et secoue la tête.

— Non, répond-elle à voix basse en se laissant tomber sur le canapé. Je n'en ai pas.

— Fabuleux, poursuit Jasper en grinçant des dents. Mais bon, faut voir le bon côté des choses ; au moins, tu te sentais spéciale.

C'est normal qu'il soit furieux. Moi aussi je suis en colère après Cassie. Mais une partie de moi se sent mal pour elle. Elle est qui elle est. Elle ne peut pas changer, pas plus que moi. Qui que je sois au final.

Un autre bruit à la porte. Le verrou glisse de nouveau. Trop rapidement pour que ce soit Lexi.

La porte s'ouvre, et cette fois-ci, c'est Quentin qui passe la tête par l'encadrement. Il prend une profonde inspiration et exhale en gonflant les joues tout en entrant dans le chalet. Il est encore différent. Pas tout à fait l'ado attardé nerveux qu'on a rencontré la première fois, mais presque. Il a même remis ses lunettes.

Cassie avait raison. Avec lui dans le chalet, nos chances de fuir sont faibles. Et pas moyen de prévenir Lexi d'attendre qu'il soit parti. Si elle parvient à déverrouiller la porte, on devra tenter notre chance quand même, ce qui veut dire qu'il faut éloigner Quentin de la porte.

— Je suis content de voir que quelqu'un vous a apporté de l'eau.

Il fait un pas en avant, s'empare d'une des bouteilles que Lexi a laissées et la contemple en silence. Je crains un instant qu'il ne nous annonce qu'il sait que Lexi a accepté de nous aider et que Doug l'a fait changer d'avis.

— C'est vous qui avez laissé ces poupées sur notre véranda ? je demande en me dirigeant vers le fond du chalet.

J'espère que Quentin va m'emboîter le pas, distrait par la question. Il faut qu'on l'éloigne de la porte d'une manière ou d'une autre. Et je pars du principe qu'il est responsable des poupons. Ils ont surgi juste après que mon père l'a viré.

— Des poupées ? répète Quentin, l'air sincèrement perplexe. J'ai bien peur de ne pas saisir de quoi tu parles. Mais je ne serais pas surpris d'apprendre que quelqu'un a laissé des choses désagréables devant chez toi, Wylie. Cette situation est beaucoup plus vaste et plus complexe que deux scientifiques aux perspectives philosophiques diamétralement opposées. Il y a tant de forces en présence.

— Est-ce que mon père va vraiment venir ? (Je m'adosse au mur le plus éloigné de la porte avec détachement.) Quant à ces gens de North Point, ils n'existent pas, pas vrai ?

— Oui, bien sûr, aux deux questions, répond Quentin, comme s'il se moquait que je le croie ou non. (Au lieu de ça, il me dépasse et avance vers le fond du chalet, encore plus loin que ce que j'espérais.) Maintenant, est-ce qu'il a *toujours* été prévu que ton père nous rejoigne ? Non. Est-ce qu'on a *toujours* travaillé ensemble ? Non. Sinon, j'aurais su tout de suite qu'il avait échangé tes résultats avec ceux de Cassie. (Il s'interrompt comme s'il attendait une réponse de ma part.) Est-ce que j'ai dû le leurrer pour le faire venir jusqu'ici ? Oui. Mais il ne va pas tarder, Wylie. Et ne t'y trompe pas, North Point existe vraiment. Et, comme le Collectif, ce n'est que le début. Nous nous tenons dans l'œil du cyclone.

Il se dirige vers le mur où nous avons ôté le contreplaqué. Il contemple le trou long et étroit dans le mur, le dos tourné. Je me place alors entre Quentin et la porte. Entre mes amis et lui. Parce que c'est moi qu'il veut. Et c'est peut-être comme ça que tout – et moi par la même occasion – est supposé finir. Je dois croire que je vais trouver une façon de m'enfuir. Si ce n'est pas tout de suite – par la porte avec Jasper et Cassie – alors ce sera plus tard. Et si je n'y arrive pas, ce n'est pas si grave. Parce que je ne sais peut-être plus qui je suis. Mais il y a une chose dont je suis certaine : je ne veux plus jamais avoir peur.

— Laissez partir Cassie et Jasper et je ferai ce que vous voulez.

— Wylie.

La voix de Cassie tremblote. Elle comprend ce que je suis en train de faire, que j'ai prévu de me sacrifier pour qu'ils puissent s'enfuir.

— Je vous apprendrai ce que vous voudrez, poursuis-je en me rapprochant de Quentin.

Je suis émerveillée par la conviction que j'entends dans mon ton, comme si je savais réellement enseigner quoi que ce soit. Mais j'ai plus de mal à garder mon sang-froid lorsque Quentin se tourne vers moi et plonge ses yeux dans les miens. Et c'est là que je ressens le poids du vide qui l'habite. Ses entrailles sont un abîme et son cœur un précipice. Et je suis sur le point de sombrer dans le gouffre.

— Je ne peux pas les laisser partir, Wylie, répond-il calmement, comme s'il énonçait une triste vérité, que nous devons affronter tous les deux. Pas maintenant. (Il lève la tête et jette un vague regard en direction de la route et des bois.) C'est dangereux – avec North Point.

— Oh, allez ! s'écrie Jasper. Il n'y a personne !

— J'aimerais mieux, crois-moi, répond Quentin en hochant calmement la tête. Certains d'entre eux sont déjà là. Fiona a une cicatrice pour le prouver.

Mais sa façon de le dire me fait penser que Cassie a sans aucun doute raison : Quentin est derrière ça aussi. Il pivote de nouveau et s'accroupit devant le trou dans le mur.

— J'ai toujours pensé que la seule chose pire que de n'avoir aucune issue de secours, c'est de croire qu'on en a une qui n'existe pas.

J'entends un léger bruit près de la porte. La voix de Stuart ? Qui s'adresse à Lexi ? Jasper se met à tousser pour couvrir le bruit. Lexi fait ce qu'on lui a demandé, elle éloigne Stuart. Ça y est. On ne peut pas attendre plus longtemps. C'est notre chance. Quentin, toujours accroupi, examine le trou. Il est suffisamment distrait pour l'instant. Je me tourne vers Jasper et Cassie.

— Allez-y, articulé-je en silence. Maintenant.

Je serai peut-être assez rapide pour les suivre avant que Quentin ait le temps de m'attraper. Est-ce que j'y crois vraiment ? Non. Mais il faut bien que quelqu'un fuie. Et une partie de moi est morte le même jour que ma mère. C'est peut-être le signe que je dois disparaître enfin.

Ce qui se déroule ensuite a lieu en un éclair. Et rien ne se passe comme je l'avais anticipé. Comme je le voulais.

La porte du chalet ne s'ouvre pas à la volée. Je ne vois pas Cassie et Jasper disparaître dans la nuit. C'est Cassie qui se déplace d'abord et à toute allure. Mais pas vers la porte. Au lieu de ça, elle plonge sur le côté et s'empare d'une des lampes à pétrole. Un instant plus tard, elle la lève au-dessus de sa tête et la fracasse au sol entre Quentin et moi.

Et je pense : *Quoi ? Pourquoi ?*

Quentin semble songer la même chose en se redressant. On contemple tous le petit tas de verre brisé et la petite flamme ridicule qui vacille au milieu.

— Qu'est-ce que tu fous ? demande Quentin sur un ton presque amusé.

Jasper prend la parole à son tour, parce qu'il ne comprend pas non plus.

— Cassie, qu'est-ce que… ?

Mais alors elle tourne sur elle-même, pose sa main sur ma poitrine et me repousse violemment. Je trébuche, et c'est là que je sens quelque chose. Le jean et le manteau qu'elle n'a pas ôtés sont toujours pleins d'essence.

Et soudain, je comprends tout.

— Cassie, non !

Mais c'est trop tard. Le reste se déroule dans un horrible ralenti. Je n'arrive pas y croire alors même que ça se déroule sous mes yeux.

— Fuyez ! hurle Cassie en avançant vers la flamme, qui embrase tout de suite l'ourlet de son manteau.

— Non !

Je me précipite vers elle. Mais son corps est déjà englouti par les flammes. Et c'est tellement brûlant – *elle* est tellement brûlante – même à un mètre de distance, que je sens mes cils roussir. Je mets les mains devant mon visage. Mais ça ne sert à rien. Mes paumes ont déjà commencé à brûler.

Mais le pire, c'est le silence. *Son* silence. Le seul bruit qui me parvient est le craquement de tout ce qui s'embrase autour d'elle. Cassie ne hurle pas. Elle ne parle pas. Elle ne bouge pas. C'est presque comme si elle s'était échappée, si elle avait disparu dans le nuage de fumée. Mais soudain, elle s'effondre, à genoux.

— Stuart !

Quentin hurle lorsque le canapé à côté de lui s'embrase, de même que des dossiers de l'autre côté. Il est piégé de tous côtés par les flammes.

— Oh, merde !

Une voix derrière la porte. Stuart entre en courant et attrape une couverture pour étouffer le feu.

Et quelqu'un me tire en arrière vers la porte, loin de la fumée. Je me débats pour me libérer.

On doit faire quelque chose. Il faut la sauver, je pense, même si je sais que c'est trop tard.

— Viens, Wylie ! crie Jasper en me traînant derrière lui. (Sa voix est aiguë et étranglée comme celle d'un petit garçon terrifié.) Il faut fuir !

26

UNE FOIS DEHORS, ON SE MET À COURIR. Il fait froid et sombre et une odeur de cramé plane dans l'air. De chair carbonisée. Et de mort. De Cassie en flammes. L'odeur vient de moi. Elle exsude par tous les pores de ma peau. J'ai un haut-le-cœur tandis que nous traversons en courant la pelouse humide plongée dans le noir en direction du bois encore plus sombre. Pas de lune ce soir, ni d'étoiles. Comme si l'univers s'était replié sur lui-même. J'ai les larmes aux yeux et ma poitrine me brûle. *Non*, je songe de nouveau. *Ça ne s'est pas produit.* Ce n'est pas réel. Et soudain, mes jambes deviennent trop lourdes pour que je continue à les bouger.

— Allez. (Jasper me tire par la manche quand je ralentis.) On ne peut pas s'arrêter.

Il a raison. Elle est morte pour qu'on puisse s'échapper. Et il faut prévenir mon père. Je ne sais pas ce qu'il croit, ce que Quentin et le prétendu docteur Simons lui ont raconté pour le faire venir jusqu'ici. Mais je suis certaine qu'il n'en sortira pas vivant. Quand on atteint enfin l'orée de la forêt, je me retourne. J'espère encore que tout est une hallucination. Mais le chalet embrasé rougeoie dans le lointain.

— Ne regarde pas, ordonne Jasper, plus pour lui-même que pour moi. C'est pire. Viens.

Mais c'est dur de courir et de respirer quand on pleure toutes les larmes de son corps. Est-ce que je pleure, d'ailleurs ? Mon visage est trempé et ma gorge est à vif. Mais à part ça, je suis complètement et totalement anesthésiée, ce qui rend ma course dans les ténèbres encore plus compliquée. Mais Jasper et moi avons déjà fait ça. On peut le refaire. On n'a pas le choix. Et j'entends déjà des voix derrière nous. Elles ont l'air très nombreuses mais c'est peut-être juste l'écho de quelques-unes. Et Doug doit sans aucune doute faire partie de ceux qui nous ont pris en chasse.

— Regarde. Là-bas, dit Jasper après un bon moment de course dans le noir sur des feuilles et des branchages.

Je devine les contours de son bras qui désigne quelque chose droit devant. De petites lumières au loin, une maison, peut-être.

— Il doit y avoir un sentier qui mène à la route.

De nouveau sauvés par des lueurs à l'horizon ? Mais elles sont beaucoup plus loin cette fois, parce qu'on continue à courir comme ça dans l'obscurité pendant ce qui me semble être une éternité. On a beau faire le plus vite possible, ça ne me paraît pas suffisant et ça a l'air de nous mener nulle part. Et pas plus près des lumières, qui finissent même par disparaître. Je m'attends à discerner une voix derrière nous d'un instant à l'autre, à sentir une main sur mon bras, à entendre un coup de feu. Mais il n'y a rien d'autre dans cette atroce éternité que le sourd battement de mon propre cœur.

On parvient enfin – des minutes, des heures, une vie plus tard – à déboucher sur une route. Il s'avère que la maison est encore loin. La route qui se déroule devant nous est sombre et étroite. Aucun bruit. Je regarde à droite, puis à gauche. Pas un véhicule en vue. Rien. Personne. Nulle part. Mais Jasper a raison. On doit continuer à avancer. On ne s'est arrêtés qu'un instant, et j'ai déjà l'impression que ma poitrine va exploser.

J'aurai le temps de faire le deuil de Cassie plus tard. Je pourrai éprouver une tristesse éternelle. Mais là, tout de suite, je dois me reprendre et accélérer. On doit le faire tous les deux, avant qu'ils nous rattrapent. Il faut prévenir mon père.

J'observe de nouveau le ruban d'asphalte sombre et silencieux, à gauche puis à droite. Quelle direction prendre ? Quel est le plus court chemin vers un téléphone, un endroit d'où appeler mon père ? Ou la police. Mais pas l'officier Kendall. Et le FBI ? Comment on fait pour les contacter ?

— Putain de merde, murmure soudain Jasper, les yeux rivés aux miens. Elle est vraiment morte, pas vrai ?

Comme si quelqu'un venait juste de lui apprendre la nouvelle. Comme s'il venait juste de comprendre.

— Oui. Mais tu avais raison. Il fallait fuir. On n'aurait rien pu faire pour la sauver.

— Putain de bordel de… (Il se plie en deux comme s'il allait vomir.) T'as entendu ce que je lui ai dit ? J'ai été odieux. Et ce sera la dernière chose que je lui aurai dite. La dernière.

— Elle savait que tu l'aimais.

Il faut qu'il se ressaisisse. Si Jasper perd les pédales, je vais m'effondrer moi aussi.

Une lueur vacille soudain sur la route, dans le lointain. Comme une étoile filante. Elle disparaît si vite que je pense que je l'ai rêvée. Un mirage. Mais voilà qu'elle réapparaît. Elle est petite mais elle grossit lentement et de façon continue. Des phares. Un instant plus tard, le doute n'est plus permis.

— Quelqu'un se dirige vers nous.

Jasper prend une profonde inspiration et croise les bras tout en se penchant pour voir.

— Ça pourrait être eux. Quentin… ou Doug ?

— Ils arriveraient de l'autre côté, plutôt, non ?

Je retiens mon souffle en regardant les phares s'approcher. J'espère de toutes mes forces que j'ai raison, parce que tout ce que j'ai en tête pour l'instant, c'est le fusil de Stuart. Et la tête de mon père si ce fusil était pressé sur sa nuque.

— C'est un camion, annonce Jasper. Mais il roule trop vite. Il ne nous verra jamais à temps.

Il a raison. Le véhicule approche à toute allure, et ses phares grossissent de seconde en seconde, alors qu'ils paraissaient très loin il y a quelques minutes seulement. *Il va s'arrêter. Il va me voir.* Une supposition, un espoir, un instinct. Une intuition. Si je suis vraiment qui ils pensent, tous, alors j'ai raison, non ? *Ce n'est pas de la télépathie.* J'ai cette phrase en tête, aussi. Celle de mon père.

— Wylie ! (J'entends Jasper hurler pendant que je me place au beau milieu de la route.) Qu'est-ce que tu fous, nom de Dieu ?

Tout va bien, je me dis. *Je ne mourrai pas comme ça.* Et je le pense vraiment. Mais alors que j'agite les bras au beau milieu de cette route, une partie de moi l'espère quand même. Et Jasper a raison, le camion ne ralentit pas. Les phares se rapprochent. Ils éclairent violemment le bitume et les arbres et m'éblouissent. *Ce n'est pas comme ça que je meurs.* Et c'est à la fois un souvenir et un souhait.

— Wylie ! hurle de nouveau Jasper.

Je pivote vers lui. Son visage est brillamment éclairé par les phares et il sprinte vers moi comme le sportif qu'il est. Mais je sais déjà qu'il n'aura pas le temps de faire autre chose que mourir avec moi. Alors je ferme les yeux et je fais face aux phares tout en priant pour avoir raison. Et si je me trompe, je prie pour que Jasper en réchappe.

L'intérieur de mes paupières s'embrase si violemment que je me demande pendant une fraction de seconde si je ne suis pas déjà morte. Mais j'entends alors un crissement assourdissant et je sens une odeur de caoutchouc brûlé. J'ouvre brièvement les yeux : Jasper est à mes côtés, le visage détourné, les épaules droites, prêt pour l'impact. Je referme les paupières. Jusqu'à ce qu'il n'y ait plus que le silence.

Quand je rouvre les yeux, le camion nous a dépassés et s'est arrêté plus loin, quasiment dans le bois, de l'autre côté de la route. Je regarde mes mains en clignant des yeux. Elles sont toujours là. Je suis en un seul morceau. On est toujours vivants. J'avale une goulée d'air et Jasper et moi nous regardons, les yeux écarquillés.

— Putain de bordel de merde ! braille le chauffeur en contournant l'avant de son véhicule.

C'est un homme corpulent avec une barbe brune en bataille, qui porte une chemise à carreaux bleus et une casquette de base-ball verte. Il pose une main sur la calandre de son camion et l'autre sur son cœur.

— Mais qu'est-ce que vous foutez au milieu de cette putain de route ?! J'ai failli vous écraser ! (Il baisse les yeux sur ses bras et ses jambes pour vérifier qu'il n'est pas blessé.) J'aurais pu me tuer. Sans parler de mon camion. (Il recule pour l'inspecter.) Trente centimètres de plus et je percutais l'arbre, bordel !

— S'il vous plaît, nous avons besoin d'aide.

J'ai l'air trop agitée, comme une fille qui va causer des problèmes parce qu'elle en a déjà. Une droguée, peut-être. S'il est du coin, c'est ce qu'il pensera.

— On voudrait juste passer un coup de fil.

— Pas question ! (Il regagne déjà le siège du conducteur.) Bougez votre cul hors de la route ou je jure que je vous roule dessus, cette fois !

Il est furieux. Mais nerveux, aussi – *lui*, pas moi. Même si hier encore, j'aurais pris son stress pour le mien, je sais à présent que ce sont *ses* sentiments. Il a peur d'avoir des ennuis. C'est rien de grave, pas comme s'il transportait un cadavre. Mais quelque chose qu'il n'est pas censé faire : rouler sur cette route, tromper sa femme, faire des heures sup. Je ne sais pas ce que c'est, mais il ment à quelqu'un.

— Prêtez-nous votre téléphone portable, ou on appellera votre employeur plus tard pour lui dire qu'on vous a vu ici. (Je fais un pas en arrière pour lire théâtralement le nom de son entreprise inscrite sur le côté et le numéro de sa plaque d'immatriculation. Je ne retiendrai aucun des deux.) Votre camion est trop large pour une route aussi étroite. Vous n'êtes pas censé être là.

— Ah ouais ? proteste-t-il avec véhémence. J'en ai rien à foutre de ce que tu fais. (Sauf qu'il est évident qu'il ment.) De toute façon, y a pas de réseau par ici. Même si je vous file mon téléphone, vous pourrez pas vous en servir.

Mais il n'est pas remonté dans son camion. Il est suffisamment inquiet pour ne pas repartir avec ma menace suspendue au-dessus de sa tête.

— Alors emmenez-nous avec vous. Jusqu'à la prochaine station-service. On empruntera le téléphone de quelqu'un d'autre là-bas.

— Merde, il est pas question que…

— Bon, ben on appellera votre boss, alors. Et tout le monde saura ce que vous faites.

Je sais que j'avance à l'aveuglette. Mais le chauffeur grince des dents et plisse les yeux, comme s'il me prenait au sérieux.

— D'accord, finit-il par dire. Mais vous montez dans la remorque.

Je m'installe en silence avec Jasper à l'arrière du camion froid et sombre. On s'adosse à la paroi, les pieds coincés contre une haute pile de caisses en plastique remplies de boîtes de crackers et de bretzels qui brinquebalent de droite à gauche chaque fois que le camion rencontre un nid-de-poule.

On roule plus longtemps que ce à quoi je m'attendais. Beaucoup, beaucoup plus longtemps que nécessaire. Une heure environ. Je finis par me demander s'il nous conduit vraiment à une station-service. Et si ce mec était un complice de Quentin, comme l'officier Kendall ? Et si son secret était pire que ce que j'imaginais ? Si terrible qu'il doive se débarrasser de nous ? Je n'ai pas l'impression que mes pensées dépassent le stade des suppositions.

Et même si j'ai eu raison et qu'il se livre à une activité louche, c'est une chose de menacer quelqu'un, c'en est une autre de savoir ce qui va vous arriver après. Quand le camion finit par s'arrêter, je suis à deux doigts de la crise d'angoisse. Jasper se penche pour me prendre la main.

— On va s'en sortir, promet-il en me pressant les doigts. (Sa voix est calme et basse, mais il fait trop sombre pour que je distingue son expression.) Et ton père aussi. On le préviendra à temps. J'en suis sûr.

On n'a pas réussi à sauver Cassie, alors on se rattrapera en le sauvant, lui. Jasper ne le formule pas comme ça, mais je sais que c'est ce qu'il veut dire, que c'est ce qu'il veut croire. Sauf qu'en fait, il n'en est pas convaincu du tout. Je le sens. Jasper a peur que mon père fonce tête baissée dans le piège, qu'il soit peut-être déjà prisonnier. Et moi aussi. Je suis terrifiée. Mais j'essaie avec force de ne pas me laisser envahir par la panique parce que papa a besoin de moi. Il a besoin que je n'aie pas peur.

On se tient encore par la main quand on entend s'ouvrir le verrou du rideau du camion. Un instant plus tard, il coulisse bruyamment vers le haut.

Il fait toujours nuit. J'espérais que le jour se soit levé, même si je savais que c'était impossible. L'aube est encore loin, et il reste encore des heures de nuit entre maintenant et demain. Mais le matin aurait été la preuve que tout allait s'arranger. Même si une partie de moi sait très bien que ce n'est pas vrai. Cassie est morte. Et rien ne changera jamais ça.

— Dégagez de là avant que quelqu'un vous voie, ordonne le routier en agitant la main. (On est bien devant une station-service, comme on le lui a demandé.) Et z'avez pas intérêt à avoir touché mes crackers.

En descendant du camion, j'entends le bourdonnement ordinaire de la circulation sur l'autoroute non loin. Le parking est presque désert. Quelques conducteurs font le plein, des routiers bavardent, café en main. Des hommes d'affaires, quelques familles vont et viennent dans le bâtiment. La vie. Comme si rien n'avait changé. Et je me demande un instant si je n'ai pas tout imaginé.

Non, je ne dois pas me laisser aller à ça. À faire comme si Cassie était encore en vie. Ce sera pire ensuite, quand je me rappellerai qu'elle est vraiment morte et que tout ça s'est bel et bien produit. Je le sais. Cassie et ma mère sont mortes toutes les deux et je suis toute seule. Je ne sais pas ce que je vais faire sans elles, comment je vais survivre. Mais je dois me concentrer sur l'instant présent : mon père. Il faut le prévenir. Nous assurer qu'il ne se rende pas au camp Colestah, là où son supposé vieil ami le docteur Simons veut le convaincre qu'il doit se trouver. Je devrais peut-être lui en vouloir tellement que son sort m'importe peu, mais en réalité, j'ai désespérément besoin que mon père vive.

À l'intérieur du bâtiment, une femme attablée près du McDo tient un bébé endormi dans ses bras tout en encourageant une petite fille fatiguée assise en face d'elle à manger encore quelques nuggets. Elle me regarde quand j'entre, comme si j'avais déclenché une alarme intérieure. Elle est inquiète, de manière maternelle. Pour ses propres enfants. Pour moi. Difficile à dire.

Mais elle acceptera de me prêter son portable. J'en suis certaine. Elle fera de son mieux pour nous aider. Cependant, quand je me dirige droit vers elle, elle serre son bébé un peu plus fort contre elle et se penche vers la petite fille. Impossible de lui en vouloir. J'imagine très bien de quoi j'ai l'air. Épuisée, sale, couverte de suie. Une menteuse. Parce que c'est la réalité : ma vérité est la somme d'un nombre incalculable de mensonges.

— Est-ce que je pourrais vous emprunter votre téléphone ? je lui demande. C'est une urgence. J'ai perdu le mien et je dois absolument appeler mon père.

— Euh, oui, bien sûr.

Mais elle est nerveuse. Elle pousse son portable sur la table dans ma direction, tout en jetant un regard rapide à sa fille, qui est assise à quelques centimètres de moi.

— Merci. (Je m'éloigne un peu et elle se détend.) Je n'en ai pas pour longtemps.

J'espère qu'elle ne remarque pas que mes mains tremblent quand je compose le numéro du portable de mon père. Je fais deux pas sur le côté. Pas trop loin pour ne pas qu'elle pense que je vais lui voler son téléphone, mais suffisamment pour qu'elle n'entende pas les horreurs que je vais prononcer. Mais le portable de papa est directement sur messagerie et mon cœur s'emballe. Pas une seule sonnerie. Est-il près du camp ? Est-ce que son temps est déjà compté ?

— Ça va ? demande la jeune femme, exactement comme Lexi. Tu as besoin d'aide ?

Je lève les yeux. Elle me regarde. *Oui*, ai-je envie de dire. *J'ai vraiment besoin d'aide.*

— Est-ce que je peux passer juste un autre coup de fil ? je demande en la rejoignant. Chez moi. Le portable de mon père est éteint.

— Bien sûr.

Elle déplace le bébé sur son autre jambe, jette un coup d'œil en direction de Jasper puis vers le vigile près de la porte. Elle sait que je ne dis pas tout. Elle le devine. Peut-être parce qu'elle est sympa. Ou peut-être parce que c'est une Anomalie, elle aussi. Et qu'elle ne le saura jamais.

— Vas-y, insiste-t-elle.

Il ne me reste qu'une chance – un autre appel avant qu'elle propose de m'aider. Ma seule option, c'est Gideon. Je sens le rouge me monter aux joues en composant le numéro de son portable. J'espère que je vais parvenir à le joindre. Et qu'il fera exactement ce qu'il faut.

— Allô ?

Mon frère répond avant que je puisse m'éloigner des oreilles indiscrètes.

— Gideon, c'est Wylie. Écoute-moi attentivement, dis-je et ma voix se met à trembler. (Mais je ne peux pas craquer, pas maintenant.) Tu dois appeler la police de Boston. Dis-leur qu'il est arrivé quelque chose à papa. Qu'il a des ennuis. Quelqu'un – que dire qui ne paraisse pas insensé et que Gideon puisse raconter aux flics pour les forcer à partir à la recherche d'un adulte qui n'a disparu que depuis quelques heures ? – papa a été victime de car-jacking à Boston. Un mec avec un flingue l'a arrêté et est monté dans sa voiture. Il a réussi à m'appeler une fois pour me dire qu'ils étaient près du camp Colestah, dans le Maine.

C'est pas hyper-logique, mais ce n'est pas non plus un mauvais mensonge. Quand je baisse les yeux, je m'aperçois que la jeune mère me regarde bouche bée – le coup du flingue, la police. Je la comprends. Mais je dois en finir avant qu'elle veuille récupérer son téléphone et se débarrasser de moi.

— Qu'est-ce que tu racontes ? demande Gideon. Et d'abord, tu es où ? (Il a l'air super inquiet.) Tu ne peux pas te barrer comme ça sans rien dire à personne. À qui est ce téléphone ? Et c'est quoi ce délire avec pa...

— Gideon ! je m'écrie, trop fort. (J'évite de regarder dans la direction de la femme. Je m'agrippe au téléphone afin que personne ne puisse me l'arracher.) S'il te plaît, écoute-moi. Je dois raccrocher. Appelle la police. La police de *Boston*. Dis-leur de chercher la voiture de papa dans le Maine, quelque part sur l'autoroute entre Newton et le camp Colestah, dans le Maine. Ou quelque chose de terrible va lui arriver.

— Pourquoi est-ce que tu ne lui parles pas *toi-même* ?

— Je ne *peux pas* parler à papa, Gideon. C'est bien ça le problème. Il ne répond pas au téléphone. J'ai besoin de ton aide.

— Euh, ouais, sauf qu'en fait, tu *peux* lui parler, vu qu'il est assis juste à côté de moi.

27

ILS ENVOIENT LA POLICE. Toutes sortes de police, dans toutes sortes d'endroits. Au camp. Pour nous récupérer. Chez l'officier Kendall, même s'ils ne le trouveront pas. Le FBI, aussi, puisque Quentin a fait franchir la frontière de l'État à Cassie. Je n'explique pas tous les détails à papa au téléphone, je lui en dis juste assez pour qu'il saisisse l'essentiel, qu'il sache que quelque chose de terrible est arrivé à Cassie et qu'on ne peut pas faire confiance à la police locale. Et il m'en dit assez pour que je comprenne qu'il n'a envoyé aucun des textos que j'ai reçus après m'être disputée avec lui à la supérette. Le fait que ce soit son numéro qui s'affiche et non pas son nom était un signe, mais je l'ai mal interprété. Tous les SMS qu'il a envoyés et les messages vocaux qu'il m'a laissés ont été bloqués et n'ont jamais atteint mon portable. Qui sait si Niveau99 savait qui ils aidaient réellement et pourquoi, mais apparemment, ils ont bien fait leur job.

J'ai plus de mal à convaincre mon père de ne pas bouger. Il veut venir me chercher à tout prix pour s'assurer que je vais bien. Il veut le constater de ses propres yeux. Et je lui en suis plus reconnaissante que j'aurais jamais cru l'être. Mais je crains toujours que Quentin s'en prenne à lui. Quand je me mets à pleurer en lui disant de ne pas bouger, il finit par m'écouter.

Karen, cependant, n'a pas le choix. Elle est déjà en chemin.

Jasper et moi on ne parle pas beaucoup sur le trajet du retour, qu'on effectue de nouveau à l'arrière d'une voiture de patrouille. Cette dernière est plus vieille et plus exiguë, mais je m'y sens plus en sécurité. On a passé la nuit à la station-service à répondre aux innombrables questions des différents flics – des policiers, des inspecteurs, et pour finir du FBI. Une heure après avoir pris la route pour Newton, le soleil se lève enfin et le ciel au-dessus des arbres forme un tourbillon de rose et de pourpre. Je dors pendant quelques minutes et je rêve de flammes et de Cassie embrasée. Je me réveille en criant, ce qui réveille Jasper. La femme flic qui est assise sur le siège du passager tourne un peu la tête, mais sans me regarder.

— Tu es en sécurité, dit-elle sur un ton neutre et ferme. Tout va bien.

Mais ça ne me réconforte pas. Je me sens en danger. Ça ne me passera peut-être jamais.

— Tu crois vraiment que tu es une Anomalie ? me demande Jasper.

— J'en sais rien.

Et c'est la vérité. Depuis qu'on est partis de chez moi, il y a eu des choses que je savais : qu'il n'y avait pas de bébé dans le siège auto, que le vieil homme nous donnerait son pick-up, que le routier céderait au chantage. Mais j'ai aussi raté plein de trucs – qui était Quentin, ce que ferait Cassie.

— J'en suis peut-être une. Et peut-être pas.

— Est-ce que ça va aller ?

— Je sais pas, dis-je avec un sourire forcé. Peut-être. Peut-être pas.

Parce que c'est la vérité. Mais la vérité, c'est aussi que je suis beaucoup moins angoissée depuis quelques heures. Est-ce que c'est parce que j'ai enfin une explication à mon « état » ? Est-ce que je suis libérée de cette prison par ce secret ? Aucune idée. J'ai l'impression de ne plus rien savoir, sauf que je veux rentrer chez moi et voir mon père.

Jasper pose la main sur la mienne et la presse. Mais cette fois-ci, il ne la lâche pas. Au lieu de ça, il s'endort, les doigts entrelacés aux miens.

— Je t'appelle, dit-il quand on s'arrête enfin devant chez moi un peu après sept heures du matin.

C'est un peu maladroit et bizarre, comme la fin ratée d'un premier rendez-vous épouvantable. Jasper s'en rend compte, lui aussi. Mais c'est la chose à dire, et elle est bien plus audible que la réalité : *On se verra à l'enterrement de Cassie.* Aucun de nous deux ne veut penser à ça.

— Merci, dis-je à Jasper lorsque l'officier de police ouvre la portière pour me laisser descendre.

Ça sonne étrangement. Mais c'est la vérité. Si Jasper n'avait pas été là, je serais restée dans ce chalet avec Cassie. Et je me serais laissé consumer par les flammes.

— Merci mon Dieu, tu n'as rien, dit mon père en me serrant fort contre lui et en m'attirant à l'intérieur.

Il m'enlace comme j'en ai besoin depuis l'accident de maman. Je m'attendais à éprouver davantage de colère à son égard, à être furieuse à cause de tout ce qu'il m'a dissimulé. Mais en cet instant, rien d'autre n'a d'importance que le fait qu'il aille bien et que je ne l'aie pas perdu lui aussi.

J'essaie de parler, mais au lieu de ça, je me mets à pleurer à gros sanglots. Je sens le regard de Gideon posé sur moi de la porte de la cuisine à laquelle il est adossé. Quand je finis par me dégager des bras de papa pour m'essuyer le visage, mon frère a l'air inquiet.

— Qu'est-ce qui s'est passé ? demande-t-il et son ton est un peu tranchant, comme si c'était ma faute si Cassie n'était pas rentrée à la maison.

— Mollo avec les questions, d'accord ? dit gentiment mon père. Laissons-lui le temps de se ressaisir.

— J'ai fait tout ce que j'ai pu, dis-je à mon père tandis que Gideon disparaît dans le salon.

Je le dis même si ça sonne comme un mensonge. Peut-être justement parce que ça sonne comme un mensonge.

— Je sais, ma chérie, je sais, répond mon père en passant le bras autour de mes épaules, dans un geste qui me paraît naturel et évident. Tout le monde le sait.

Ce n'est que bien plus tard, après m'être lavée et changée, après avoir essayé plusieurs fois d'effacer cette affreuse odeur de fumée et de mort de mes cheveux, après que papa m'a préparé des toasts, du thé et forcée à boire deux verres d'eau, que je peux enfin tout lui raconter. Enfin, du moins ce que je sais, ce qui est peut-être – non, certainement – pas grand-chose.

— Je n'aurais pas dû..., il secoue la tête, affligé, et pendant un instant, j'ai peur qu'il se mette à pleurer. Tu avais le droit de connaître les résultats de tes tests. Je n'aurais pas dû te les cacher. Je le comprends à présent. Mais sache que je voulais te protéger. Quoi qu'il arrive, je voulais seulement que... que tu aies le choix.

— Le choix de quoi ?

— Qui sait où tout ça va nous mener ? Mais tu as déjà vu les réactions de Quentin et de ce Collectif. Et il y a tellement de choses que les gens ignorent. Je ne peux pas contrôler ce qui se passera une fois que ces résultats seront publics.

— Ils le sont déjà. Quentin – ou le docteur Caton, quel que soit son nom – savait absolument tout. Je pense que c'est lui qui a piraté ton ordinateur.

Mon père secoue la tête.

— Il ne savait pas tout. J'ai compris que certaines de mes données avaient été hackées, ainsi que mes e-mails personnels. Mais j'ignorais que c'était aussi le cas de mon téléphone portable, certainement avec un IMSI de fortune qui leur permettait d'écouter mes appels. Et je n'ai pas compris non plus qu'ils t'envoyaient des messages après notre conversation à la station-service, en détournant ce que j'avais dit de la pire des manières pour l'utiliser contre toi. Ils ont bloqué les SMS et les appels que je t'ai envoyés après, en accédant soit à ton portable, soit directement aux serveurs centraux, parce que de mon côté, ça avait l'air de passer. Je n'ai pas cessé de te chercher. Je veux que tu le saches. Dans tous les cas, j'ai fait des recherches additionnelles dont le docteur Caton n'a aucune idée. C'est tout ce qui m'a occupé ces derniers temps, en réalité, étudier exclusivement les Anomalies. J'ai lancé une deuxième phase de recherches après la mort de ta mère. Ça a été rapide et grossier, mais j'en ai trouvé d'autres. Pour grosso modo le même pourcentage de participants. En revanche, elles ne sont pas aussi douées que toi. J'ai découvert qu'il y avait une échelle de capacités à l'intérieur même des Anomalies. Et même si je ne crois pas qu'une non-Anomalie puisse en devenir une, comme le docteur Caton a l'air de vouloir le prouver avec lui, je pense que les Anomalies peuvent améliorer leurs capacités.

— Et ? Parce que tu as l'air anxieux, papa, vraiment. Et comme tu le sais, c'est un truc que je gère mal.

— Je ne suis pas anxieux, mais juste un peu inquiet, je dois bien l'admettre. Je veux être sincère avec toi... le plus possible.

— D'accord, mais si tu crois que ça va m'apaiser, ben, ça marche pas.

— Eh bien, comme tu le sais, il n'y avait que trois Anomalies dans le premier groupe de sujets – deux, puis toi. Évidemment, tu ne faisais pas partie de l'étude. J'ai soupçonné tout de suite que le phénomène avait un rapport avec l'âge. Vous étiez tous les trois plus jeunes que les autres participants.

— Oui, le docteur Simons – enfin, celui qui se faisait passer pour lui – a dit que c'était une question d'âge et que ces trois-là – enfin, les deux autres et moi – avions moins de dix-huit ans.

— Dix-huit ans est une limite trop précise ; les changements induits par l'âge sont changeants et spécifiques à chaque individu. Ça a peut-être un lien avec la structure du cerveau et les connexions neuronales. Les deux sont très dynamiques et variables chez les adolescents. Il se peut que la partie du cerveau qui permet cette perception émotionnelle non visuelle et non auditive disparaisse à l'âge adulte parce qu'on la laisse en jachère.

— Comment ça ? Je suis perdue.

— Elle s'atrophie, se dessèche et meurt. Faute d'être utilisée. Pour l'instant je n'en suis qu'au stade des spéculations. C'est une théorie. Je ne sais pas encore ce qui cause ce phénomène, juste qu'il existe. Il a peut-être toujours existé et a été négligé parce qu'il est fugace. Ou alors c'est quelque chose de nouveau. Il y a encore beaucoup de recherches à effectuer. Mais je pense qu'il y a une chance, si les Anomalies apprennent à utiliser ces perceptions accrues, de les cultiver comme un don et de les conserver à l'âge adulte. Elles pourraient même devenir plus fortes et plus vastes. Et mener à une intuition authentique, scientifiquement vérifiable et légitimement utile.

— Bon, tout ça a l'air super. Si on en revenait à ce qui t'inquiète ?

— Je dois faire des recherches plus vastes, sur un groupe de personnes beaucoup plus important. Et, comme je l'ai dit, la cause nous échappe. Elle pourrait être ailleurs que dans la structure du cerveau – génétique, par exemple. Elle a toujours refusé de se soumettre au test, mais ta mère avait une intelligence émotionnelle très élevée. Et ta grand-mère…

— Tu crois qu'elle…

— Je n'en sais rien, répond-il rapidement, en comprenant qu'il n'aurait pas dû en parler. (Ce n'est pas comme si elle avait connu une fin heureuse.) La socialisation est peut-être le facteur central. Ou une mutation virale, même si ça paraît peu probable. Je n'ai pas non plus tenu compte du sexe et de l'orientation sexuelle et je ne sais donc pas s'ils ont une quelconque influence. Comme je l'ai dit, l'échantillon était trop réduit pour tirer des conclusions défini…

— Papa, ça suffit. S'il te plaît. Crache le morceau. C'est *quoi* le problème ? Parce que je sais très bien que tu tournes autour du pot.

— Il y a une grande disparité liée au genre, Wylie.

— Et en clair, ça donne quoi ?

— Les Anomalies, des plus talentueuses aux moins douées, ne sont pour l'instant que des filles. Même dans les panels plus conséquents.

— Bon. Ça me paraît pas grave. Un point pour nous.

— Mais si ce talent n'appartient qu'aux femmes, les hommes – tous les hommes – vont se retrouver sur le carreau. Et comme je l'ai dit, on ne sait pas encore à quel point ce don peut être développé.

— Je suppose que si ça prend de l'ampleur, alors ça craindra pour les mecs, dis-je, en essayant de ne pas prendre ça à la légère.

Mais je ne vois toujours pas où il veut en venir. Ou alors peut-être que je fais exprès de ne pas comprendre. Parce que l'expression de mon père me ronge. Il a peur. Et je voudrais juste qu'il arrête de s'inquiéter.

— C'est pas comme si les hommes pouvaient décider de ce qui est vrai.

— Tu serais surprise de découvrir ce que certaines personnes pensent avoir le droit de décider, réplique-t-il. Pendant des générations, certains hommes ont prétendu que les différences entre les hommes et les femmes rendaient ces dernières inférieures. Et tu voudrais que j'apporte de l'eau à leur moulin ?

— Nous sommes plus faibles, parce que nous pouvons faire un truc en plus dont ils sont *incapables* ? C'est absurde.

— Il y a tant de croyances absurdes, Wylie, répond papa en secouant la tête. C'est ce qui fait du monde un endroit tragiquement terrifiant.

Tragique. *Pas un accident.* Ça resurgit dans mon esprit. J'ai essayé de chasser tout ce que Quentin m'a raconté sur l'accident de ma mère, et de considérer que c'était encore un de ses mensonges, mais voilà que je ne peux penser à rien d'autre.

— Le docteur Caton et le faux docteur Simons ont prétendu que la mort de maman n'était pas accidentelle. (Je joins les mains sur mes genoux pour les empêcher de trembler.) Ils ont tellement menti que je ne suis pas certaine que…

Mais mon père a déjà les yeux humides.

— Si tu m'avais posé la question il y a quelques semaines, je t'aurais affirmé sans hésitation que c'était un accident. Mais maintenant, je n'en suis plus si sûr. (Il sourit, mais son sourire est terrible et pour la première fois, il se met à pleurer.) Elle avait pris ma voiture ce soir-là. Quelqu'un a peut-être cru que j'étais au volant.

— Qui ? Le docteur Caton ?

Il secoue la tête et s'essuie les yeux.

— Je ne crois pas. Il voudrait que je reste en vie pour me prouver qu'il a raison.

— Mais qui alors ?

Il me lance un regard gêné, comme si c'était la dernière chose dont il ait envie de me parler.

— Je n'en sais rien, honnêtement.

— Et ces « autres gens » dont Quentin n'arrêtait pas de parler ?

— J'aimerais pouvoir te dire qu'il les a inventés. Crois-moi. Mais ces recherches ont des implications immenses, et pourraient présenter de l'intérêt pour tout un tas de gens. Des bons et des mauvais. (Il baisse les yeux pendant un moment.) Tu sais, ta mère voulait que je te donne tes résultats. Elle pensait que tu méritais de savoir. Que tu en avais le droit. (Il prend une profonde inspiration.) Je ne lui ai donné tes résultats qu'un mois plus tard, après Thanksgiving. Et on s'est disputés à ce propos sans arrêt… jusqu'à l'accident. Six semaines de perdues. L'un de mes plus grands regrets sera de ne pas l'avoir écoutée. Elle avait raison. Elle avait toujours raison. Je n'aurais pas dû enregistrer tes résultats, mais le scientifique que je suis… (Il secoue de nouveau la tête.) Je regrettais déjà de les avoir intervertis avec ceux de Cassie. Je me suis ressaisi deux jours plus tard et j'ai supprimé les deux. Mais c'était trop tard… les données avaient été piratées.

— Quand Cassie a disparu, est-ce que tu savais que ça avait un rapport avec tout ça ?

Il secoue encore la tête.

— Non. Mais quand le docteur Simons m'a appelé ce soir-là pour me dire que l'ami qui l'aidait à démasquer le cyberpirate lui avait notifié une nouvelle attaque, j'ai pensé que la coïncidence était significative. Mais je n'ai pas compris comment les deux pouvaient être liés. Je n'ai jamais pensé que le docteur Caton puisse représenter une quelconque menace.

Je songe à la dernière conversation que j'ai eue avec mon père, à la station-service. Je lui ai dit que j'aurais préféré qu'il soit dans la voiture à la place de maman. Qu'il soit mort, donc. Je grimace.

— Je ne le pensais pas. Ce que j'ai dit à propos de l'accident. Pas du tout.

— Je sais. Et je suis désolé de t'avoir menacée d'appeler le docteur Shepard. Mais dès que tu m'as dit que tu avais eu des nouvelles de Cassie et que tu la rejoignais… j'ai eu peur que quelque chose tourne très très mal. Et puis tu as refusé de me dire où elle était.

— Parce que je ne le savais pas encore. Je… je voulais juste être une bonne amie.

Je secoue la tête et me mets à pleurer.

Mon père pose sa main sur la mienne.

— Je sais. Ce n'est pas ta faute, Wylie. C'est la mienne. J'ai tout tenté pour te retrouver. J'ai appelé la police mais ils ont refusé de m'écouter parce que j'ai admis que tu avais quitté la maison de ton plein gré et ils m'ont clairement dit qu'ils ne lanceraient pas d'avis de recherche, point barre. Du coup, j'ai pensé à ma seule autre option, le docteur Shepard. Les SMS qui affirmaient que je l'avais contactée et qu'elle t'avait dénoncée comme un danger n'étaient pas de moi. Je n'aurais jamais fait ça. Mais je n'aurais même pas dû l'évoquer, avoue-t-il tristement. Je sais que ce n'est pas une excuse, mais j'étais terrifié à l'idée qu'il t'arrive quelque chose. Tu aurais dû me voir m'efforcer de traquer ton téléphone. J'ai regretté de ne pas avoir activé le localisateur sur ton nouveau portable… j'ai essayé autre chose, mais je ne suis parvenu à rien. (Il pose son autre main sur ma nuque, et, les yeux humides, il pose son front contre le mien.) Je suis tellement content que tu n'aies rien.

On est toujours dans cette position lorsque la sonnette retentit. Je songe à Karen, qui a surgi sur notre paillasson. C'était il y a seulement deux jours, mais ça me paraît être une éternité.

— Ne bouge pas, dit mon père. J'y vais.

Je l'entends traverser l'entrée et ouvrir la porte. Une voix que je ne distingue pas. Puis celle de mon père.

— Oui, je peux vous aider ? (Il n'a pas l'air d'en avoir envie. L'autre personne doit répondre quelque chose que je n'entends pas.) Ça ne peut pas attendre ? demande sèchement mon père. Elle est épuisée.

« Elle », c'est moi, sans aucun doute. Je me lève pour aller voir de quoi il retourne. Je suis inquiète. Et pas parce que je suis une Anomalie – mon père et moi avons encore beaucoup de choses à élucider avant que je le croie vraiment – mais parce que n'importe qui le serait à ma place.

— J'ai peur que ça ne puisse pas attendre, docteur Lang, dit une voix bourrue et officielle quand je parviens dans l'entrée. Nous avons des questions à poser à votre fille. Malheureusement, le temps joue contre nous.

— Elle a déjà dit à la police tout ce qu'elle savait, rétorque mon père, tandis que j'essaie de voir ce qui se passe.

Je ne suis même pas certaine d'en avoir envie.

— Je comprends et j'en suis navré, monsieur, intervient une autre voix, polie mais ferme. Mais il va falloir qu'elle réponde encore aux questions du *Homeland Security*.

Quand je finis par jeter un coup d'œil par-dessus le bras de papa, qui tient fermement la porte, je vois six officiers alignés sur la véranda. Que des hommes, blancs, grands et aux visages banals. Ils portent des coupe-vent identiques avec un emblème doré sur le côté droit de la poitrine. Ils ont l'air identiques alors qu'en réalité, ils ne se ressemblent pas du tout.

— Wylie Lang ? demande l'un d'entre eux.

Le plus grand. Il me sourit. Ses dents sont trop grandes et trop blanches.

— Est-ce que vous avez trouvé Cassie ?

Parce que oui, une petite partie de moi espère qu'elle est toujours en vie malgré tout.

— J'en ai bien peur, mademoiselle, répond un autre. (C'est le plus baraqué, comme un Marine.) Décédée sur les lieux, comme vous l'avez décrit. Avec les autres membres du groupe, le Collectif.

— Quoi ? Ils sont *tous* morts ?

Mon cœur se met à battre plus vite. Je pense à Fiona et Miriam. À Lexi, dont le bébé l'attendait. Ils n'étaient peut-être pas innocents, pas complètement. Mais aucun d'eux ne méritait de mourir.

— Ils sont morts comment ?

— Le docteur Quentin Caton, répond un troisième agent. Nous le soupçonnons d'être responsable.

— Responsable de quoi ?

Tant d'options sont envisageables.

— Multiples blessures par balles, certainement avec une arme automatique, réplique-t-il comme si je le savais déjà. Nous n'avons aucune raison de penser qu'un membre du Collectif ou le docteur Caton ait réussi à s'enfuir. Ça ressemble fort à un scénario meurtres-suicide. Mais on doit attendre l'identification formelle des corps pour en être certains, de même que le rapport du médecin légiste.

— Mais c'est absurde. Ils n'avaient qu'une seule arme. Un vieux fusil.

— Il y avait peut-être des armes cachées quelque part, suggère le plus maigre, comme si j'étais une idiote qui croit tout savoir, ce qui est peut-être le cas.

Mais rien de tout cela ne sonne juste.

À moins qu'ils soient vraiment venus, je songe ensuite. *Ils sont venus et ils ont massacré tout le monde.*

— North Point, la compagnie paramilitaire ? Et si c'était eux ?

— North Point, mademoiselle ? répète le plus petit, dont les cheveux sont si clairs qu'ils en paraissent presque blancs.

Son ton signifie clairement *espèce de gamine débile.*

— Ce sont des gens qui fournissent des technologies à l'armée. (Je m'en veux immédiatement de ne pas avoir tenu ma langue, parce que ça a l'air débile dit comme ça, mais c'est la seule explication plausible.) Ils veulent mettre la main sur les recherches de mon père.

Les officiers se regardent en fronçant les sourcils. L'agent le plus replet tape déjà le nom sur son smartphone.

— North Point, c'est ça ? J'ai… une église, une entreprise de portes vitrées… et des solutions digitales – allez savoir ce que ça veut dire. Rien qui ait un rapport avec l'armée.

— Et nous connaissons pourtant bien ces entreprises de défense privées, renchérit le plus maigre avec un regard en direction des autres, qui acquiescent. Nous n'avons jamais entendu parler de North Point.

— Mais on va mener l'enquête, bien sûr. Nous serons ravis d'en discuter plus longuement avec vous, mademoiselle Lang, poursuit le plus grand, celui qui a trop de dents, en faisant un pas en avant. Nous serions heureux de débriefer avec vous et d'écouter toutes vos théories. Il faut juste que vous nous accompagniez pour répondre d'abord à quelques questions. Je vous promets que ça ne prendra pas longtemps.

Avant que j'aie eu le temps de répondre, mon portable, que le FBI m'a rendu après l'avoir retrouvé au camp Colestah et passé au crible, vibre une fois puis une deuxième dans la poche arrière de mon pantalon – deux messages différents, l'un à la suite de l'autre. Puis un troisième avant même que je sorte mon téléphone. Trois SMS de Jasper. Avec la même question.

Y a des agents chez toi ?

Je tourne le dos à la porte pour répondre.

Oui. Pourquoi ?

Sa réponse est immédiate. Un seul mot.

Fuis.

REMERCIEMENTS

Merci à Jennifer Klonsky, mon infatigable et persévérante éditrice, qui a pris un risque puis a fait preuve d'une patience et d'une foi surhumaines. Tes contributions à ce roman sont très nombreuses et je te suis reconnaissante pour tes exceptionnels talents éditoriaux, ton jugement très sûr et ton délicieux sens de l'humour. Merci aussi à Catherine Wallace et Elizabeth Lynch pour votre aide immense.

Mes remerciements les plus sincères à Suzanne Murphy et Susan Katz qui ont permis à cette série de prendre son envol et à Kate Jackson pour l'avoir aidée à garder le cap.

Merci à l'équipe marketing compétente et dévouée de HarperTeen : Diane Naughton, Elizabeth Ward, Kara Brammer et Sabrina Abballe, de même qu'aux membres incroyablement créatifs de l'équipe de la communication du marketing intégré : Colleen O'Connell, Margot Wood, Nina Metah, à ceux du marketing en relation avec les écoles et les bibliothèques : Patty Rosati et Molly Motch. Merci aussi à mes publicitaires fantastiques : Cindy Hamilton et Gina Rizzo.

Un grand merci aux responsables des merveilleuses couvertures : Barb Fitzsimmons, Alison Donalty, Alison Klapthor et tout particulièrement Sarah Kaufman.

Merci à l'équipe commerciale, tout particulièrement intelligente et douée : Andrea Pappenheimer, Kerry Moynagh et Kathy Faber. Merci aussi à Jen Wygand, Jenny Sheridan, Heather Doss, Deb Murphy, Fran Olson, Susan Yeager, Jess Malone et Jess Abel, de même que Samantha Hagerbaumer, Andrea Rosen et Jean McGinley.

Merci à tous les membres de l'édito : Josh Weiss, Bethany Reis, et ma correctrice, Valerie Shea.

Un grand merci à mon agent, Marly Rusoff et à Michael Radulescu et Julie Mosow. Ma reconnaissance éternelle pour l'infatigable merveille qu'est Gina Iaquinta. Merci aussi à Lynn Godlberg, Kathleen Zrelak, Shari Smiley, Lizzy Kremer et Harriet Moore. Et à la toujours fabuleuse Claire Wachtel.

Merci à tous les experts qui ont généreusement répondu à mes questions ou m'ont permis de rencontrer ceux qui le pouvaient : Dr Marc Brackett, Ann Enthoven, Dr Cassandra Gould, Wendy Green, Dr Allyson Hobbs, Leslie Lewin, Dr John D. Mayer, Dr Rebecca Prentice, Dr Susan Rivers, Kate Rozen, Dr Peter Salovey et Dr Matt Wall. Je dois aussi beaucoup aux travaux géniaux de Roxane Gay.

Mes remerciements profonds à mes merveilleux amis et à ma famille : Martin et Claire Prentice, Mike Blom, Catherine et David Bohigian, Cindy Buzzeo, Cara Cragan et Michael Moroney, la famille Cragan, la famille Crane, Joe et Naomi Daniels, Larry et Suzy Daniels, Bob Daniels et Craig Leslie, Diane et Stanley Dohm, Elena Evangelo et Dan Panosian, Dave Fisher, Heather et Michael Frattone, Tania Garcia, Jason et Jessica Garmise, Sonya Glazer, Jeff Johnson, David Kear, Merrie Koehlert, Hallie Levin, John McCreight et Kim Healey, Brian McCreight, la famille Metzger, Jason Miller, Tara et Frank Pometti, Stephen Prentice, Motoko Rich et Mark Topping, Jon Reinish, Bronwen Stine, la famille Thomatos, Meg et Charles Yonts, Denise Young Farrell et Christine Yu. Merci aux employés du Starbucks de Park Slope pour m'avoir considérée comme l'une des leurs. Et un merci tout particulier à la merveilleuse Kate Eschelbach pour avoir gardé le fort si souvent.

Une immense gratitude à ma première lectrice, Megan Crane, à Nicole Kear, chargée des enquêtes quotidiennes, et à Victoria Cook, qui a soufflé sur une toute petite étincelle qui ne demandait qu'à s'embraser il y a de cela des années.

Merci à mes filles, Emerson, qui m'inspire par son courage et sa détermination, et Harper, qui me rappelle tous les jours que l'on peut être à la fois bonne et brave. Un grand merci à mon mari, Tony, pour tous ces mois où il a fait plus que sa part pour s'occuper des enfants et pour me faire sourire comme il les fait sourire. Je ne l'aurais pas fait sans toi, et je ne l'aurais pas voulu. Et merci à vous trois, d'être toujours là pour m'accueillir à la maison.

LE JOYAU

d'Amy Ewing

Vous êtes plus précieuse que vous ne le pensez

Le Joyau, haut lieu et cœur de la Cité solitaire, représente la richesse, la beauté, la royauté.

Mais pour une jeune fille pauvre comme Violet Lasting, le Joyau est avant tout synonyme de servitude. Et pas n'importe laquelle : Violet a été formée pour devenir Mère-Porteuse. Car dans le Joyau, le vrai luxe est la descendance…

Achetée lors de la Vente aux Enchères par la Duchesse du Lac, Violet – le lot 197, son nom officiel – va rapidement découvrir la réalité brutale qui se cache derrière l'étincelante façade du Joyau. S'exercer à la cruauté, à la trahison et aux coups bas est la distraction favorite de la noblesse. Violet doit accepter son sort et tâcher de rester en vie.

C'est pourtant dans ce sinistre quotidien qu'elle tombe amoureuse d'un séduisant garçon, loué pour servir de compagnon à la nièce aigrie de la Duchesse. Cette relation interdite vaudra aux jeunes amants d'affronter les plus grands des dangers…

La nouvelle trilogie événement,
par l'éditeur de la série best-seller *La Sélection* !

Livre II : *La Rose blanche*

Livre III : *La Clé noire* (à paraître en novembre 2016)

LES 100

de Kass Morgan

Tome 1

Depuis des siècles, plus personne n'a posé le pied sur Terre.
Le compte à rebours a commencé...

2:48... 2:47... 2:46...
Ils sont 100, tous mineurs, tous accusés de crimes
passibles de la peine de mort.

1:32...1:31... 1:30...
Après des centaines d'années d'exil dans l'espace,
le Conseil leur accorde une seconde chance
qu'ils n'ont pas le droit de refuser : retourner sur Terre.

0:45... 0:44... 0:43...
Seulement, là-bas,
l'atmosphère est toujours potentiellement radioactive
et à peine débarqués les 100 risquent de mourir.

0:03... 0:02... 0:01...
Amours, haines, secrets enfouis et trahisons.
Comment se racheter une conduite
quand on n'a plus que quelques heures à vivre ?

Découvrez sur la chaîne SyFy et France 4
la série télé adaptée du roman
par les producteurs de *The Vampire Diaries* et *Gossip Girl*

Tome 2 : *21e Jour*

Tome 3 : *Retour*

Tome 4 à paraître en 2017

IMMACULÉE

De Katelyn Detweiler

Mina a dix-sept ans.
Elle est vierge.
Et enceinte.

Mina est la première de sa classe, elle sort avec le garçon le plus ambitieux de l'école. Sérieuse et autonome, elle a toujours su se sortir des mauvais pas. Mais le jour où elle se découvre enceinte – alors qu'elle n'a jamais fait l'amour de sa vie –, son monde bien ordonné bascule. Presque personne ne veut croire en sa virginité. Pour son père, c'est son petit ami le responsable, tandis que ce dernier est persuadé qu'elle l'a trompé. L'histoire de Mina se répand comme une traînée de poudre. Il y a ceux qui la traitent d'hérétique. D'autres encore croient que les miracles sont possibles, et que l'enfant à naître de Mina sera le plus grand de tous…

Le premier volet d'un diptyque miraculeux.

« Katelyn Detweiler a accompli quelque chose d'exceptionnel : un roman qui vous prend aux tripes, avec une héroïne intelligente et honnête à qui l'on peut s'identifier malgré des circonstances extraordinaires. » Marissa Meyer, auteur de la série best-seller Les Chroniques lunaires.

Second volet : *Transcendante* (à paraître en 2017)

LES CLANS
SEEKERS

de Arwen Elys Dayton

Livre I

La vérité les anéantira tous.

Lorsque Quin Kincaid aura prêté serment, elle deviendra ce pour quoi elle s'est entraînée toute sa vie : une Seeker. Dernière de son clan, elle se doit de perpétuer la légende. Une fois initiée, Quin pourra se battre aux côtés de ses deux plus proches compagnons, Shinobu et John, pour défendre le pauvre et l'opprimé. Ensemble, ils porteront la lumière au cœur des ténèbres. Mais au cours de la nuit tant attendue de l'initiation, tout bascule. Les masques tombent et Quin découvre qu'elle a été élevée dans le mensonge. Ni sa mission, ni sa famille, ni même ses amis ne sont ce qu'elle croyait. Il est trop tard pour faire marche arrière...

Le premier tome de la nouvelle saga américaine best-seller, à la croisée de *Hunger Games* et de *Game of Thrones*.

Bientôt adapté au cinéma par Sony Pictures.

Tome 2 : *Les Clans Seekers*, Livre II

Tome 3 : *Les Clans Seekers*, Livre III
à paraître au printemps 2017

LA 5e VAGUE

de Rick Yancey

Tome 1

1re Vague : Extinction des feux. 2e Vague : Déferlante.
3e Vague : Pandémie. 4e Vague : Silence.

À L'AUBE DE LA 5e VAGUE, sur une autoroute désertée, Cassie tente de *Leur* échapper… *Eux*, ces êtres qui ressemblent trait pour trait aux humains et qui écument la campagne, exécutant quiconque a le malheur de croiser *Leur* chemin. *Eux*, qui ont balayé les dernières poches de résistance et dispersé les quelques rescapés.

Pour Cassie, rester en vie signifie rester seule. Elle se raccroche à cette règle jusqu'à ce qu'elle rencontre Evan Walker. Mystérieux et envoûtant, ce garçon pourrait bien être son ultime espoir de sauver son petit frère. Du moins si Evan est bien celui qu'il prétend…

Ils connaissent notre manière de penser. *Ils* savent comment nous exterminer. *Ils* nous ont enlevé toute raison de vivre. *Ils* viennent maintenant nous arracher ce pour quoi nous sommes prêts à mourir.

L'adaptation du premier tome de la trilogie phénomène déjà sur les écrans français

Tome 2 : *La Mer infinie*

Tome 3 : *La Dernière Étoile*

LA
SÉLECTION
de Kiera Cass

Tome 1

35 candidates, 1 couronne, la compétition de leur vie.

Elles sont trente-cinq jeunes filles : la « Sélection » s'annonce comme l'opportunité de leur vie. L'unique chance pour elles de troquer un destin misérable contre un monde de paillettes. L'unique occasion d'habiter dans un palais et de conquérir le cœur du prince Maxon, l'héritier du trône. Mais pour America Singer, cette sélection relève plutôt du cauchemar. Cela signifie renoncer à son amour interdit avec Aspen, un soldat de la caste inférieure. Quitter sa famille. Entrer dans une compétition sans merci. Vivre jour et nuit sous l'œil des caméras... Puis America rencontre le Prince. Et tous les plans qu'elle avait échafaudés s'en trouvent bouleversés...

Le premier tome de la série phénomène, mêlant dystopie, téléréalité et conte de fées moderne, bientôt adaptée au cinéma.

Tome 1 : *La Sélection*

Tome 2 : *L'Élite*

Tome 3 : *L'Élue*

Tome 4 : *L'Héritière*

Tome 5 : *La Couronne*

Hors-séries :
La Sélection, Histoires secrètes : Le Prince & Le Garde
La Sélection, Histoires secrètes : La Reine & la Préférée
La Sélection, mon carnet

STARTERS

de Lissa Price

Vous rêvez d'une nouvelle jeunesse?
Devenez quelqu'un d'autre!

Dans un futur proche : après les ravages d'un virus mortel, seules ont survécu les populations très jeunes ou très âgées : les Starters et les Enders. Réduite à la misère, la jeune Callie, du haut de ses 16 ans, tente de survivre dans la rue avec son petit frère. Elle prend alors une décision inimaginable : louer son corps à un mystérieux institut scientifique, la Banque des Corps. L'esprit d'une vieille femme en prend possession pour retrouver sa jeunesse perdue. Malheureusement, rien ne se déroule comme prévu... Et Callie prend bientôt conscience que son corps n'a été loué que dans un seul but : exécuter un sinistre plan qu'elle devra contrecarrer à tout prix !

Le premier volet du thriller dystopique phénomène aux États-Unis.

« Les lecteurs de Hunger Games vont adorer ! », Kami Garcia, auteur de la série best-seller 16 Lunes.

Second volet : *Enders*

Nouvelles numériques inédites :

Starters 0.1 : Portrait d'un Starter
Starters 0.2 : Portrait d'un marshal

La trilogie
de Braises
et
de Ronces

de Rae Carson

Tome 1

Sera-t-elle reine au cœur de son royaume, comme au royaume de son cœur ?

Princesse d'Orovalle, Elisa est l'unique gardienne de la Pierre Sacrée. Bien qu'elle porte le joyau à son nombril, signe qu'elle a été choisie pour une destinée hors normes, Elisa a déçu les attentes de son peuple, qui ne voit en elle qu'une jeune fille paresseuse, inutile et enveloppée... Le jour de ses seize ans, son père la marie à un souverain de vingt ans son aîné. Elisa commence alors une nouvelle existence loin des siens, dans un royaume de dunes menacé par un ennemi sanguinaire prêt à tout pour s'emparer de sa Pierre Sacrée.

Une perle de l'heroic fantasy, pour les fans de la série Game of Thrones.

Le premier tome d'une trilogie « unique, intense... À lire absolument ! » (Veronica Roth, auteur de la trilogie best-seller Divergente).

Tome 2 : *La Couronne de flammes*

Tome 3 : *Le Royaume des larmes*

Nouvelle numérique :
Le Garde royal

Imprimé en France par CPI
en octobre 2016

Composition et mise en pages
Nord Compo à Villeneuve-d'Ascq

Dépôt légal : octobre 2016
N° d'édition : 55540/01 – N° d'impression : 137168